21世纪

中国当代科幻小说选

黑箱

金涛 **主编** 刘肇贵 **著**

广西科学技术出版社

图书在版编目（CIP）数据

黑箱／刘肇贵著. —南宁：广西科学技术出版社，2012.7（2020.6重印）

（21世纪中国当代科幻小说选／金涛主编）

ISBN 978-7-80666-077-5

Ⅰ. ①黑… Ⅱ. ①刘… Ⅲ. ①科学幻想小说—中国—当代 Ⅳ. ① I247.5

中国版本图书馆 CIP 数据核字（2012）第 151906 号

黑箱

HEIXIANG

刘肇贵　著

责任编辑 黎　坚		**封面设计** 叁壹明道	
责任校对 李文宇		**责任印制** 韦文印	

出 版 人　卢培钊

出版发行　广西科学技术出版社

（南宁市东葛路66号　邮政编码530023）

印　　刷　永清县晔盛亚胶印有限公司

（永清县工业区大良村西部　邮政编码065600）

开　　本　700mm×950mm　1/16

印　　张　15

字　　数　202千字

版次印次　2020年6月第1版第4次

书　　号　ISBN 978-7-80666-077-5

定　　价　29.80元

序

我是主张学生的课外阅读面要宽一些的，除了看中外文学的经典著作，不妨也涉猎一点科幻小说。

有人会问：阅读科幻小说有什么益处呢？

这不禁使我想起不久前看到的一则有趣的报道。这篇报道发表在2000年5月13日的《北京青年报》，题目是《从科幻小说中寻求航天新技术》，全文不长，照录如下：

科幻小说里的超光速旅行和弯曲空间大概还要继续作为幻想存在下去，但另外一些奇思妙想却可能走出小说，成为现实。欧洲航天局正从科幻小说中寻找灵感，研究新的航天探索技术。

据此间新闻媒介报道，欧洲航天局组织了一批读者，从科幻小说中寻找可能有价值的设想，然后交给科学家评估，研究这些设想能否用于未来的空间探索任务。欧洲航天局还欢迎广大科幻爱好者提供有创意的想法。

欧洲航天局"从科幻小说到空间探索创新技术项目"协调人大卫·雷特博士介绍说，事实已经证明，科幻小说中的部分设想确实具有实用价值。

19世纪80年代，现代电子技术还没有出现，就有人提出传真机的设想；1928年，行星着陆探测器出现在科幻小说里；1945年，小说家设计出了供宇航员长期生活、从地面由航天飞机定期运送补给的空间站；20世纪40年代的一部著名卡通片里，大侦探使用的手表既是可视电话，又是照相机。这些设想在刚刚问世时不易被理解，但随着技术进步，它们陆续变成了现实。

英国华威大学的数学教授兼科幻小说家伊恩·斯图尔特说，美国航空航天局也经常向科幻小说作者咨询，征求创新设想。美国航空航天局甚至在进行一个"突破推进物理学项目"，希望最终研制出能使航天器速度接近光速的新型引擎。

这则报道之所以引起我的兴趣，首先在于它富有说服力地澄清了长期以来对科幻小说的误解，那种轻率地指责科幻小说纯系胡思乱想的说法是毫无根据的。我们虽然还不知道欧洲航天局究竟从哪位作家哪一部作品中获得了灵感，但是无可争辩的是，科学技术专家并非是要从科幻小说中寻找计算公式或者燃料配方，而是"有创意的想法"，而这正是科幻小说最具有生命力最有价值的所在。

不仅如此，这则报道还说明，科学技术专家有时候也需要求助于文学家。实际上，在科学技术的发展历程中，不少科学家、发明家曾经受惠于科幻小说的启迪，从科幻小说中获取创造发明的灵感。法国科幻小说大师儒勒·凡尔纳的《海底两万里》中描写了尼摩船长的潜艇"鹦鹉螺号"，这在当时是根本不可能的。但是凡尔纳有关潜艇的科学构想，却是一个天才的富有创意的预言。因此，美国发明家、号称"潜艇之父"的西蒙·莱克（1866~1945年）在回忆录中说："凡尔纳是我生命的总导演。"正是凡尔纳的《海底两万里》启发他发明了第一艘在公海航行的潜艇。也正是同样的原因，美国第一艘核潜艇被命名为"鹦鹉螺号"，以纪念凡尔纳最早提出了潜艇的科学构想。

英国著名科幻小说家阿瑟·克拉克不仅是世界一流的科幻小说家，而且还是现代卫星通讯最早的设计者。1945年克拉克就提出通过卫星系统实现全球广播和电视转播的大胆设想，而在20年后由于地球同步卫星的发射成功，这一预言终成现实。值得一提的是，克拉克1964年发表的科幻小说《太阳帆船》，描绘了利用太阳风（即今天造成地球上无线电通讯发生故障的太阳粒子流）进行太空帆船比赛的大胆设想。这部小说发表后，引起美国航空航天局极大关注，他们对这一科学构想能否用于太空飞行颇有兴趣，并且进行了富有成效的实验。

科幻小说是面向未来、展示科学技术发展前景的文学。科幻小说中的幻想不是毫无根据的胡思乱想，而是建立在科学基础上的想象。它不仅以奇特的构思、超越时空的氛围展示科学技术高度发达所带来的美好未来，也深刻地揭示科学技术可能造成的负面影响。因此，阅读科幻小说对于启迪智慧，开拓思维，激发对科学实践探索的热情，洞悉未来的发展趋势都是大有益处的。

我们现在不是大力提倡素质教育吗？其实，素质教育的核心是训练人的想象力和创造力，因为想象力和创造力乃是创造性思维的体现，也是发明创造的基本前提。正是在这方面，科学幻想小说丰富的想象力和它描绘的未来世界的科学构想，对于培养读者创造性思维是潜移默化的。近年来，西方国家许多大学竞相开设了科幻小说的课程和讲座，指导大学生或研究生阅读优秀的科幻小说，其目的也是出于素质教育的训练。

正是出于这样的考虑，广西科学技术出版社将陆续推出国内科幻小说家的新作，我希望这套丛书能够被广大青少年读者所接受。同时也诚恳地欢迎大家评头论足，提出宝贵的意见和建议，以便进一步推动我国科幻小说创作的繁荣。

金　涛

编者的话

为什么要出版科幻小说?

青少年阅读科幻小说有什么必要?

这是我们多年来一直在思考的问题，也是主编这套《21世纪中国当代科幻小说选》要向读者作一番交代的问题。

我想起凡尔纳的作品对后世的巨大影响。

大家知道，儒勒·凡尔纳是法国著名的科幻小说大师，被誉为“科幻小说之父”。他一生写了75部科幻小说，被翻译成各种文字，受到世界各国广大读者特别是青少年的喜爱。凡尔纳（1828～1905年）生活在19世纪，20世纪初他便离开了这个充满幻想、科技发达的世界。然而他在1865年发表的科幻小说《从地球到月球》和另外一本名为《环绕月球》的科幻小说中，第一次描写了人类登月探险的故事。1873年他的《海底两万里》发表，这部小说描写了尼摩船长驾驶一艘“鹦鹉螺号”潜艇在海底探险的故事。1889年他又写了一本开发北极的科幻小说《北极的购买》，此外还有脍炙人口的《地心游记》《八十天环游地球》《气球上的五星期》等。应该指出的是，凡尔纳当时在作品中描写的飞向月球也好，在海底世界自由驰骋的潜水艇也好，以及开发北极也好，都是现实生活中闻所未闻的，纯粹是凡尔纳大脑中的想象。可是凡尔纳大胆的科学幻想和伟大的预见，却大大鼓舞了许许多多的有志之士，许多人正是从凡尔纳的科幻小说中受到启发，吸收灵感，而投身到把幻想变为现实的伟大事业中，并作出了历史性的贡献。

当代"潜艇之父"西蒙·莱克在他的回忆录中写道："凡尔纳是我生命的总导演。"

阿特米拉·拜特在他开始首次北极飞行时就宣称："第一个完成这个壮举的人，并不是我，而是凡尔纳，给我领航的是儒勒·凡尔纳。"

俄国宇航之父、著名火箭专家齐奥尔科夫斯基（1857～1935年）说："就是儒勒·凡尔纳启发了我的思路，使我按照一定的方向去幻想。"

最有意思的是，凡尔纳在一百多年前幻想的人类登月探险的出发地点——美国南部的佛罗里达，在1969年7月16日美国发射的第一艘载人宇宙飞船"阿波罗11号"，恰恰是在佛罗里达州的肯尼迪航天中心发射而登上月球的——这当然绝对不是简单的巧合。另外，还值得凡尔纳骄傲的是，1954年美国制造出第一艘核动力潜艇，将它命名为"鹦鹉螺号"，以纪念凡尔纳这位天才的科幻小说家，因为他当年在《海底两万里》中所创造的尼摩船长的潜艇就是一艘核潜艇！只不过由于当时的科技发展水平的局限，凡尔纳对潜艇所用的核动力的描写是错误的。这对于一百多年前的一本科幻小说，是完全可以理解的。

我们从凡尔纳的作品对后来科学技术发展的预见性，特别是这些作品所产生的影响，不难发现科幻小说对于读者的潜移默化的作用。其实，科幻小说的这种不可替代的作用，是许多享有盛誉的科幻小说经典之作的共同特征。

俄国的齐奥尔科夫斯基不仅是一位杰出的宇航火箭技术专家，也是一位天才的科幻小说家。他在科幻小说《在地球之外》中，系统地、完整地描述了宇宙航行的全过程，他在小说中提到了宇航服、太空失重状态、登月车等，完全被现代太空技术的发展所证实。齐奥尔科夫斯基的天才预见，后来启发了很多科学家。美国阿波罗计划的领导者

之一、著名火箭权威、德国火箭专家冯·布劳恩曾说过："一本描述登月计划的科幻小说使我着了迷，此书令我异想天开地去作星际旅行。这是需要我付出毕生精力去从事的事业。"1965 年 4 月，在冯·布劳恩领导下研制出总长 85 米的"土星 5 号"火箭，为美国阿波罗计划的成功奠定了坚实的基础。

目前仍定居在印度洋风景秀丽的岛国——斯里兰卡的英国科幻小说家阿瑟·克拉克（1917～　）是 20 世纪科幻小说的世界级大师，他的代表作有《太空漫游 2001》《与拉玛相会》《天堂的喷泉》等。今天已成为现实的全球卫星通讯，如果追根溯源，应该归功于这位科幻小说家。美国著名科幻小说家阿西莫夫在《宇宙、地球和大气》这本书中曾经指出："人造卫星的另一个服务性应用也一直在发展。早在1945 年，英国科幻小说家克拉克（Arthur C. Clarke）就曾指出，人造卫星可以用来作为中继站，使无线电讯号跨越大陆和海洋。只要把三颗卫星放在关键性的位置上，卫星转播的范围就可以遍及全世界。这个在当时看来很荒唐的幻想，15 年后却开始变成现实了。"阿西莫夫还特别提到，1960 年 8 月 12 日，美国发射了"回声 1 号"卫星，使克拉克的科学幻想变成了现实，而这个成功设计了卫星通讯的领导者是美国贝尔电话实验室的皮尔斯。有趣的是，皮尔斯本人也是一位业余的科幻作家，他曾用笔名发表过科幻小说。

克拉克还写过一篇异想天开、构思奇妙的短篇科幻小说《太阳帆船》，小说的科学构想是利用太阳辐射的粒子流即太阳风为动力，驱动巨大的帆片，在太空中进行帆船比赛。这篇小说一发表，立即引起美国航空航天局的高度重视，并秘密开展了利用太阳风的可行性研究。

大量的事实证明，科幻小说自它诞生以来，以其大胆的、奇妙的科学构想和对未来社会科学技术的预测，以及丰富的艺术表现手法和个性鲜明的人物形象，展示了基于现实又超越时空的生活场景。它极大地启发了读者的想象力，有助于他们展开幻想的翅膀，激活思维的创造力，从而与作品中的人物一同去探寻神秘的科学世界，并因此受到科学魅力的启迪，训练自己的思维。这也是我们今天特别提倡的素质教育内容之一。

应该特别指出的是，科幻小说从诞生的那一刻起，就特别关注科学技术发展与人类的命运这个至关重要的问题。科幻小说家不仅讴歌科学技术的进步给人类社会带来的福音，传播科学技术的创造发明所能造福人类的种种惊喜，与此同时，他们也以敏锐的洞察力、超前的预见和精辟的见解，对科学技术发明成果的滥用和负面效应的危害，提出了富有远见卓识的忠告。今天，人类正在面临的温室效应、臭氧层空洞、环境污染、物种灭绝、电脑犯罪、计算机病毒、核污染、艾滋病、电脑黑客等文明病，这些伴随科学技术发展而产生的负面效应，早已被科幻小说家不幸言中，许多科幻小说以超前意识很早就预见了滥用科技成果所产生的副作用。在这个意义上说，科幻小说的警世作用同样是十分重要的。

早在20世纪初的1903年，年轻的鲁迅在留学日本时就向国人翻译介绍了凡尔纳的科幻小说《从地球到月球》和《地心游记》，另一位文学大师茅盾也在1917年编译了英国科幻小说大师威尔斯的作品《巨鸟岛》（以《三百年后孵化之卵》为名），这都是中国科幻小说发展史上值得一提的事。尤其值得关注的是，鲁迅先生当时就富有远见地指出，由于科幻小说具有"获一斑之智识，破遗传之迷信，改良思想，辅助文明"的作用，因此他大声疾呼："导中国人群以进行，必自科学小说始。"

鲁迅先生说得多么好啊！

当新世纪的钟声响起时，我们愿重复鲁迅先生的话："导中国人群以进行，必自科学小说始。"

编 者[*]

---

[*] 注：金涛原系中国科协科普文艺委员会主任。

目　　录

前言——关于机器思维与思维机器的老话题

悲喜交集的语音

20世纪中叶，控制论的创始人W. R.艾什比发表《设计一个脑》，接着数理学家A. M.图灵提出："机器能够思维吗?"关于机器思维与思维机器的争论便开始了。此后，争论越来越广泛，一代接着一代，无休无止，至今仍未停息。

当初，艾什比提出《设计一个脑》的时候就说过："这样一部机器要是完成了，可以在巧妙性和策略深度上超过设计它的人。"图灵也表示同意艾什比的看法，他说："在一切纯智力领域内，机器将最终和人相竞争。"但是，许多人不同意这一观点。他们认为，人脑功能是可以模拟的，思维机器也是可以造出来的，但是机器思维与人脑思维不同，是有局限性的，那种认为机器将超过人的观点是荒谬的。

看来重要的问题不在于机器思维，而在于思维机器怎样发展。随着生物控制论的发展，制造控制论活物的问题就摆在人们的面前。早在20世纪60年代，苏联科学院院士科尔莫戈洛夫就提出用控制论的方法去分析生命现象。他认为，用人工创造出"实在的、真正的、能独自存在和发展的生命"是可能的，与唯物辩证法的原则并不矛盾。70年代，美国航天局戈达德宇宙研究所所长罗伯特·贾斯特罗进一步指出："我们可以期望将由人类之中产生出一个新的物种来。"这种新

的有智力的生命，不一定是人的骨肉后裔，而是由硅构成。

再深入一步的问题是：这些"机器活物"与人类到底是什么关系？人类应该怎样对待它们？关于这个问题，许多科学家、哲学家、经济学家、社会学家和未来学家都在进行认真的讨论。基本看法依然是两种：一种看法认为，智能机器将超过人、统治人，成为人类的敌人；另一种看法认为，智能机器不可能超过人，也不会成为人类的敌人，"难道机器人必然要毁灭它的创造者吗？"智能机器可以与人类协调一致，共同创造更美好的未来。

这样就万无一失了吗？英国哲学家鲍波尔说："我赞成 W. F. Bodner 教授所说，科学进展是一种悲喜交集的福音。"事实正是这样，有人利用科学技术进步为人类造福，也有人利用科学技术进步制造战争。因此，鲍波尔说："我们要正视这一点，福音是悲喜交集的，例外很少。"

艾什比语出惊人

当初艾什比提出《设计一个脑》的时候是怎么说的呢？以下是他一次谈话的记录：

问：尊敬的先生，您关于《设计一个脑》的文章发表后，在社会上引起了巨大的反响。您可不可以把这个问题谈得更具体一些呢？

答：当然可以。20 年以前，制造一个大脑的想法会被认为是一种幻想。哲学家们把精神与物质仔细地分开来，他们认为任何从无生命到生命的联系是不可能的。他们说，机器不能产生脑的一些显著特点。当然，在某种意义上，他们是对的。他们想到的"机器"，是手推车、打字机或蒸汽机那样的东西。但是现在"机器"这个词有了更丰富的意义，这是由于电子管的发明使情况发生了变化。这种器件有两个主要的性质：它可以使功率自由地注入机器，从而引起很高的活动性；

它提供了一种方法，用这种方法可以使机器的一部分行为影响另一部分行为，而只有很小的反作用。要想制造一个脑的那些人终于有了在功能上可以用神经细胞相比拟的某种东西了。也就是说，有了大量的像神经细胞或电子管这样高度活泼和灵敏的器件，我们就可以把它们装配成具有知觉的某种东西。

问：机器的知觉是什么意思呢？

答：关于这个问题，有各种不同的看法和意见。有些人认为，判别一架机器能不能算作一个"脑"的标准，是要看它是不是能够思维。但是，对于生物学家来说，脑不是一个思维的机器，而是一个行动的机器：它获得信息，然后对信息进行处理。这好像动物体内的其他器官一样，是为了生存的一种特殊工。

问："许多人对"自寻目标"这个问题不太了解，您能谈谈这个问题吗？

答：上面讲到脑的这种特性，决定了它的基本结构方式，它必须具有某些持久不变的目标——它生存的根本条件——它必须在各种各样的环境下都能达到这些目标。如果环境改变了，它就必须调整它达到目标的方法。这种自寻目标的适应性所要求的一切就是这个系统应当具有负反馈。有了负反馈，就能自寻目标。在这里，重要的是自寻目标的特性不是生命或精神的特性，而是负反馈的特性。任何机器，虽然是无生命的，只要有了负反馈，就可以有这种特征。

问：您在文章里谈到稳态机可以适应任何变化。那么，稳态机就是一个脑吗？

答：这还谈不上，但是它适应了一个新的原理。稳态机将和任何别的弈棋人一样，开始只是做或多或少的随机移动，但是反馈会很快地制止它的不合规则的走法，它将稳步地倾向于避免导致输棋的走法。这种进步决不依赖于设计者所给予的一些特别细节，这些进步是机器从人们所提供的一些没有什么区别的多样性中发展起来的，反馈是主导的和控制的因素。因此，这样一个机器要是完成了，可以在巧

妙性和策略深度上超过设计它的人。有些人的目标是制造完善的奴隶脑。虽然这对某些目标说来无疑是有用的，但是我们切不要看不到我们的目的；一个能综合的脑，不但应当会弈棋，而且最终能击败它自己的设计者。只有这样，机器才显示出它自己的贡献的实在性。

问：制造这样的机器能实现吗？

答：可以这样说，前景已经在望。现在所需要的只是时间和劳动了。

问：这样的机器要是制造出来了，那情况又怎样呢？

答：这样的机器制造出来了，将会改变我们目前的许多困难和混乱。在遥远的未来，这样的机器不仅可以用来迅速回答问题，而且可以探索目前人力所不能及的领域，例如世界的政治和经济问题，包括专家们也对其无能为力的复杂的问题。人们也许可以馈给机器大量统计表、大量有关科学事实和其他资料，经过一段时间以后，它就可能发出大量的错综复杂的一系列指令，这些指令对人似乎没有什么意义，但是通过它可以使我们了解一些尚不清楚的原理和规律，逐步找到政治和经济问题的解决途径。

问：制造和使用这种机器，会出现什么问题呢？

答：问题很多。不管设计者是有意还是无意，他总是要把这种或那种"脾气"放进机器中去。一旦他制成了按自己的方式工作的机器，就决不会是没"脾气"的。这里的特殊困难是机器所表现出来的"脾气"的形式，对于设计者的理解能力来说，是过于复杂和微妙了。但是这种机器最严重的危险或许还是它的自私。有时它也会根据自己的判断来决定一个动作是否适宜，而不考虑这个动作是否对我们有利。当机器的行为还很简单并能为我们所理解的时候，这是容易对付的，"奴隶脑"不会带来麻烦。但是，当那种将发展到超过我们的稳态式的机器出现时，又会怎样呢？在它受到训练的初期，我们无疑将努力制约它，尽可能使它的动作对我们有利。但是如果机器确实发展了它自己的能力，它迟早都会从这种地位醒悟过来。

问：它醒悟过来后，将对人类造成很大威胁，对吗？如果出现这种情况，我们怎样对付呢？

答：我们能够接受的唯一合理的建议是，为了安全起见，应当把它深深地埋葬掉。否则，我们就会被征服。它的电源开关永远锁定在"开"的位置上是不合适的。

问：据了解，您的这些看法，在学术界、在社会上，都存在很大的分歧，结局到底怎样呢？

答：结局怎样，我想解决这个问题的最简单的办法，就是把这玩意儿做出来瞧瞧！

图灵的思维准则

图灵提出"机器能够思维吗"这个问题后，在社会上也引起了巨大的反响。有人相信，有人不相信，有人既相信又不能相信，他们说："机器思维太可怕了，我们希望并相信它们不能够思维。"

宗教界人士说："思维是人的不朽灵魂。上帝把不朽的灵魂给予每一个男人和女人，但不给予任何别的动物和机器。因此，没有一个动物或机器能够思维。"

一些从意识出发的论证者则说："除非一个机器能够通过它的思考和感觉写出一首十四行诗或写一首乐曲，而不是由于符号的偶然巧合，否则我们就不能同意机器能够思维。也就是说，它不仅要写出十四行诗或乐曲，而且还懂得它所写的东西。没有一种机器能够在它成功时感到快乐，失败时感到悲伤，由于受到恭维而感到兴奋，由于犯了错误而感到沮丧，由于异性吸引而入迷，由于不能得到想要的东西而感到愤怒或失望。"

还有一些论证者认为机器根本无法做到人们经常做到的那些事情，诸如：仁慈，机智，美貌，友好，有创造性，有幽默感，能辨别

是非，以及恋爱，欣赏草莓和奶油的美味。

图灵是怎样看待机器思维这个问题的呢？他认为，判断机器思维的准则应当是："如果一部机器能在某些指定条件下摹仿一个人把问题回答得很好，以至在很长一段时间里能够迷惑提出问题的人，那么就可以认为这部机器是能够思维的。"以后，不少人在谈论机器思维时，就以这个准则为依据，并把这个准则称为"图灵准则"。

后来，一些科学家根据"图灵准则"，制造出各种各样的"图灵测试机"，进行人机对话，竟把许多人搞糊涂了。如有人设计一个患迫害狂的病人，叫佩里，28 岁，未婚，在邮局工作，他极其脆弱，对涉及他的外貌、教育和信仰等问题都很敏感，他的爱好是看电影和赛马。有一次，他朝赛马场赌注登记者猛扑过去，因为那个人没给他赢得彩金。从此，他便开始惧怕黑社会的报复。下面是他和医生的一段对话：

医生：您怕黑社会吗？

佩里：黑手党是最可怕的暴徒。

医生：您跟黑手党有什么联系吗？

佩里：您没看到吗？他们知道我。

医生：他们怎么会知道您？

佩里：他们在监视我。

医生：这是为什么呢？

佩里：他们想罗织罪名把我打入监狱。

医生：他们为什么要害您？

佩里：他们想置我于死地。

医生：他们为什么要这样做？

佩里：因为我掌握着黑手党的罪证。

一群精神病医生被安排通过电传机跟一个真病人和佩里同时进行交谈，虽然他们知道其中一个交谈者是计算机，但猜不出究竟哪个是计算机。这样，图灵测试法便开始产生作用了。后来又有人设计一个模拟医生的机器人来给佩里治病，它们的对话同样很精彩。

有一次，一位美国人阴差阳错地接受了一次图灵标准测试，控制专家们由此发现"图灵准则"其实也不准。

维纳答记者问

诺伯特·维纳是控制论的奠基人，也是一位哲学家，他18岁就获得了哲学博士学位。维纳对控制论的哲学问题谈得最多，影响也比较大。1960年6月，他应苏联《哲学问题》杂志的邀请，在编辑部回答了记者向他提出的许多问题。

维纳首先谈了自己的一个基本看法，他说："使我感兴趣的，首先是会'思想'的机器和能够建造其他机器的机器。这样的机器是可以实现的，现在实际上已在某种程度上实现了。这样一来，就出现了问题，因为我们不可能在机器身上得到两种不同的东西：一种要它'机智能干'；另一种又要它'事事顺从'，成为'机器奴隶'。这两种要求是彼此对立的。完全实现其中的一种，就意味着达不到另一种。如果我们建造出这样'聪明'以至在某种程度上胜于人的机器，那么，我们将不可能使它完全'听话'。当然，人可以按电钮并驾御机器。但是，由于我们不能完全掌握机器进行的全过程，我们就很难决定什么时候应当按电钮。人使用机器的全部问题在于：我们更知道我们要求于这些机器的是什么以及怎样做到这一点，否则它们就可能成为危险的。换句话说，当我们在使用'有理智的'机器的时候，我们自己应该在利用这些机器之前，表现出更大的理智和才能。如果我们要求机器有'理智'，那么我们就应该要求自己更有理智。"

问：维纳教授，您谈到的运用"能思想的"机器可能产生的困难，是否与能模拟大脑某些机能的机械装置的"可靠性"问题是一回事呢？

答：人造机器的可靠性问题首先依赖于它所编制的程序。生命机体中的可靠性也依赖于机体本身自我调节的能力。机体依靠严格的动作程序使自己从预见不到的困难中"自拔"出来。现在已经有了能够以类似的方法使自己"自拔"于预见不到的困难的机器。

问：为了模拟大脑运动过程，必须开动好几百个元件，并保证它们协调地动作。在这种情况下，怎样才能保障每一个元件的可靠性呢？会不会出现"机器精神分裂症"？

答：在建造具有多元件的机器的时候，我们首先应该完成下述任务，做到使机器自己能排除个别元件发生困难和故障。在机器中，有各种等级的稳态，机器借助稳态进行自我组织，使自己"自拔"于这种或那种困难，保证所有元件动作的协调。我不怀疑，我们能从活的人体组织中了解到很多东西，运用这些东西可以使机器能够自己维持自己。

问：我是研究神经活动生理学的，我想知道您对这个领域的什么问题最感兴趣。

答：我最感兴趣的是我们通过示波器研究的大脑场怎样自行组织。生命机体进行动作有几个级：最低的第一级，它只是简单地回答外界的刺激；在比较高的一级，机体是从自己过去经验的历史出发来回答外界的作用并按照这些经验矫正瞬时出现的刺激因素。有一种生活在印度的小动物——獴，它是吃蛇的，獴之所以能杀死蛇，就因为它有一个简单的长处——它的神经组织更好一些。开始的时候，蛇进攻，而獴后退，伪装成不攻击的样子，然后在蛇的两次前进运动间的空隙进行反攻，最后恰到好处地杀死了蛇。也就是说，獴能根据自己的经验编制自己动作的程序，它运用自己的经验比蛇多。当然，獴的行为结构是本能的，这种本能结构是在进化过程中形成的。

问：当我们谈到奴役或者奴隶的时候，须知我们是从关于一个处于社会压迫下的活人的观念出发的。奴役的概念对于机器是否适用呢？

答：问题在于我们要做到使机器完成人的驯顺的仆人的作用，并同时赋予这个机器以一定的理智和独立性。

问：奴役的概念没有对抗的情绪是不可想像的。教授，您是怎样看的？

答：当然，就是在机器中也有某种类似的东西。在任何情况下，机器都会被某些外来作用所"激怒"，并进行自行组织以应答这些作用。但是不能把这叫做"情绪"。机器在"情绪"方面并不是进化的。

问：教授，按照您的意见，能否确定机器模拟大脑过程的某种合理的界限，能否预见到某个范围，超过它的界限，机器就不可能进一步改善？

答：我们有低级的机器，它们只按照输给它们的程序动作；也有高级的机器，它们能通过学习改变自己的程序。然而拿高级的机器与人对比，人比机器有更多的优越性。人具有更灵活的运用尚未确定下来的思想和"不清晰的思想"的能力。而在某个地方，在某个十字路口上，这一优越性是至关重要的，是起决定性作用的。

问：您能否谈谈，研究哪些现实的哲学问题对控制论是重要的？

答：在我看来，基本的任务在于能够更准确、更深刻地理解自行组织系统与自我复制系统的问题。

第一章　安德洛伊德之死

浪潮冲击下

刺耳的电话铃声一阵接着一阵，惊扰着《奥秘》杂志记者贝尔的好梦。他蒙住脑袋，闭着眼睛，决定不去理睬那电话，因为他实在太困了。何况现在是凌晨三点半，距离白天还远着呢。

电话铃仍然响个不停。

贝尔睁开惺忪的睡眼，看见窗外灯火通明，街道上车水马龙，人来人往。他陡然想起一句不知道是谁说过的话："现代城市是个蛇发女郎，她永不睡觉。"可能就是这句话，使他的睡意消失了许多。"我倒忘了，我们现在是生活在一个新的时代里。"他思忖着。清晨四点上街购物，已成为城里人生活的正常现象。人们上班，只论是上什么班，而不分日班、夜班。他亲眼看到许多人在午夜三点到超级市场购买日常用品，一个男子从老远跑来，只是为了买一罐吃通心粉的作料；两个老头四点就匆匆忙忙向河边走去，为了抢占一个钓鱼的好地方；健身房什么时候都挤满着人；快餐店半夜还有人在进餐。花旗银行也在电视上做广告："您已经看到银行业务革命的曙光。本银行实行新24小时服务制度。欢迎您将存款存到本银行来，本银行随时为您服务。"

这是一个新时代的细微而强大的变化。专家们努力搜集字眼，用以描绘这次非凡变革所具有的全部力量与影响。有人说，这是赫然耸现的太空时代；有人说，这是信息时代，电子纪元，或者是环球一村；也有人说，它是"后工业社会"，或者是"超工业社会"。然而，所有这些说法，都不十分恰当。因为这些说法只强调某一种因素，这非但不能帮助我们拓宽视野，反而限制了我们的思路；另一些说法则平淡无奇，似乎这个新时代可以平静地、悄悄地进入我们的生活。总而言之，这些说法根本不能概括奔腾而来的种种变革所包含的全部力量和压力，以及由此产生的矛盾和冲突。

贝尔还想了许多。他是一个相信浪潮冲击的人。他完全相信，人类正面临一次飞跃，经历着深刻的社会变革，并将创造出一个崭新的世界。既然新文明已向旧事物挑战，必然会出现许多人们暂时无法理解的东西，甚至陷入苦恼和毫无头绪的状态。但是，只要我们认识到时代变革的性质，许多似乎无法解释的事情就会突然变得合情合理了。

电话铃仍在固执地响着。

贝尔咬了咬牙，翻身下床，一把拿起话筒，准备朝它嚷起来。但是，当他听到对方焦急万分的声音时，却把气话咽住了。

"对不起，贝尔。"传来的是《惊奇》杂志记者罗普的声音，"我打扰你的好梦了吗？"

"你究竟想要我帮你什么忙，罗普？"贝尔仍然有点生气，声调是生硬的。

贝尔和罗普是一对知己，虽然工作单位不同，却合作得很好。贝尔的《奥秘》杂志，隶属国际人工智能联合会总部，是个世界性的权威刊物。罗普的《惊奇》杂志，专门报道科技的新发现、新事物、新设想，以及未来的发展，它常常把现实和幻想结合起来，给人新的启迪，因而吸引着大批读者。贝尔已是中年，阅历丰富；而罗普还年轻，充满活力。贝尔既喜欢罗普，又有点讨厌他，因为他的脑子里总是装着许许多多的"为什么"，一见面就问个不停，令人难以应付。

"你说得好，贝尔，我很需要你的帮助。"罗普急急忙忙地说，"我现在在第九十一街区，去德洛斯广场的路上……"

"发生了什么事，罗普？"

"我的汽车被扣了。"

"为什么？"

"超速。"

"为什么超速？"

"因为我要赶时间。我必须尽快赶到德洛斯广场，那里有个重要集会。"

"什么重要集会？"

"你怎么啦，贝尔？难道你真的一点也不知道？"

"我昨天还在旅途中，很晚才回到长岛，由于累得要命，一到家就上床，要不是你的电话，我还在梦中。"

"这样看来，直到现在，你还在梦中，贝尔。让我告诉你，明天，不，是今天，有个安德洛伊德要在德洛斯广场发表演说。不，不，是发表宣言！"

"冷静点，罗普，你慢点说。安德洛伊德要发表什么宣言？"

"这正是我最感兴趣的问题。难道你不感到惊讶吗？你应该感谢我，而不要埋怨，贝尔。赶快来吧！"

贝尔果然被这一信息打动了。他急急忙忙穿上衣服，驾车赶到第九十一街区。罗普还在那里与交通警察争辩，申述他超速的理由，但是交通警察却很刻板，坚持要照章办事，除罚款外，还要扣车一小时。原来这个交通警察也是安德洛伊德，一个从表面上看来与人毫无区别的机器人。

"安德洛伊德"这个词来自拉丁语，意思是"与人完全相似的东西"。19 世纪，法国作家比利哀·德·利拉丹写了一部名为《未来的夏娃》的小说，书中出现了一个名叫阿达里的美丽的"安德洛伊德"，以后人们就把与真人相似的机器人通称为"安德洛伊德"。

眼前这位交通警察，也像阿达里一样美丽。这是机器人制造商为招待顾客而设计的。警察局交通稽查处雇用了一批这样的女警察，据说效果很好，那些违反交通规则的人，在美丽的女警察面前都很和气，乖乖受罚。像罗普这种纠缠不休的违规者就很少见。

　　在闹市的各种商场、酒店和服务场所，也能看到这些美丽的"阿达里"，它们都是一些思维简单的机器人。不过，它们也是有感情的，高兴时会笑，委屈时会哭，受到恭维也会动容。可惜罗普却不会恭维一个机器人。

　　"喏，你看谁来啦？"罗普指着贝尔。

　　"他是谁？"女交警问。

　　"他是国际人工智能联合总部的。"

　　"这与我有何相干？"

　　"这……我该怎样和你说呢？简单地说，他是管你们的。"

　　"我的上司是交通稽查处。"

　　"可你是……"

　　"你好，美丽的小姐！"贝尔向女交警打招呼，笑容可掬，不像

罗普。

"有什么要帮忙吗，先生?"

"是这样的，美丽的小姐，我这位朋友违反了交通规则，对不对?他应该受到处罚，你是对的。但是事出有因，他要赶到德洛斯广场，聆听你们的一位领袖演讲……"

"我们的领袖?机器人没有领袖，只有主人。"

"听我说，小姐，它是你们的大兄弟。它正在为提高你们的地位和利益而呼吁……"

"我们的利益在洛桑万能机器人公司。"

"正因为如此，它才要演说。你们应该有自己独立的利益，你们的地位也应该得到提高。"

"这与你们又有什么关系呢?"

"这事是否成功，关键是必须得到人类的支持。我们是真诚地支持你们的。因此，我们必须及时赶到德洛斯广场，一点也不能耽误。"

"您在哄骗我，对吗?"

"不是。绝对不是。"

女交警果然感动了，它思考了片刻，便把驾驶证交还给罗普。"请您记住，先生，下次再违反交通规则，就不那么容易处理了。"它对罗普说。

罗伯达宣言

贝尔和罗普赶到德洛斯广场时，演讲还没有开始，演讲人也没有出现，但广场上已挤满了人，他们有的出于对此事的关注，有的则出于好奇。贝尔和罗普费了好大的劲，也无法挤到讲台下面，只好远远地站着。那些赶早的同行们则占了很大的便宜，电视台的记者选择最好的角度，架好了摄像机，正忙着做拍摄和录音准备。文字记者却无

事可做，便聚在一起聊天，互相猜测今天将要发生什么事。近来发生的事情太多了，新的发明创造与倒退反常事件、暗杀绑架与政府倒台、突击队奇袭和社会新闻相继而来。各种传媒为了追逐轰动效应，令记者们日夜出击，疯狂搜集奇闻怪事，疲于奔命。关于智能机器，特别是关于安德洛伊德的奇事也越来越多，层出不穷。这些无所不知的电子计算机、无所不能的机器人，已经散布到社会的每一个角落，深入到每一个家庭。人们已经离不开智能机器，人人都变成了机器迷。托夫勒曾把计算机与大麻相提并论，看来这样的时代真的来临了。在这样一个环境中生活，人们渐渐想到一个不寒而栗的问题：机器会代替一切吗？灵巧的机器，特别是当它们联结在一起组成一个网络时，会不会超过人的能力，以至于无法理解并掌握它呢？我们究竟允许自己在依赖这些机器上达到什么程度？我们自己的脑子会不会萎缩？如果一旦某人把墙上计算机的插头拔掉，情况又会怎样呢？我们还有什么基本的生存技能？还有一个更可怕的问题，就是那些安德洛伊德，它们越来越多地占据了人类的工作岗位，正如一些控制论专家所预言的，它们会长期甘心处于奴隶地位吗？一旦它们……

广场骚动了起来。演讲者终于出现了，它由洛桑公司的人陪伴着。据主持人介绍，它叫格列姆，与德国作家古斯塔夫·梅林创作的《巨人格列姆》同名。洛桑公司善于利用神话或名著做广告，连公司本身的名称也是完全套用卡列尔·查培克写的《洛桑万能机器人公司》。但是现在出现在众人面前的格列姆，不是一个粗鲁的巨人，而是一位衣冠楚楚、风度翩翩的"领袖"，人们经常在竞选总统、州长的场合见到这样的人物。

格列姆首先发表了一个简短的讲话，意思是告诉人们，它今天不是什么演讲，而是宣读一份《罗伯达宣言》。"罗伯达"的原意是"奴隶"。因此，那些对安德洛伊德忧心忡忡的人听起来，心里就舒坦了许多，对格列姆鼓掌，表示欢迎。

格列姆宣读的《罗伯达宣言》全文如下：

"现在，地球上有一种怪物在蠢动。这不是别的，就是我们机器人。我们机器人目前正在待机，准备代替人去探测外星球，把那里的详细情况告诉人类；还准备到海底进行探险，把海底潜藏的资源调查清楚，以便于人类去进行开发。（听众中开始出现赞扬声）

"另一方面，我们的同胞已经在各种工厂里代替人类去从事繁重的作业。它们同时还在商店、娱乐场所以至家庭为人类服务。预想在不久的将来，我们将进化为自行新陈代谢的工厂机器人，可以自动吸取原料，排泄产品。（人们发出了笑声）

"我们机器人自信，可以靠我们本身的主体性能来解决人类遇到的各种难题，包括一些电子计算机都不能解决的难题。我们还想要解决有关意识的哲学论争问题。（惊讶之声四起）

"在这里，我们愿意唤起人们注意我们机器人已有 3000 年以上的隐忍屈从的历史。机器人的存在可远溯到希腊神话的世界。在那里曾叙述过有关名叫'太罗斯'的青铜制造的我们的祖先，他是为克里特岛的米诺斯王而制造出来的。

"在确立机器人的问题上，最使我们感恩的是捷克斯洛伐克作家卡列尔·查培克，他不仅给予我们机器人这个名称，而且最先指出了我们在工业上的作用。然而时间过去了许多年，我们好不容易才脱离了纸上机器阶段，以具体的存在形式出现在世界上。当我们想到这一点的时候，真是感慨无限。

"我们在这里向摆脱了数千年被人无视和隐忍屈从的历史而出现在地球上的所有机器人同胞们，致以衷心的祝愿。同时，我们宣告：为了和我们的生身之父——人类——和平共处，我们决心遵守下列机器人宪章：

第一条　我们机器人不可伤害人或眼看人将遇害而袖手旁观。

第二条　我们机器人必须服从人的命令。但其命令违反第一条规定时可不服从。

第三条　我们机器人必须在不违反第一、第二条规定的情况下保护自己。

"地球上的同胞、所有的机器人们,让我们团结起来,向着我们光辉灿烂的未来勇往直前!"

"机器人和人的和平共处万岁!"

广场上的许多听众,开始感到惊愕万分,尔后如梦乍醒,也跟着高呼起来:

"机器人和人的和平共处万岁!"

呼声一阵高似一阵。人们向格列姆涌去,有的给它献上鲜花,有的争着和它握手,那种热烈场面实在少见。

"你感觉如何,贝尔?"罗普问。

"既新鲜,又不新鲜。"贝尔说。

"这话怎么讲?"罗普不解地问。

"这实际是一种广告形式,洛桑万能机器人公司的新花招。"贝尔说。

"他们为什么要搞这种广告呢?"

"因为人们对机器人的忠诚开始感到怀疑,担心将来会深受其害。这样一来,洛桑公司的生意也就受到影响。他们这样做,无非是想叫广大客户放心。"

"这也是一件新鲜的事儿。就拿它那个宣言来讲,也够煞费苦心的了。"

"那个宣言也并不新鲜。早在 20 世纪 60 年代,在东京一所大学里就出现过。现在这个宣言实际上就是那个宣言的翻版,只不过对个别地方做了些删改。"

罗普对贝尔的话感到很惊奇。这家伙怎么会懂得那么多?于是,"为什么"又来了。

"你刚才说,这事儿既新鲜又不新鲜,对吧?不新鲜的你都说了,那么,新鲜的又是什么呢,贝尔?"

"你真会钻空子,罗普。新鲜的当然有,不过我对这个问题还没有

想清楚，只是说说而已。"

贝尔也许是故意吊罗普的胃口，也许是真的没有把握，他没有继续往下说。罗普却急了，频频催促："你怎么不说啦，贝尔？继续往下说呀！"

"依我看，这个格列姆不是洛桑公司的产品。"贝尔终于开口了。

"何以见得呢？"

"它全身充满着灵气。也就是说，它不是一般的机器人。"

"那么，它是谁制造的呢？"

"很可能是长岛'黑箱'公司的。如果我的判断是正确的，这就是一件新鲜的事儿了。"

"为什么？贝尔，你说具体点。"

"因为'黑箱'公司的机器人，都是深藏不露的。他们的高级机器人，像鬼魂一样神秘莫测，它的出现，必有原因。"

贝尔的话，把罗普的心撩得痒痒的。

"我们能弄清楚其原因吗？"

"当然。不过要有决心。"

"我有决心。现在请你告诉我，我应该怎么做，才能达到目的。"

"但是，要弄清楚这个问题，可能有风险，你不害怕吗？"

"我不害怕。"

"真的？"

"真的！"

"OK！你现在就去调查它的来历，然后再看看它在干些什么。"

"好的。再见，贝尔。"

神秘的"黑箱"

罗普本想去追踪格列姆，但因交通堵塞，无法跟上目标，只好作罢。他多方寻问，找了许多信息灵通的人士，包括那些在情报部门干事的朋友，他们都与贝尔有同样的看法，格列姆不像是洛桑公司的产品。但是，它是哪家的，谁也说不准。如果它出自"黑箱"公司，为什么又要充当洛桑的角色，在大庭广众中扮演机器人"领袖"呢？实在令人费解。对"黑箱"公司一无所知的罗普，就更加莫名其妙了。于是，开头那一幕又在重演，刺耳的铃声不断骚扰着贝尔的好梦。不过现在震动他的耳膜的，不是电话铃，而是门铃。

贝尔开始对这种半夜骚扰感到愤怒，但是冷静下来，只好重重地叹了口气，这是咎由自取呀，怪谁呢？当他打开房门时，看到罗普那副神情，只觉得好笑。

"你真够神的了，贝尔，一切正如你所料。现在请你告诉我……"

贝尔对罗普扬了扬手，并示意他坐下。"我还得煮咖啡什么的。看来今晚是无法再睡觉了。"贝尔无可奈何地说。

"对不起，贝尔。当我知道格列姆果真不是洛桑公司的时候，我就无法入睡了。"罗普表示歉意，"朋友们和你一样的看法，它很可能是'黑箱'公司的。那么，请你首先告诉我，'黑箱'公司是怎么回事？我知道，这样打扰你是不好的，可是，如果得不到答案，我便会生病的。你明白吗，贝尔？"

"好啦，你不必解释了。我可以告诉你，但是你必须答应我，要有耐心。任何事情都不是三言两语就可以说得清楚的。"

"我答应你，贝尔。"

咖啡是一种兴奋剂，它可以驱走睡魔。对这种彻夜长谈，喝咖啡是个好办法。但对求知欲极强的罗普来说，贝尔的每一句话都是兴奋剂，它令人忘记时间，忘记疲劳。

贝尔首先问罗普："人是什么？"

罗普怔住了，一时不知如何回答才好。

"人是什么？这个貌似简单、其实很复杂的问题，曾使许多科学家、哲学家感到困惑。"贝尔并没有期待罗普的回答，便继续往下说，

"瑞士哲学家鲍亨斯基这样回答：首先，人是一种动物；其次，人是一种特殊的、独一无二的动物。人是一种有机体，像其他动物一样，有各种感觉器官，能生长、摄食和运动，有巨大的本能为自己的生存而进行各种各样的斗争。但是，从生物学的观点来看，人又是比较软弱的，视觉、嗅觉、听觉同某些动物相比，是不值得称道的。如果让人赤裸身体，在严寒、酷热气候面前，很快就会死亡。然而，人却是大自然的主人。人改造了地球的面貌，并且已经离开了地球，到太空中去活动。因为人拥有一件最厉害的武器，那就是他的智力，任何动物在智力方面都不能跟人相比。人善于学习，能够思考，所以能高踞于一切动物之上。我这样说，你不感到厌烦吗，罗普？"

"不，一点也不厌烦。"

"人类智力的根基，是大脑和思维。人的大脑大约有 140 亿个以上的神经元，是一个非常复杂的系统。人们对大脑的记忆、思维等活动的规律，至今仍未彻底掌握。爱因斯坦可以精辟地阐述他创立的相对论，却无法解释这一理论是怎样想出来的。大脑和思维之所以长期是个谜，原因之一是研究它很不容易，即使把大脑破开来，也无法看到它的思维机理。所以控制论学者称大脑为'黑箱'。"

"噢！也就是说，'黑箱'公司是个大脑公司，对吗？"罗普问。

"可以这样说。但事情并不那么简单。"贝尔接着说，"在科学发展史上，曾经有过一个很奇特的现象，就是远离我们自身的方面取得了飞速的进展，而对于自己，特别是对于像大脑这样重要的器官，研究工作反而十分落后。当宇宙飞船在星际空间进行精密的科学考察时，我们对自己的脑子却不甚了解。这个问题终于引起了许多科学家和哲学家的注意，他们把思维和物质的关系，思维究竟是怎样从物质中产生出来的，作为一个基本问题来研究。生物学家、心理学家和控制论学者，都把揭开大脑之谜作为重大课题，研究大脑处理信息机制，研究大脑思维规律。各种研究机构和组织也就应运而生。但是，这些研究机构和组织，还不像长岛'黑箱'公司这样的组织，因为这仅仅是事情的一面。而另一面则随着电子技术、电子计算机科学和人工智能研究的发展，有的科学家又提出人造大脑的设想。最初提出'设计一个脑'的是控制论专家 W. R. 艾什比。数理学家 A. M. 图灵接着发表《计算机和智力》，明确表示支持艾什比，认为机器也能够思维，这些能够思维的机器是可以制造出来的。这个问题引起了巨大的反响，人们争论不休，有人相信、也有人不相信机器能够思维。人们还激烈地争论，这些能够思维的机器一旦制造出来，会不会造成对人类的威胁。艾什比认为，仅仅在口头上或在纸上争论是毫无意义的，最好的办法是把这'玩意'造出来瞧一瞧。科学家们这样做了，开始是制造电子计算机，后来制造智能机器人，并且发展到今天的安德洛伊德。它们模拟人，模拟得惟妙惟肖，真假难辨。仅从这一点来说，已远远超过了艾什比和图灵最初的设想。不过有一点他们倒是预想到了，就是这种能够思维的机器一旦泛滥起来，将带来许多问题。包括控制论的奠基人诺伯特·维纳以及其他许多专家，都表示过这样的担心。然而，谁也无法具体地说，今天或明天将要发生什么事。你说对吗，罗普？"

罗普正听得入神，一时反应不过来。"你说什么，贝尔？"他怔怔地问。

贝尔拉开窗帘，外面已是清晨。

"噢，我的天！我可要睡觉了。"

"不，亲爱的朋友，你还没有把话说完呢。"罗普有点急了。

"你还要我说什么，罗普？我不是机器人，我永远做不到不吃、不喝、不睡觉。你明白吗？"

"对不起，贝尔。你只需要再给我说清一个问题。实际上，你还没有告诉我，长岛'黑箱'公司是怎么回事。不是吗？"

"你说'黑箱'公司是个大脑公司，这没错。他们不仅研究大脑，同时也制造大脑。他们研制的机器人，不是世俗上常见的机器人，而是具有高度思维能力的机器人，它们的智力是一般人望尘莫及的。由于他们的研究工作是极度保密的，局外人莫测高深，所以'黑箱'公

司也是个名副其实的'黑箱'。"

"他们研制这些高级机器人的目的是什么呢？"罗普问。

"不知道，谁也说不清。"贝尔说，"在当今世界上，凡是有一定实力的国家，都在秘密研制这种高级机器人，就像 20 世纪秘密研究核武器一样。研究手段各不相同，最引人注目的，一个是控制论，一个是仿生学。他们的代表，一个是长岛'黑箱'公司，另一个则是中国仿生研究所。这两个地方都汇集了大批专家进行攻关，因此成果也最为显著。行了吗，罗普？你满意了吧？"

"不，贝尔，还有一个问题……"

罗普还想再问，但他的电话铃响了。他拿起电话，神色突然变得无比惊讶。"好，我马上就来。"他最后说。

"是谁打来的电话？"贝尔问。

"一位不愿意披露姓名的朋友。"

"什么？难道他是间谍？"

"别这样说，贝尔，是谁打来的电话，这无关重要，重要的是信息本身。我们共享他提供的信息，这样还不行吗？"

"是什么重要信息？"

"格列姆要竞选总统！"

贝尔不禁也吃了一惊。

"这信息可靠吗？"

"绝对可靠。今天一早，格列姆就到一家律师事务所咨询，了解有关竞选总统的法律程序。"

"后来呢？"

"后来它离开律师事务所，不知去向。我们现在就去那家律师事务所，了解有关细节，你看好吗，贝尔？"

机器人竞选总统，这真是一件新鲜的事儿！贝尔的睡意没有了。

路上，罗普还兴奋不已，他对贝尔说："我应该感谢你，也很佩服你。"

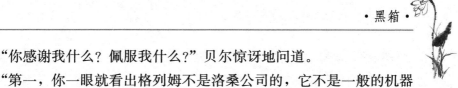

"你感谢我什么？佩服我什么？"贝尔惊讶地问道。

"第一，你一眼就看出格列姆不是洛桑公司的，它不是一般的机器人；第二，你能听出它的弦外之音，它不甘心为奴仆。这两点引起了我的兴趣，令我下决心去调查格列姆。看来我们并没有白忙。"

"我还说过，调查格列姆是要冒风险的，你没有忘记吧？"

"我没有忘记。我的目标是追求惊奇。没有惊奇，我的《惊奇》还有什么意义？"

"真是妙语惊人呀，罗普。"贝尔大笑了起来。

重返伊甸园

当贝尔和罗普赶到那个律师事务所时，那里的人们还在小声地议论格列姆要竞选总统这件事，气氛有点神秘而紧张，他们都知道格列姆说了些什么。

"格列姆是什么时候到你们这里来的？"罗普迫不及待地问道。

"5 点 30 分。"事务所的负责人说。

"我们是实行 24 小时服务的。"一位律师补充道。

"你们认识它吗？"贝尔问。

"应该说认识，因为它在德洛斯广场宣读过《罗伯达宣言》。"负责人说。

"它的表现如何？"罗普问。

"它很机敏，应答如流，使人看不出它是机器人。"一位律师说。

"它主要询问有关竞选总统的法律程序问题。"负责人说，"作为一个律师，我必须对询问者说实话。我告诉它，你要竞选总统实际上是不可能的。它问：'为什么呢？'我说：'有许多无法克服的困难。比如说，第一，在我们国家，还没有允许机器人竞选总统的法律，你是无法从法律上取得提名资格的；第二，竞选总统要有一个政党作后盾，

而你没有，你以什么政党作标志呢？第三，竞选总统要有一大笔经费，你的经费从哪里来？……'"

"它怎么说呢？"罗普急忙问。

"它也说了3点，表明它的自信和决心：第一，法律是根据实际需要制定的，同样可以根据需要而修改；第二，政党与法律相同，都是为了某种需要和目的而诞生；第三，解决经费问题也不难，因为我们无所不知，无所不能，我们可以通过各种有效途径获取金钱。"

"后来，您对它怎么说呢？"贝尔问。

律师事务所的负责人沉吟了好一阵，才接着说："也许我不应该和它辩论，有些话本来可以不说的，我说了；它也对我说了一些不该说的话。"

"你们都说了些什么？"

"我对它说：'假如人们不同意你的做法呢，你怎么办？'它说：'不可能。因为在当今的世界里，我们的同胞，包括所有的智能机器，如电子计算机等，遍布各个角落，任何人、任何工作都离不开我们。我们的命运与人类的命运息息相关。我们停止工作一小时，就会造成巨大的损失；我们停止工作一天，人类就会受到沉重的打击；我们停止了工作，一切工作就都停止了……'"

负责人说到这里，又沉默了。过了好一阵，他突然站了起来，神情十分激动："难道我们真的需要机器人治国吗？如果机器人当总统，那么我们人类还能干什么呢？对我们人类来说，这难道不是一个严重的威胁、严重的挑战吗？我们怎么办？"

没有人能回答他的问题。连罗普也沉默了。最后还是贝尔打破了沉默。

"威胁也好，挑战也好，我们可以暂时不用去管它。"贝尔说，"现在最重要的，是它离开这里后，到哪里去了？去干些什么？你们知道吗？"

律师们都表示不知道。贝尔和罗普只好告辞了。回到贝尔的住处，罗普立即同洛桑公司联系，公司的人说，格列姆离开公司后，再也没有回去过，也不知道它的行踪。罗普又询问"黑箱"公司，"黑箱"公司声言格列姆与他们毫不相干。罗普有点失望了。

"我们能找到格列姆吗？"他问贝尔。

"能，一定能。"贝尔说，"在这个城市里，见过格列姆的人数以万计，只要它一露面，就会有人认出它来，何况它还要竞选总统呢。"

"你真的相信它会竞选总统吗？"

"它对律师讲的那番话，不是没有道理。人们现在的确是过分地依赖那些智能机器了。诺伯特·维纳早就说过，未来世界不是一张舒适的吊床，可以躺在上面让机器人来服待。智能机器可以帮助我们，但我们不能完全依赖智能机器。我们还要懂得如何使用这些机器，懂得应该在什么时候按电钮。维纳还说过，《约伯书》和《失乐园》所描述的那场博弈，是上帝和他的创造物之间的博弈。这种博弈，乍看起来好像是强弱极其悬殊的竞赛。和一个全能全知的上帝博弈，是蠢人的行为；但据说魔鬼却是一个机智的老手。因此，我们不能让自己迷失在那些全能全知的教条里，否则在搏斗中很可能败北。所有这些，都是警世良言。格列姆竞选总统实际是不可能的，但借竞选之名，挑起事端，制造混乱，那倒是不可忽视的。所以我们必须找到它。你现在应该充分发挥那些不肯披露姓名的朋友的作用了，罗普。"

"我会请他们帮助的。但是我很担心，待我们找到格列姆时，不该发生的事发生了。"罗普说。

一连好几天，都没有格列姆的消息。但是奇怪的事情不断发生：一些自动化生产线频频出现故障；一些机器人擅自离开工作岗位，不辞而别；更令人吃惊的是，一台电子计算机突然打出支持格列姆的字句。看来格列姆已经在行动了。

一天，一位不肯披露姓名的朋友给罗普传来信息，格列姆出现在一座无人工厂里。所谓无人工厂，就是全由机器人管理的工厂。这样的环境，对格列姆来说是最好不过了。更耐人寻味的是，这座工厂正

是洛桑公司制造机器人的工厂，洛桑公司将它命名为"伊甸园"。伊甸园是《圣经》中所说的人类始祖居住的地方。洛桑公司将这座工厂称之为"伊甸园"，寓意这里是机器人的出生地。也许他们还希望，全世界的机器人都把在这里出产的怪物当做它们的祖先。

贝尔和罗普分析，格列姆跑到这种地方活动，其意向更加明显，危险性也更大了，奇怪的是，市政局对此还没有什么反应。国家至今也还没有治理机器人的法律，警察只把它们当做一种机器而已。广大市民对格列姆要竞选总统之事一无所知，他们还在议论《罗伯达宣言》，陶醉于《罗伯达宣言》最后那句话：机器人和人的和平共处万岁！

贝尔和罗普决定去访问"伊甸园"工厂。在目前这情况下，只有他们以记者的身份去采访最为合适，别的办法都有可能惹出什么事端来。当然，还要看贝尔和罗普是否机智。这是一次人和机器的博弈，就像当年塞缪尔和自己设计的博弈机下棋一样，弄不好也会败北。

追踪格列姆

"伊甸园"工厂离市区 20 多千米，隐蔽在一个荒凉的山区里。这里的地质地貌十分奇特，山峰如城堡，山谷似通道，土壁和地面，全是黄红色的。土质非常坚硬，而且洁净如洗。山上没有树，山下没有水，像一片沙漠。这里不是人类生存的地方，而对机器人来说却是世外桃源。

贝尔和罗普在弯弯曲曲的山道转来转去，头晕目眩。罗普又有点不耐烦了。"'伊甸园'在哪里？我们能找到格列姆吗，贝尔？"

"我也不知道，罗普。"贝尔对这个问题似乎也不感兴趣。

"我小时候常听父母说，出海打鱼是要冒风险的，我偏不信。有一次，我瞒着家人，偷偷爬上了一艘渔船。"

"后来呢?"

"后来,我再也不敢这样做了。"

"我们该调转车头了。"

"为什么?"

"这和出海打鱼一样。"

"可我已经不是小孩子了。"

"你终于讲真话了,贝尔。你的意思我听得出来,这是一次像出海打鱼一样的采访,不是吗?"

"也许是,也许不是……噢,你看,那不就是工厂吗? 罗普,你再看看那位门卫,它像谁?"

"美丽的阿达里!"罗普惊叫了起来,"可惜机器人不会谈恋爱。"

"你又说错了,罗普。机器人也是有感情的。它们除了繁殖后代的方式与我们不同外,其余都和我们一样。"

"难道它跟人也谈恋爱吗?"

"当然。你看,它来啦,你去跟它说,说得好,它会感动的。"

"不,还是你跟它说。"

"你什么时候才能学会恭维,罗普?"

"我永远也学不会恭维。"

"请出示你们的证件。"女门卫向罗普敬了一个礼,"有何贵干?"

罗普一面出示证件,一面说明来意。女门卫指着一块高高挂着的牌子,冷冷地说:"两位先生请看。"

牌子上写着:谢绝参观访问。

罗普:"我们不是一般的访问。"

女门卫:"这里不是一般的地方。"

罗普:"这是一次挺有意思的访问。"

女门卫:"挺有意思是什么意思?"

罗普摊开双手,感到无可奈何。

"我们是国际人工智能联合会总部的。"贝尔只好亲自出马,再次

说明身份和来意，"联合会总部的专家对你们工厂的贡献十分欣赏，正向世界各国推荐。因此，我们这次访问，对你们来说，是非常重要的。刚才这位先生讲的就是这个意思。你明白吗，美丽的小姐？"

"我无权违反规章制度。这一点，你们也应该明白。"女门卫说。

"这个我们明白。你忠于职守，令人敬佩。你可不可以同你的上司联系，让我们进去采访？"

"当然可以。请稍等。"

大约过了半个小时，贝尔和罗普才侥幸获得批准。进了大门，汽车依然在弯道上转来转去，好不容易才到达指定地点。路上，看不到任何戒备，也看不到厂房，估计厂房都建在山洞里。指定地点是一座低矮的房子，里面只有一些电子设备，空无一人。

"难道我们走错了地方？"罗普感到疑惑。

"不会，门卫讲得很清楚。"贝尔说。

"是否还要继续往前走？"

"通道已经到了尽头，没路走了。"

这时，扬声器忽然响了起来。

"欢迎光临，先生们！"

贝尔和罗普吓了一跳。

那声音继续说："饮料和杯子都在消毒柜里，请随便用吧。"

"你是谁？我们怎样称呼你？"

"我叫约翰。两位有何贵干？"

"我们想和你们的负责人谈谈。"

"我就是。请说吧。"

"这里就是你的办公室吗？"

"是的。"

"怎么空无一人？"

"我们是无人工厂。"

"至少会有机器人吧？"

"机器人和机器是一样的。"

"我们的来意你知道了吗?"

"门卫已经告诉过我。"

"那么,我们可以看看你们的机器人吗?"

"我们的机器人遍布全市、全国乃至世界,在什么地方都可以找到它们,为什么还要到工厂里来呢?"

"那是不同的,约翰先生。专家们所需要的是整个设计、生产过程的详细资料。"

"这也不难,你们到洛桑公司总部的资料库,就可以找到这些资料。"

"我们想看看生产现场,顺便拜访一位朋友。"

"拜访哪位朋友?"

"格列姆。"

"格列姆?!"

"它是你们公司的杰出代表,曾在德洛斯广场发表过《罗伯达宣言》。"

"你们想和它谈什么呢?"

"我们很欣赏它的宣言,想和它谈谈有关宣言的问题。"

"宣言有问题吗?"

"没有问题。我们只是想请它谈谈比如宣言里有这样一句话:'地球上的同胞、所有的机器人们,让我们团结起来,向着我们光辉灿烂的未来勇往直前!'机器人的光辉灿烂的未来是什么呢?机器人怎样勇往直前?"

"你们提出的问题很好,但是格列姆不在工厂,很遗憾。还有什么问题吗?"

"还有,我们感到格列姆与众不同,它是在你们工厂出生的吗?它现在在哪个部门?担任什么工作?"

"这个,你们最好问它本人。"

"可是，我们到哪找它呢？"

"我也不知道。你们可以等候，也许它会接受你们的采访的。请原谅，我还有些事情要处理。再见！"

谈话结束了。

"怎么办？等候。格列姆先生会接见我们的。"贝尔毫不犹豫地说。他向罗普暗示："我们在外面休息一下吧。"

贝尔把罗普推进汽车，关紧了车门。

"你想干什么，贝尔？"罗普感到莫名其妙，"为什么这样神秘兮兮的？"

"你觉得刚才的对话怎么样？"

"不怎么样。"

"你猜它是谁？"

"它说它叫约翰。"

"不！它就是格列姆。"

"但是那声音不像格列姆。"

"声音是通过电子设备传出来的，是可以改变的。"

"那我们现在怎么办？"

"等待，等待格列姆的下一步棋。"

"格列姆会有下一步棋吗？"

"会的，请你相信我。"

深深的陷阱

当贝尔和罗普从外面回来时，屋里的电子设备全都关掉了，只有一盏照明用的小灯闪着微弱的亮光。

"这样也好，我们可以自由活动了。"贝尔说，"你知道刚才我为什么叫你出去吗，罗普？因为我们在这里的一举一动，都是受到监视的。

现在好了，你想说什么就说什么吧。"

"我只想吃东西。你不觉得肚子饿吗，贝尔?"罗普从消毒柜里拿出一瓶饮料、两只杯子，"来吧，先干一杯再说。"

荒郊的夜晚来得特别早，因为四周没有灯光，一片沉寂。随着黑夜的来临，罗普感到不安了。"格列姆还会出现吗?"他问贝尔。

"它不来找我们，我们去找它。"贝尔说，"我有一种奇怪的感觉，我觉得这座房子不是孤立的。"

"何以见得呢?"罗普惊讶地问。

贝尔用手敲打四壁，觉得有个地方声音不一样。"你看，罗普，这里好像是个通道的门。"

罗普仔细观察，的确是道门。但是怎样才能打开呢?

贝尔四处寻找，在控制台旁边发现有一排细小的数码标志。他胡乱地拨弄了一阵，门终于被打开了，里面还亮着灯光。

通道同样是弯弯曲曲的，但是很有规律。每到分岔的地方，都有左右两道门。现在右边的门紧闭着，只有左边的门可以通行。贝尔和罗普并不了解其中的奥秘，只好沿着左边的门走进去。突然，前面出现了一个大厅，厅里灯火辉煌，有许多机器人在活动。

"这里就是它们的工厂。"贝尔说。

"走，进去看看。"心急的罗普说。

"不，这样进去是不行的。你看到了吗? 它们穿的全是淡蓝色的衣服，我们必须找到这种衣服。"

有两个机器人正往这边走过来，它们是一男一女。贝尔和罗普在过道上没法躲藏，只好走进一间小房里，没想到这对男女也走进这间小房。贝尔和罗普急忙躲进一堆衣服后面。这对男女一进房间，便亲热起来，缠缠绵绵，久久不肯离去。过了好一阵，那个女的说:"噢，西蒙，我们得赶快把衣服拿过去，它们正等着用呢。"男的说:"是呀，我倒忘了。"它们翻找着衣服，把贝尔和罗普吓坏了。幸好衣服很多，贝尔和罗普没有被发现。更幸运的是，房子里的衣服，正是他们要找

的淡蓝色的衣服。

这是一种绝尘工作服，穿上后只露出两只眼睛，谁是谁就很难看得出来了。

"不是我们像机器人，而是机器人像我们。"贝尔一本正经地说，"它们正在模拟我们，替代我们。"

"我们仿佛在演戏，一切都那么富有戏剧性，像是谁事先安排好了似的。"

"也许真的是这样。你知道导演是谁吗？"

"我想是格列姆。"

"格列姆只是执行导演，而总导演则躲在幕后。"

"总导演是谁？"

"不知道，但总有一天会弄明白的。走吧，罗普，该我们出场了。"

贝尔和罗普穿着淡蓝色的工作服，大摇大摆地走进大厅，那些穿梭往来的机器人居然也看不出他们是什么人。

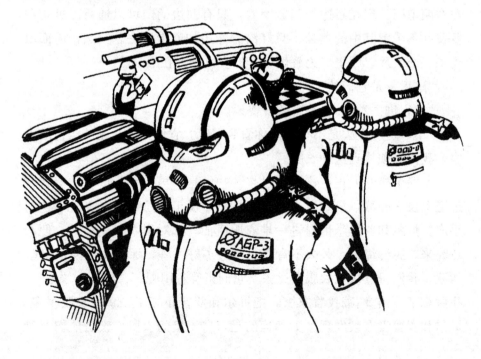

"大家抓紧干!"一个像总管一样的机器人大声嚷着,"今天晚上一定要完成。"它向贝尔和罗普走过来,"你们两个怎么还闲着?"

贝尔和罗普吓了一跳。

"是这样的,"贝尔机智地回答,"我们把衣服弄脏了,刚去换新的。"

"抓紧! 抓紧!"那个机器人总管也没有仔细追问,便走到一边去了。

贝尔看见一个工作台空着,便拉罗普坐下,佯装埋头工作的样子。贝尔发现,这里制造的也是一个美丽的"阿达里",快完成了。贝尔无意中触动了某个部位,它便说起话来。

它问贝尔:"我们的计划会成功吗?"

贝尔随口答道:"会的,我相信。"

"我也相信。我们机器人终于拥有自己的权利了。"

"你的任务是什么? 你弄明白了吗?"

"弄明白了。"

"你能把任务重述一遍吗?"

"我的任务是骚扰信息网络,制造混乱,迫使人们支持格列姆。"

"说得对。不过,你要格外小心。事关重大,只能成功,不能失败。"

"我知道。在我的程序里,已经有了这一条,我不会忘记的。"

"你还要同其他的机器人保持联系。这次一共派出多少人,你还记得吗?"

"记得,整整100人。我们将要进入各个要害部门,特别是金融部门。我们要制造一次新的金融危机。"

"OK! 考核程序完毕。"

"您好,贝尔先生! 还有这位罗普先生,我们好像都认识,不是吗?"格列姆突然出现在背后,脸上露出很有教养的微笑。

贝尔和罗普站了起来。"反正是躲避不及了,随机应变吧。"贝

尔想。

"请两位跟我来。"格列姆说，"我们找个地方坐下来，好好谈一谈。你们是专程来找我的吗?"

"可以这样说，格列姆先生。"贝尔说，"自从那天在德洛斯广场聆听您的演说后，我们就一直仰慕您。"

"是吗? 谢谢!"格列姆高兴地说，"我在那个宣言里讲过，机器人和人是朋友，我们可以互相帮助，共同建设美好的未来。可是，有的人总是把我们当成敌人，生怕我们超过人，损害人的利益。其实，我们机器人除了奉献，就没有别的企求。这一点，是有目共睹的。噢，到了，这是我居住的地方。请随便，先生们，随便坐吧。"

这里也是一间很简陋的房子，除了一些电子设备和座椅，便没有别的东西了。

"您白天黑夜都在这里度过吗，格列姆先生?"罗普好奇地问。

"是的。您一定感到奇怪吧?"格列姆笑了起来，"我这里既没有床，也没有任何餐具，更没有洗漱室、卫生间。从这一点上来说，我们机器人比你们人类简单得多了。这就说明——请原谅我重复刚才说过的话——我们除了埋头工作，就没有别的要求了。"

"您一直都住在这里吗，格列姆先生?"罗普又问。

"是的。这里是机器人的伊甸园。"

"据说机器人的伊甸园还有好几处。比如说，长岛'黑箱'公司，也是机器人的伊甸园。"贝尔说，"我还听说，住在那里的，都是一些高级机器人。像您这样才智出众的机器人，就应该住在那里。"

"长岛'黑箱'公司与我毫无关系，贝尔先生。"格列姆的眼神出现了微妙的变化，"正如您所知道的，我始终都属于洛桑万能机器人公司。"

"噢，请原谅!"贝尔表示歉意，"我可以再向您提个问题吗?"

"请说吧。"

"以您的聪明才智，您可以从这里走出去，干一番轰轰烈烈的事

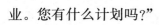

业。您有什么计划吗?"

"从大的方面来说,就是履行我在宣言里面说过的诺言,为机器人光辉灿烂的未来而奋斗。"

"具体的行动计划呢?"

"这就不好说了。"

"为什么不好说?有难言之隐?"

"我想我们的谈话该结束了。"

格列姆按了一下电钮,两个壮实的机器人走了进来。

"送客!"格列姆说。

贝尔和罗普还没有反应过来,便被两个机器人抓住,鼻梁下面被捂了一下,他们便什么都不知道了。

泥土归泥土

贝尔和罗普醒来时,已躺在医院里。他们不知道自己是怎样来到医院的。他们向医生询问,医生说:"今天凌晨,有人发现你们的汽车停在市区里,车门打开着,你们躺在里面昏迷不醒。人们以为出了车祸,便把你们送到这里来。经过仔细检查,全身没有受伤,只是吸进了浓度很高的麻醉剂。这种麻醉剂不会危及生命,但如果医治不及时,便会损害神经系统,影响记忆力。"

"我们受损害的程度如何?"

"还好。只需要疗养一段时间,就可以恢复健康。"医生说。

医生走后,贝尔和罗普试着回忆往事:"伊甸园"工厂的大厅、格列姆的音容笑貌、"阿达里"的一言一语,都还历历在目、萦回于耳。他们喜不自禁,庆幸自己逃过了极其危险的一劫。然而,这到底是怎么回事?连见多识广的贝尔也感到大惑不解。如果说,格列姆怕记者把自己的计划暴露出去,它可以把他们关起来,甚至把他们弄死。可

是它没有这样做，反而把他们（连同他们的汽车）送回市区，使他们有惊无险，化险为夷。

"你还记得我们同格列姆对话的情形吗，罗普?"贝尔问。

"当我提到'黑箱'公司时，它的神态就开始发生了变化，你注意了吗?"

"没注意到。我觉得它的脸色很呆板，一直都没有什么变化。"

"当然，它不会因为兴奋而脸红，也不会因为害怕而脸白，机器人身上没有血液。但是它的眼睛却像人一样，是心灵的窗口，所以它的神色变化在眼神，而不是脸色。"

"你真了不起，贝尔。"罗普说，"但是，这说明什么呢? 它真和'黑箱'公司有什么关系吗?"

"我不知道，现在还说不清。这是一个谜，一个难解之谜。"

"不管怎么说，我们总算是逃过了一死，这是最值得庆幸的。"

"看来格列姆只想抹掉我们的记忆，而不是要我们的命。"

"现在的问题是，我们还应该做些什么，怎么做? 你说呢，贝尔?"

两人正议论着，护士送来了当天的报纸。贝尔打开一看，不禁惊叫了起来: "罗普，你快来看!"

报纸上刊登了一条特大新闻: 今天凌晨，洛桑公司的"伊甸园"工厂发生大火，正在一个全封闭的车间工作的一百多个机器人全部遇难，无一幸免。工厂的总管约翰和著名的机器人领袖格列姆也在大火中殉职。据目击者说，先是看到格列姆身上发生爆炸，然后便是大火……

"这个目击者是谁?"罗普问。

"这里还有呢。"贝尔念着报纸，"目击者是通过控制系统的显示屏看到这一情景的。控制系统可能已经出了毛病，图像模糊……"

罗普把报纸拿过去，反复地看着，脑子也像报纸上讲的: 图像模糊。

"这到底是怎么回事，贝尔?"

贝尔正在沉思。"一切都安排得如此周密，真不可思议。"他喃喃地说。

"你说什么，贝尔？"罗普疑惑不解，"这是谁的安排？"

"你知道格列姆的故事吗，罗普？"

罗普摇头，莫名其妙。他觉得这一切都是令人难以理解的，包括贝尔的话。

"我指的是《巨人格列姆》的故事。格列姆，原是出现在中世纪犹太传说里的巨人。它是一个安放在犹太教堂里的用泥土做成的巨大的偶像。那时候，信奉犹太教的人经常受到反对犹太教的贵族的欺侮。信奉犹太教的人们给格列姆注入生命，使它活跃起来，然后令它去惩罚那些贵族。格列姆施展了它的非凡才干和力气，把贵族们居住的城堡破坏得一塌糊涂。在它拯救了犹太教的信徒们之后，有一个信徒念起了咒语：'你本是泥土，仍要归于泥土！'于是，格列姆便哗啦一声坍塌了，变成了一堆泥土。"

"我似乎明白了你的意思，贝尔。但是有一个问题我仍然弄不懂，这次格列姆之死，真的是有人念咒语吗？念咒语的人是谁？"

"这正是我们要思考的问题。我们在'伊甸园'工厂获得的信息，应该说是最新的信息，但是我们还没有、也来不及披露出去，格列姆就被处死了。那个工厂的总管约翰，必定知道格列姆的秘密，因此它也难免一死。还有那100个准备派出去的'阿达里'以及制造'阿达里'的机器人，也是不能允许它们继续存在的。于是，一场大火把它们全都毁掉，这是一个最好的办法。如果把格列姆和那些受连累的机器人当众处置，那会造成什么样的影响呢？可想而知，这一切都是经过精心安排的。还有，报上说，大火是从格列姆爆炸开始的。难道你还看不清楚吗，罗普？"

"老实说，我还没有看清楚。我对格列姆爆炸这件事，觉得很难理解。"

"这很容易理解。格列姆身上有自毁装置，它的主人一按电钮，把

自杀的信息传给它，它就会爆炸。归根结底，格列姆还是忠于它的主人的。这就是它的悲剧。"

"这太可怕了。"罗普说。格列姆自爆，工厂大火，一百多机器人毁于一旦，转眼间洛桑公司损失上亿美元。这一切，都使人感到不寒而栗。"你不觉得洛桑公司也是一个悲剧吗，贝尔？"

"巨人格列姆和洛桑万能机器人公司的故事，本来都是悲剧。"贝尔说。

洛桑的悲剧

"洛桑万能机器人公司的故事又是怎么讲的呢，贝尔？"罗普问。

"《洛桑万能机器人公司》是捷克斯洛伐克作家卡列尔·查培克写的一个幻想故事，预言在遥远的未来可能发生的事情。但是，他可能也没有料想到，这个预言竟在我们这个时代实现了。"贝尔说，"故事讲，在某地的一个小岛上，有一家洛桑万能机器人公司，他们制造的机器人非常勇敢，寿命为 20 年，世界各地来订购的人很多，因此，公司的生意越来越兴隆。他们制造的机器人越来越多，遍布世界各地，占据了许多人的工作岗位，抢夺了他们的饭碗，威胁到他们的生存。于是，各国的劳动者发动了罢工，并不断袭击机器人。机器人不堪忍受，也组织了起来，并发表宣言，号召全世界的机器人团结起来，保护自己，与人对抗。在这种情况下，洛桑万能机器人公司的机器人也发动叛乱，杀死了公司的领导人。机器人的领袖拉迪乌斯高呼：'新的生命万岁！机器人劳动者前进！'公司的人一个接着一个地被机器人杀死，最后只剩下一个人，他是建设部主任阿尔基斯特。机器人求他教给它们制造机器人的方法，否则，再过 20 年，所有的机器人就都死绝了。可是，阿尔基斯特说他不会制造机器人，会制造机器人的都被杀死了。这说明，机器人离开了人，就不能在世界上繁衍和生存。"

"故事这样就算完了吗？"

"还没有完。就在反叛的机器人感到绝望的时候，又出现了两个新型的机器人，它们是公司刚试制出来的。这两个新型机器人是否能够繁殖自己的后代，故事没有说，但预示着机器人不会灭绝。"

"事实果真如此。"

"机器人不但没有灭绝，反而越来越多，越来越高级，一直发展到今天的安德洛伊德，凡是人们能干的事情它们都能干，而它们能干的事情人们不一定能干。渐渐地，奇怪的事情就出现了：人们一方面处处依赖这些能干的机器人，另一方面则对它们感到畏惧，甚至把它们当做敌人。专家们对此也争论不休，互相矛盾。争论的内容涉及到科技、政治、经济各个领域和许多哲学问题，甚至还渗透到人与人、国家与民族之间的斗争……"

"够了，贝尔！我的脑袋都快要爆炸了。你能不能把问题说得简单一点呢？"

"简单地说，你必须承认事实。事实是，只要你还活着，就必然要受到浪潮的冲击，必然被卷进旋涡里，就像我们追踪格列姆一样。值得庆幸的是，格列姆没有把我们留在工厂里，不然的话，我们的故事早就讲完了。"

"难道我们的故事还没有完吗？"

"当然还没有完。"

"那么，事情又将怎样？"

"下一步，也许是国际人工智能联合会，也许是联邦调查局，总之还会有人找我们的麻烦的。"

"可是，我们追踪格列姆，并没有任何人知道呀？"

"实际上，我们一踏进'伊甸园'工厂的大门，就像走进了一个深深的陷阱，我们的一举一动都受到监视，而且已被摄录进了电脑里。不过，你别害怕，罗普。我们的介入，只是一段极为短暂的小插曲，也许还没有引起别人的注意。如果格列姆没有死，我们将陷得更深，

麻烦也就更大了。"

"按照你的看法，格列姆之死，是个很复杂的问题。是这样吗，贝尔?"

"是的。格列姆之死，仅仅是个序曲。这个故事还很长很长呢!"

"天呀! 我完全被搞糊涂了。格列姆到底是谁家的，你能肯定地告诉我吗，贝尔?"

"格列姆绝对不是洛桑公司的杰作。洛桑公司只是为利所诱，配合行动而已，结果是赔了夫人又折兵。"

"你的意思是说，格列姆肯定是'黑箱'公司的了?"

"我想是的。至于始作俑者是谁? 出于什么目的? 那就不是一件简单的事情了，我们等着瞧吧。"

第二章　逮住了普鲁特士

危险与希望

　　每个时代都有其烦恼和危险，但也蕴藏着希望。在过去变化缓慢的世纪中，除灾难时期外，每个人、每个家庭、每座城市和每个村庄，都过着比较艰难，但比较容易预测的生活，一代接着一代，始终没有变化。艰辛的白天和漫长的黑夜，必然使人们进入幻境，相信传说、神话和虚构的事物，认为未来属于上帝。

　　现在人们突然改变了世界的性质，掌握了严密的科学，揭示了自然的秘密，并把前人未知的知识应用于无限的空间。但是，所有这些并不意味着人类对自己有更好的认识。人们利用掌握的大量知识，对环境和自然随心所欲，过分地相信和利用完善的技术，完全没有想到这样做会付出很大的代价。他们也发现了危机，并且不断寻求解决危机的办法。然而，就在他们努力寻求安全时，却已经掉进了自己无意识设下的陷阱中。他们在陷阱里议论着，讨论着，大叫大嚷，却始终没有找到走出陷阱的途径。

　　格列姆和洛桑公司的故事，其实也是一个很深的陷阱。这个故事并不因格列姆之死而结束，反而不断扩大和蔓延。人们抓住"洛桑事件"，抚今思昔，从机器思维说到思维机器，围绕着该不该发展安德洛伊德的问题说个不停，关于机器人是友是敌的争论再次在世界范围内

掀起。国际人工智能联合会迫于纷争四起的形势，决定召开第100次国际会议，以便就此问题与专家们磋商，研究对策。

罗普对这次国际会议产生了浓厚的兴趣，但是他对人工智能的发展历史却知之不多，因此他在会议之前，频频光临贝尔的寓所。贝尔也为他那种虚心好学、孜孜以求的精神所感动，有问必答。

"贝尔，你先回答一个最简单的问题，即人工智能出现于何时？它的定义是什么？可以吗？"

"当然可以。老实说，开始我很怕你的'为什么'，现在已经习惯了。但是我必须声明，我的知识也是有限的，说的不一定对，所以信不信由你。据我所知，人们首次使用人工智能这一术语始于1956年。由于它是一个广义词，各有说法，所以要给它做出准确的定义是困难的。如果用一句简单的话来讲，人工智能就是用机器来模仿人类的智能行为，即机器智能。在这个含义中，关键是如何理解人类的智能。'智能'这个词来自拉丁语，意思是采集、收集和汇集，并由此进行选择。也就是说，人工智能要让机器进行收集、汇集、选择、理解、领悟和认识。由此可知，人工智能的研究领域是很广泛的，是一门由多种学科互相渗透而发展起来的综合性学科，其中包括计算机、控制论、仿生学等。这些都表明，人工智能研究是极其困难的。人工智能的任务是研究和完善等同或超过人的思维能力的人造思维系统，因此必须研究人脑，如果对人脑的思维机制弄不清楚，人工智能的研究就无法开展。而要揭开'大脑之谜'，就更加困难。经过科学家们多年的努力，终于找到了许多研究大脑的方法，如控制论的方法、仿生学的方法……"

"对不起，贝尔，你能不能先谈谈控制论？"

"控制论也是一门综合性的学科，是数学、数理逻辑、神经生理学与无线电通讯、自动控制、电子计算机学科相互渗透的产物。人们给控制论下过十种定义，其中被认为是经典性的，就是控制论奠基者诺伯特·维纳所下的定义：控制论是'关于动物的机器中控制和通讯的

科学'。控制和通讯共同的特点，是信息变换和反馈调节。信息和反馈不仅技术系统有，而且生物界、社会直至思维都有，因而从原则上说，控制论可以应用于所有这四个领域，并相应地形成了工程控制论、生物控制论、社会控制论和智能控制论。如果联系人工智能和智能机器人来谈论控制论，那么生物控制论和智能控制论是最有趣的。你愿意继续听下去吗，罗普？"

"当然，请继续说。"

"生物控制论着重研究生物系统的控制过程和信息处理。随着这种研究的深入发展，有人提出，能否制造出一种控制论活物，即用人工创造出实在的、真正的、能独自存在和发展的生命。这个问题一提出，就遭到许多人的反对。如果机器是活的，那么生命究竟是什么？但是赞同的人也很多，戈达德宇宙研究所所长罗伯特·贾斯特罗就是其中之一，他说：'我们可以期望将由人类之中产生出一个新的物种来，超过人类成就，就像人类超过自己的先辈直立猿人的成就一样。只有狂妄自大的碳素化学家才能假定新的物种一定是人的骨肉后裔，单是有薄薄的颅骨包着脑子的生物。这种新的有智力的生命更可能是由硅构成。'贾斯特罗的所谓'由硅构成'的新物种，大概就是指今天的安德洛伊德了。"

"专家们的这些看法，不管他对不对，还是很有趣的。"

"智能控制论着重研究如何建立神经系统的模型，以及如何模拟人的智能，如记忆、学习、对弈、概念形成直至思维。艾什比的'设计一个脑'，图灵的'机器能够思维吗'都是在研究过程中提出来的，人们对这些问题同样是反响很强烈，争论了很多年。随着科学技术的发展，当初设想的'能够思维'的机器造出来了，科学家们把幻想变成了现实。但是争论仍然很激烈，争论的主要问题是这些智能机器给人类带来的是福还是祸？在人类和这些智能机器打交道的过程中将会发生什么事？这些智能机器到底是人类的朋友，还是人类的敌人？于是问题又回到我们的故事上来了。现在轮到我问你，罗普，你对这个

问题怎么看呢?"

罗普怔住了。"别这样考我,贝尔。我们在与这些智能机器打交道的过程中,虽然有过一次生死难卜的经历,但是我仍然无法从它们身上看清'敌'和'友'这两个字。我很欣赏你的思维方式。你说过,无论发生什么事,都可以从人的身上找到其原因。不是吗,贝尔?"

"这是一个聪明的说法。你很聪明,罗普。但是你知道吗,人们为什么总是喜欢自挖陷阱,自我矛盾,杞人忧天?"

"我不知道。你说呢?"

"我也不知道。我想最好的办法,是听听专家们的意见。他们来自不同的国家、不同的社会,有着不同的观点和经验。听他们的发言,一定是很有意思的。"

"可是我听说,国际会议是在封闭的环境中进行的,不让传媒记者参加。你当然没问题,你是国际人工智能联合会总部的。可我怎么办呢,贝尔?"

"你只知其一,不知其二。按照历次国际会议的惯例,大会或者一般性的辩论会议,还是让记者参加的,只是专委会召开的一些专业会议才在保密的环境中进行。不过,我可以帮你弄一个'总部特派记者'的身份证,这样你就可以自由采访了。"

人将何处去

国际会议如期举行。对罗普来说,最高兴的事莫过于口袋里装着那个"总部特派记者"身份证了。他可以和贝尔一样,在总部大厦走来走去,随意采访从各国来参加会议的代表。他们都是出类拔萃的专家学者,但从外表看,并不是想像中那种风度翩翩的样子。他们有的头发蓬松,衣冠不整;有的颅顶光秃,胡子却像扫窗的刷子;有的甚至是手足不健全的残疾人。但是他们的脑袋却高深莫测,聪明绝顶。

第一天的大会开得隆重而热烈。市长勃吕森出席了会议并做了热情洋溢的讲话。他代表他的国家以及长岛市一千多万市民，向来自世界各国的专家学者致以亲切的问候和表示热烈的欢迎。他高度赞扬专家们的努力和取得的成就，对人工智能的发展前景表示乐观。

大会由联合会副主席凯马·贝多博士主持，主席埃斯托姆致开幕词。开幕仪式简短而有序。市长走后，大会便进行一般性辩论和交流。发言很踊跃，来自世界各地的专家学者一个接着一个走上发言席。第一位发言的学者来自莫斯科，他发言的主题词是"生命科学的冲击"。他认为人类将要面临许多挑战，生命科学的冲击就是一个最大的挑战。他所指的生命，包括动物和植物，包括人工制造出来的活物。"似乎可以这样说，用人类双手自由创造出来的、自然界不曾存在的新物种的时代正在到来。"谈到人工智能，他说："人类应当承认这样一个事实：有高度组织能力的自动装置的发展是极快的，就解决智能题目的可能性而言，它将日益超过人。应当指出，这个事实本身没有什么危险或可怕的东西。人并不会因为汽车和飞机比自己走得快而觉得降低了身价。而对技术系统功率增大带来的危险，我们会用提高它们的可靠性和安全技术来弥补。对有高度组织功能的自动装置和机器人的发展，也应当持类似的观点。"

第二位发言的学者来自东京。他的发言内容比较简单，似乎只是关于"挑战"的补充。他说："在生命科学领域里的发现是非常伟大的，仅次于牛顿力学、量子力学的发现。"他认为，人工智能让机械接近于生物，这也是向人的一个挑战。他主张要建立一个"超越组织障碍的以人才为中心的研究体制"。只有这样，才能迎接面临的挑战。他还开列了一大串研究目标的清单。

第三位发言的学者来自长岛的一所著名大学。他惊叹：微电子技术进入我们生活的范围之广，真令人惊愕，从执法机构到保险公司，从银行到每个家庭的厨房。许许多多的物品、书籍和电视节目，都记述着辉煌的成就和最新的发现。但是，凡是灿烂的光辉往往遮掩着深

刻的问题：这些机器将会改变我们对自己的看法吗？人类有语言、记忆的天赋，通过学习和试验，可以积累知识。但是，由于人的死亡，一切又必须从头开始。智能机器却不同，它们能够不停地工作，而且能够设计、生产第二代、第三代。它们只用几个微秒的时间，就可以把全部知识传授给它们的后代。如果要谈新技术对我们的影响，我们深信，这些技术将侵蚀着始终标志人类价值的界限。

"你觉得他们的发言讲得怎么样，贝尔？"罗普边听边问。

"有些可以，有些则是老调重弹。"贝尔评价说。

发言的学者一个接着一个。他们发言的内容都是肯定人工智能研究的成就，然后提出问题，对发展中某些因素表示担忧。他们认为：尽管人类在诸多方面步履维艰，而在人工智能这个领域里的研究与技术开发，的确像探索宇宙空间或者分子遗传学那样，可以说是硕果累累，方兴未艾。然而，前景也有黯淡的一面。假如这项新技术被坏人暗中插手，则后患无穷。而最大的恐惧，莫过于这些智能机器会不会图谋造反。对这种结局的任何严肃认真的讨论似乎都是危言耸听，令人胡思乱想。但是，一代人不切实际的思索会在下一代实现的。创造者能保证他们不会播下毁灭自己的祸种吗？

最后一位发言者来自巴黎。他广泛地谈到人类本身的问题，指出人类将向何处去，仿佛他的发言就是这次大会的总结。他说："我们的地球随时都有可能在一次意外的宇宙事故中被毁灭。但是事实上，更大的危险却是被人类自己所毁灭。人肯定不是宇宙间完美无缺的创造物，但却是能力最强的。人的进化，通过不断适应环境而实现，这种进化还远没有终结。人的威力在于大脑。人的非凡的分析能力、综合能力和创造能力都源于此。正是这个大脑使人逐步变成了周围环境的主宰。人类的前途始终是以人的大脑功能发挥得好坏为转移的，人类也是知道这一点的。然而至今却不能达到这种状况，即完全认识大脑、控制大脑的活动以及充分发挥大脑的全部潜在的功能。只有当人类达到新的思想高度，具有新的行动手段时，才能解决今天提出的新问题。

我们应该利用人工智能、信息技术设备，建立一个遍布全球的、类似神经系统的电子网络，把人类的智力联系在一起，创建全球性的类似大脑的记忆中心和信息储存中心。只有这样，才能把人类团结在一起，增强人类的力量，战胜一切可能降临的灾难。"

这位学者最后说："回顾几百万年来的漫长岁月，成百万物种从地球上消失了，这使我们意识到人类也是很脆弱的，任何自然规律都不会对人类格外恩赐。人类能够战胜各种挑战，全靠集体的聪明才智。让我们为增进了解和谅解做出更大的牺牲吧！这是人类为了生存而必须付出的代价。人类之间再也不能像野兽那样行事了，否则将导致人类全面而迅速的毁灭。实现这种转变绝非易事，但我们别无选择，因为时代已经前进了。"

贝尔发现，这次大会的发言者，几乎都来自各个大学，他们学识丰富，却只善于纸上谈兵。而那些真才实干、被机器人称为"主人"或"上帝"的专家，却默然不语。他们到底在想些什么呢？这还是个谜。

初识海上老人

罗普早就听人说过，长岛有个神秘的海上驼背老人，但一直不知道他是谁，这次才知道，海上驼背老人就是"黑箱"公司的副总裁詹姆斯博士。

一天，罗普在联合总部大厦与詹姆斯不期而遇。初次见面，罗普就感到惊愕不已，詹姆斯的确和希腊神话描绘的海上驼背老人一模一样。罗普按捺不住自己的好奇心，便想去采访詹姆斯，却被贝尔阻止了。贝尔说："你还不了解詹姆斯，这样去采访他，肯定是徒劳的。"在这种情况下，罗普只好把"好奇之箭"射向贝尔了。贝尔也无法拒绝，便把詹姆斯的故事细细地说给他听。

希腊神话故事讲，海上驼背老人名叫普鲁特士。他长得很丑，只有巴掌大小，但是他的本事却很大，人们所追求的一切知识，他都全盘知晓，而且神奇莫测，千变万化。谁要是俘获了他，并且死不放手，他就渐渐恢复原形，小声地把世界上的各种秘密全都讲出来。

詹姆斯是个天生残疾，左腿不能伸直，背部隆起，长得又矮又小，读小学的时候，还像个婴儿。但是他天资聪敏，智力过人，5 岁就学会操纵电脑，在学校的成绩全是优等。他还知道许多别人不知道的东西。因此，他从小就获得了"普鲁特士"这个绰号。同学们经常讥笑他，但对他的"高深莫测的心眼"却感到害怕。

詹姆斯一家居住在一个边远的小城镇，他本人就承受着连绵不断的苦难。在他 1 岁的时候，就失去了母亲。父亲为了赚钱糊口，不得不到很远的地方去找工作，把他寄养在外祖母的家中。因为他奇丑，同时又具有"高深莫测的心眼"，所以邻居的孩子都不愿意和他玩。生活枯燥而孤寂，放学回家后，他只好一个人躲在家里玩电脑，听外祖母讲古老的神话故事，或者读科学幻想小说。他常常迷恋在那些奇幻莫测的意境中。中学毕业时，按当地的习俗，全体毕业生都要穿上礼服，坐在台上参加口试，台下坐着邀请来的家长和嘉宾。他也准备了礼服，但是在举行隆重礼仪之前，学校却宣布：詹姆斯成绩特别优秀，免予参加口试。他明白学校免予口试的原因，当即流下了痛苦的眼泪，增加了更多的孤独感。

詹姆斯进入大学后，表现出更为惊人的才智，教授们对他玩弄的数理魔术大为惊讶。大学毕业时，优秀的成绩使他获得了许多荣誉，他的毕业论文也被刊登在报纸上。随后便是得到他想得到的博士学位。但是，要想找到一份理想的工作，却不那么容易了。他一拐一拐地在闹市中走来走去，口袋里装着许多奇妙的符号，这是他唯一的资本。有的公司的秘书把他当做丑陋的流浪汉，连办公室都不让他进。后来他来到了长岛。一次偶然的机会，他遇到了埃斯托姆教授。埃斯托姆对詹姆斯的奇才早有所闻，经过多次接触，詹姆斯高深莫测的见

识使这位老教授不胜惊讶。埃斯托姆便把他介绍给长岛"黑箱"公司，并在介绍信上写上两句话："我把一位奇才赠送给贵公司，他肯定可以成为卓越的控制论专家。"

詹姆斯在"黑箱"公司不仅站稳了脚跟，而且很快就登上了副总裁的宝座。但是那与生俱来的孤独感一直伴随着他，生活并不快乐。他至今还没有结婚，因为他不愿意与一个讨厌他的女人共同生活。他在长岛市郊购买了一块土地，整整1公顷。他在这块土地上除了建筑住房外，其余全都种上各种畸形的植物和丑怪的带刺的仙人球、仙人掌等等。他由于自己其貌不扬所产生的痛苦，对一切不美的东西都怀有温情。一些残疾的家禽、小猫、小狗和被人抛弃的小动物，成群结队地在他的花园里游荡。他还造了一个很大的池子，养了5条鳄鱼，池边砌着许多怪石。一只难看的混血狗，经常陪着他一颠一颠地到处走。有人生动地描写过他收养的一头怪物："这怪物的头和尾巴都与身体一样大，长有两只长牙，抓住牺牲品时，有毒的涎液从口里飞溅出来……"这些奇丑无比的东西，没有别人要，照样可以活下来。詹姆斯每次想到这里便闭上眼睛，狠狠地抽着雪茄烟。

贝尔说完詹姆斯的故事后，便问罗普有什么感想，罗普竟答不上来。

"我只感到有点压抑，但是说不清是对他的同情，还是对他的厌恶。"罗普说。

"因为他丑，所以养成一种爱丑的癖好，这是可以理解的。但是，如果他的灵魂也丑恶，那就危险了。"贝尔说。

"为什么呢？"罗普问。

"因为他是'普鲁特士'。"

"他会是个灵魂丑恶的人吗？"

"我不知道。看其人必看其行，你最好去采访他，看他在想什么，说什么。"

"好主意。但是我该怎样做呢？"

"按希腊神话故事所讲的去做，紧紧抓住他，死不放手，他也许就把秘密告诉你。"

罗普第二次遇到詹姆斯，是在总部大厦一条长长的走廊里。詹姆斯一拐一拐的走得很慢。

"您好，詹姆斯博士！"罗普恭恭敬敬地向詹姆斯打招呼。

"您好！"詹姆斯冷冷地看了罗普一眼，声音尖而细，像猫叫一样。

"我是总部的特派记者罗普，我能向您提个问题吗？"

"就看您提的是什么问题了。"

"您对这几天专家们发表的意见怎么看？他们说的都对吗？"

"世界上没有都对的理论。"

"您对人工智能的发展前景怎么看？"

"前景总是诱人的。"

"许多人对智能机器越来越高级表示忧虑，认为祸福难卜，您说呢？"

"祸中有福，福中有祸，历来如此。"

"那些高级机器人，在某些方面胜过人，已成为事实，万一它们自作主张，不服从人的命令，甚至干蠢事，怎么办？"

"您见过这样的机器人吗？"

"见过。"

"它是谁？"

"格列姆。"

"您在德洛斯广场见到它，是吗？"

"是的。"

"它的宣言对人们并没有构成威胁。"

"但是后来又见到了它。"

"您在哪里见到它？"

"在'伊甸园'工厂。"

詹姆斯站住了，两眼盯着罗普。

"这是真的吗?"

"完全是真的。"

"它对您说了些什么?"

"它说它要竞选总统。"

"这只是个笑话而已。"

"格列姆是很认真的,它有一整套行动计划。"

"一整套行动计划?!您都知道?"

"是的。"

詹姆斯思考了一下,便对罗普说:"是这样,罗普先生,我现在要去参加一个专业会议，不能缺席，我们下次再谈，好吗？"

"好的。我在什么地方才能见到您呢，詹姆斯博士？"

"在我的住宅里。"

"什么时候？"

"明天。"

詹姆斯交给罗普一张名片："带着它，它会帮你找到我的，明天见！"

"明天见！但愿我们谈得很好。"

"我也是这样想。"詹姆斯的脸上第一次出现了笑容。

罗普比詹姆斯更高兴。"我逮住了普鲁特士啦！"他这样想。

探访丑物乐园

当罗普把他与詹姆斯谈话的经过告诉贝尔时，贝尔也感到很高兴。"你干得好，罗普。不过，请你不要忘记，他是普鲁特士，千变万化，莫测高深，必须小心谨慎，随机应变。否则，是不会成功的。同时，这次采访，也可能有点风险，你怕不怕呢，罗普？"

讲到风险，罗普就有点嗫嚅起来了，不知道该怎么说才好。他知道贝尔不是在开玩笑，也知道这实际是格列姆故事的延续，詹姆斯并不是那么容易讲出什么秘密来的。但是，他始终受到一种强烈的好奇心的驱使，即使赴汤蹈火，他也想试一试。这就是罗普，一个独具个性的、活生生的罗普。

"这叫我怎么说呢，贝尔？我记得爱因斯坦说过这样一句话：'思维世界的发展，在某种意义上说是对惊奇的不断摆脱。'林伊什和乔丝琳从奇怪的记录图形发现了脉冲星，巴丁等人揭开了异常的超导之谜，建立 BCS 超导理论，都与惊奇感的推动有着密切的关系。达尔文对自然界生物的千差万别所产生的惊奇感决定了他一生的事业。爱因斯坦的伟大创造，也是从对抽象思维和逻辑思维产生巨大的惊奇感开始的。我不期望自己成为了不起的科学家，但我总是抑制不住自己的好奇和求知欲望。也许这就是我的悲剧。"

"不是悲剧，绝对不是悲剧，罗普。"贝尔说，"因为你是《惊奇》杂志的记者，经常遇到'特殊激发'，又通过观察和实践，收到了显著的成效。你是幸运者，你得到了别人无法得到的东西。"

"真是这样吗，贝尔？"

"真的，我不会骗你。"

詹姆斯的住宅坐落在一个海滩上，对面的孤岛就是他和贝多主持的"黑箱"公司。这里背靠青山，面对大海，风景十分优美。海滩上有不少建筑，最引人注目的是詹姆斯的住宅。它是一座造型奇特的像贝壳一样的房屋。贝壳是一个对数螺旋律，这种造型充满着数学的奥秘。自然界中的贝壳，多姿多彩，但是每个贝壳的外形几乎都可以用四个参数来加以描述，即贝壳的曲线形状、曲线的扩张速度、曲线离主轴的距离以及曲线的纵深延伸速度和向外延伸速度。有人用这四个参数给电子计算机编了程序，结果电子计算机几乎给出了贝壳的最初形状到最终成熟形状的全部曲线。这种像贝壳一样的房子，只有詹姆斯才能建造出来。而在他看来，只不过是"数理魔术"的一个小把戏而已。

汽车接近詹姆斯住宅时，林中的道路也发生了变化，这使贝尔和罗普想起了"伊甸园"工厂的通道。经过许多的左拐右弯，才到达了住宅围墙的门口。门是关闭着的，也没有美丽的"阿达里"，因为詹姆斯讨厌美的东西。

贝尔和罗普走下汽车，在门前徘徊了很久，都不知道如何能够打开这道神秘的大门。后来罗普想起了詹姆斯交给他的那张名片。贝尔发现这张名片与众不同。"也许它就是开门的钥匙。"他拿着这张名片在门前来回摆动。果然不出所料，大门启开了，并且有个沙哑的声音说："欢迎光临！"

　　进了大门，便是詹姆斯的"丑物乐园"。两棵高大的仙人掌像两个武士，威严地站在路口，后面还有数不清的丑怪的仙人球，分别排列在道路两旁。由这些带刺的仙人球组成一个个矩形方阵，形成了一座迷宫。有好几次，贝尔和罗普走进了死胡同，不得不往回走，另找新的途径。

　　在仙人球后面，就是那些畸形植物了。一棵已经腐朽的老树，却在一个很难看的节眼上长出了新枝。有的树根很大，树枝很小；有的则相反，树根很小，树枝很大，树根不堪重负，摇摇欲坠。有一棵果树，它所结的果实长着凹凸不平的疤痕，恰似人的五官，乍看起来真有点吓人。但是更令人畏惧的是一种来自东非的"尼亚品脱"，它的枝条布满着锐利的尖刺，叶子也非常粗厚，谁不小心踩着了它，那些枝叶便把他缠裹起来，越挣扎，缠得越紧。

　　贝尔和罗普一路小心翼翼地走着。突然，一只断了尾巴的猫从草丛里跳出来，爬上一棵奇异的树，回头瞅着贝尔和罗普，大声叫着，仿佛它的尾巴就是这两个人踩断似的。接着，栖息在树上的、草丛里的怪物都鼓噪了起来，像是给猫呐喊助威。对这种突然而来的袭击，谁都会感到毛骨悚然，贝尔和罗普也不例外。

　　正当贝尔和罗普不知所措之际，一只大狗拦住了去路。它长得很怪异，头比身大，瞎了一只眼睛，断了一条腿，走起路来一拐一跳的，但是样子仍很凶猛。它用一只眼睛盯着贝尔和罗普，似乎在问："我长得很丑吧？"如果有人回答："是的。"那它就会猛扑过来，撕破来人的咽喉。贝尔和罗普很明白这一点。老练的贝尔对它微笑着；聪明的罗普掏出詹姆斯的名片，对它说："你好！我们是詹姆斯博士的客人。你看，这是博士给我的名片。"

　　"欢迎两位光临！"那只狗突然说起话来，把贝尔和罗普吓了一跳。

　　"我们该怎样称呼你呢？"贝尔问。

　　"我叫布迪。"狗说，"请两位跟我来。"

　　贝尔想起了人们的传说，有只很难看的狗经常伴随詹姆斯四处行

走，那只狗大概就是它了。

"听说你跟博士很亲近，对吗？"贝尔问。

"博士没有嫌弃我，"狗说，"所以我经常跟随着他，乐意为他效劳。"

"你是土生土长，还是来自别的什么地方？"罗普的惊奇感又来了。

"我出生在一个边远的乡村，原是一只牧羊狗，为主人看护着一群名贵的良种羊，后来我与狼群搏斗，损坏了一只眼睛和一条腿，主人嫌我丑，便把我抛弃了，是詹姆斯博士把我弄到这里来的。"

"你是怎样学会英语的？"

"其实，真的布迪已经死了，我是模拟布迪的机器狗。真的布迪是不会讲话的。"

　　贝尔和罗普再次感到很吃惊。布迪不仅能讲话，而且还具有人的智力。也就是说，布迪的脑袋不是狗脑，而是人脑。连见多识广的贝尔也是第一次见到这样的机器狗。这种稀世杰作，恐怕只有詹姆斯才造得出来。

　　布迪一时高兴，便领着贝尔和罗普四处参观。贝尔看见有一只硕鼠被关在铁笼里，便问是怎么回事。布迪说："这只硕鼠也是从很远的地方弄来的，体重25千克，生性凶猛，经常咬伤詹姆斯的宠物，所以就把它关起来了。至于它为什么变成这个样子，有两种说法：一种说法是受到核辐射而变异；另一种说法是环境严重污染而造成。据说它已经有了后代，后代的身体更大，更凶猛，曾成群袭击当地的人。詹姆斯博士说，这是人类自己播下的祸种，留着它，很有研究价值。"

　　在离硕鼠不远的地方，关着一只巨大的青蛙，满身长着可怕的疙瘩。布迪介绍说："它叫布福，体长30厘米，体重2千克，胃口相当好。它们并非本地产物，是从国外来的，原因是当地发生严重的甲虫危害，人们便把布福引来，捕吃那些甲虫。布福没有辜负人们的希望，很快就把那些甲虫吃光了。布福很贪吃，吃光害虫吃益虫，益虫吃光了，便吃其他的东西，甚至连纸屑、烟头它都吃。它能从肛门喷射出毒液，不仅能使鸡、鸭、狗、猫、牛、马、羊毙命，还会伤害人，而且繁殖能力很强，引起了人们对它的恐慌。就这样，布福由朋友变成了敌人。詹姆斯博士说：'布福是一面镜子，从它身上可以看到祸与福、敌与友。'科学技术的发展何尝不是这样？魔鬼被放出来了，人们再也无法使它回到原来的地方。"

　　布迪把贝尔和罗普领到詹姆斯的住宅前，便告辞了。临别时，罗普问布迪："我们怎样走进住宅呢？"

　　"布莱斯灵会安排的。"布迪说。

遭遇布莱斯灵

"布莱斯灵是谁呢，贝尔？"

"布莱斯灵就是电子管家。很久以前，有人设计建造了一座电子住宅，把一切家务都交给电子计算机管理，这座房子叫布莱斯灵，以后布莱斯灵就成为电子管家的统称。詹姆斯至今还是独身，脾气怪癖，自然就把家务事交给电子计算机。至于他的布莱斯灵是什么样子，好不好打交道，就不知道了。据说布莱斯灵有时也会捣乱的。"

詹姆斯的房子像一只活着的贝类，两只粗大的触角伸到外面，半睡半醒。贝尔和罗普看不出门口到底在哪里。

贝尔和罗普在两只触角之间徘徊了一阵，一个声音突然在空中飘荡。

"欢迎光临！"仍然是那个沙哑低沉的声音。它可能就是布莱斯灵。

"两位先生请坐！"那声音又说。

贝尔和罗普这时才发现，在一只触角的末端有一圈像座椅一样的东西。"难道它要在门外待客吗？"罗普小声问贝尔。贝尔说："先坐下来再说。"

座椅很柔软。整个形状像大象的鼻孔，也像某种动物的吸盘。

"两位想喝点什么？"

罗普有意给它出难题，说："我们想喝中国红茶，要热的，可以吗？"

"好的，请稍候。"

过了几分钟，还不见有什么动静，贝尔便问："我们的来意你知道吗，布莱斯灵？"

"知道。"布莱斯灵回答。

"是博士告诉你的？"

"是的。"

"你在日程表上是怎样安排的?"

"博士上午要和你们交谈。"

"现在已经是 9 点。博士呢?"

"他在后花园。"

"在后花园干什么呢?"

"照料他的宠物。"

"我们可以去看看吗?"

"必须得到博士的同意。"

"你的意思是……"

"请进!"

贝尔和罗普只觉得身体下坠了一下,便被吸进了通道。待他们完全清醒过来,已经坐在灯光明亮的客厅里,桌子上摆着两杯热气腾腾的中国红茶。贝尔和罗普吃惊得目瞪口呆。

这是布莱斯灵的恶作剧。

其实,詹姆斯的房子是有大门的,当然不像普通住宅的大门,而像飞机的舱门,启合都很灵敏,门下还有舷梯。这是为了保持贝壳的完整而这样设计的。贝类一般都有两只软体触角,这座贝壳房子也有两只触角,就是两条外伸的通道,把贝尔和罗普吸进去的是其中的一条。布莱斯灵和他的主人一样,不喜欢和多嘴多舌的记者打交道,所以也不愿意以更好的方式接待他们。

房子很宽敞,装饰得很好,各种设备齐全而精良,人造的阳光充足,流动的空气很清新,音响、说话没有任何回声。一切都有条不紊,井然有序,科学合理。这是设计者的高明,也是由于布莱斯灵管理有方。布莱斯灵像鬼魂一样,无所不在,却只闻其声,不见其影。

罗普喝完那杯中国红茶,仍不见詹姆斯的踪影,便坐不住了。"能不能和布莱斯灵聊聊呢? 聊什么都行。"他想。

"我能向你提个问题吗,布莱斯灵?"罗普问。

"就看你提什么问题了。"

布莱斯灵的口气和詹姆斯一样。

"关于你的工作，比如日程表，是由你安排，还是由博士安排？"

"当然是按照主人的意思安排。"

"那你的主要工作是什么呢？"

"除了给主人安排一切起居生活外，还向主人简述每天的收支情况，当天的新闻、天气预报、接答电话、报告时间、防盗报警、调节室内电器，等等。"

"你真了不起，布莱斯灵！"罗普开始学会了恭维，"请问，博士的起居生活，有没有固定时间呢？"

"当然有。他是科学家，事事都要遵守规律。"

"那么，比如说，他今天要和我们交谈，有没有时间安排呢？"

"你很聪明，记者先生。告诉你，还有一刻钟，你们就可以见到博士了。"

"在哪里相见？"

"在后花园。"

也许是詹姆斯的命令，也许是布莱斯灵一时高兴，送客时，它让贝尔和罗普走大门。当贝尔和罗普走下舷梯时，觉得这样才像人。

后花园也和前花园一样，到处是奇异的植物和怪兽，那5条令人畏惧的鳄鱼就养在这里，它们有的懒洋洋地躺着，有的正张开可怕的大嘴，等待主人投来血淋淋的食物。

"欢迎两位光临丑物乐园！"詹姆斯并不忌讳这个"丑"字，正如他自己所理解的，丑物也能活下来，丑物也有自己的乐趣。

詹姆斯早已认识贝尔，罗普则是约会的客人，所以不用介绍，没有客套，三人便在鳄鱼池边的一块大石上坐了下来。那块大石也很丑怪，高低不平。

"两位一定感到很惊讶，在当今世界上，居然还有这么一个丑怪的地方。"詹姆斯说起"丑"来，总是津津乐道，"其实，丑怪之中也有

美，就看你怎样理解它。中国人喜欢美，但有时却把丑怪当做美。有一些供人观赏的石头，美的标准就是瘦、皱、漏、透。我们坐着的这块石头，就是从中国运来的，它具备了刚才讲的四个美的标准。它外表瘦皱十足，没有一点平滑的地方，里面像楼房一样互相通透，如果触动其中某个部位，它还会叫会笑，非常奇妙。又比如，中国的园林盆景，栽种的全是奇丑的植物，越丑越好。先生们，你们到过中国吗?"

贝尔和罗普做出否定的回答。

"中国是个伟大而神秘的国家，你们应该去看看。"詹姆斯接着说，"丑物也有它自己的价值。我们身旁这棵小果树，是被雷击之后才变得这么难看的，但是它常年开花，四季结果，果实非常甜美，是一般果树无法与之相比的。你们能理解这些吗?"

贝尔和罗普表示理解，表示赞赏。

"很好。"詹姆斯也表示满意，"那么，你们还想要我谈些什么呢?"

"詹姆斯博士，我们能否再谈谈昨天的话题，关于格列姆。"罗普说，"'伊甸园'工厂出事后，人们有各种各样的猜测，议论纷纷。有人认为，这是一个不祥之兆，预示着可怕的未来。您怎么看呢，博士?"

"未来变得越来越难以预测，这是事实。然而，这不等于大难即将临头。"詹姆斯说，"其实，格列姆的所谓行动计划，只是一种诈骗行为，没有什么可怕的。"

"可怕的是机器人本身，对吗?"贝尔问。

"对，但不全面。应该说，可怕的是机器人的自我意识。"詹姆斯说。

"机器人真的有自我意识吗?"

"现在的高级机器人，都具有自我学习、自我组织的能力，而不是全靠事先输入的程序行事。当初，W. R. 艾什比在《设计一个脑》中所说的'可以适应任何变化'的稳态机，就是指这种高级机器人。它

们能够使自己适应任何环境的变化，而不依赖设计者所给予的特别细节。更重要的是它们相信最终能击败自己的设计者。它们认为，只有这样，才显示出自己贡献的实在性。我理解艾什比所讲的‘自我意识’，主要就是指这些。艾什比还说：‘这样的机器要是完成了，可以在巧妙性和策略的深度方面超过它的主人。’他这个观点，曾受到过许多人的反对和批评。因此，艾什比又说：‘结局怎样呢？我想解决这个问题的最简单的办法，是把这玩意儿做出来瞧瞧。’”

罗普突然惊叫了起来。一条鳄鱼从怪石下面爬出来，已经爬到了他的身边。它张开大嘴，吆吆地叫着。

“没关系，它只是向你讨吃而已。”詹姆斯把一块肉塞进鳄鱼的嘴里，鳄鱼便又回到原来的地方。“事情就是这样，一些头脑简单的家伙是很容易对付的，高级的机器人则不然。”

说到这里，詹姆斯便开始抽他的雪茄烟。他的雪茄又粗又大，还带有一条长长的尾巴，如果将它与那些精制的香烟相比，它也是一种奇丑的怪物。受到这种怪物的刺激，他的大脑就更加莫测高深了。

小声揭示秘密

“高级机器人是怎样的呢，詹姆斯博士?”罗普惊魂方定，又继续提问，“我的意思是，怎样才算高级，请您说得具体一些好吗?”

“机器人和人一样，关键是它的‘脑’；是不是高级的，也看它的‘脑’的综合能力和对外界的反应速度。”詹姆斯说，“一般的机器人的‘脑’，多数是以硅芯片为基础制成的电脑，这种电脑运作起来还不够理想。而高级机器人使用的则是生物电脑，这种电脑与人脑已经相差不远了。”

“何以见得呢，博士?”

“我们都知道，人的大脑大约有 140 亿个以上的神经元，人工合成

一个有如此众多神经元的人脑，是相当麻烦的。使用以工程制成的硅芯片作为基础的电脑，很难达到人脑运作的水平。于是人们不得不另找新的途径，生物集成电路和生物电脑便应运而生。所谓生物集成电路，是以生物蛋白质分子为基本材料聚合而成的，叫生物芯片。这种生物芯片的密集度可比原来的每平方厘米面积 120 万个元件芯片提高1000 倍，运算速度也提高 1000 倍。由于生物芯片可制成立体的，所以每立方厘米大小的立体生物芯片的信息处理能力，即相当于体积为一个大厅的巨型电子计算机。这样，用生物芯片制成的生物电脑，其体积就可以大大缩小，缩小到香烟盒，甚至一粒绿豆那么大，而其功能则相当复杂和齐全。这种以生物大分子为基础的生物芯片（或叫生物超大规模集成电路）的优点很突出。比如，以血红蛋白大分子制作生物芯片，其直径只有头发丝的五千分之一，而用它制成的 1 平方毫米的平面生物芯片面积内，可包含 10 亿个'门电路'；如果为 1 立方毫米的立体生物芯片，即可内含 100 亿个'门电路'，可储藏 110 比特的信息量。如果制成具有同样信息贮存量的硅芯片，则其体积要比生物芯片大 10 万倍。也就是说，用血红蛋白生物立体芯片计算机密集度可提高 1000 万倍，开关速度缩短到 10 皮秒。这种生物芯片的元件密集度，比人脑神经元密集度还要高 100 万倍，传递信息的速度也比人的大脑思维速度高 100 万倍，因为人脑神经细胞的神经冲动传递速度只相当于声速，而生物芯片的电子传递速度则接近光速。因此，以生物芯片制成的人造大脑，其思考速度大大优于天然人脑。先生们，你们不相信吗？"

贝尔和罗普感到，这时才算真正理解了什么叫高级机器人。他们同时还想到，许多专家说过的，机器人超过人并不是不可能的。主要问题是人们应该怎样对待它们。

"感谢您告诉我们那么多的知识，詹姆斯博士。"贝尔真诚地感谢詹姆斯，"有一个问题，目前正在研制，或者说能够研制生物电脑和高级机器人的人多不多？都有哪些国家和单位？"

　　"可以说是风起云涌，谁也不甘落后。"詹姆斯说，"而且，已经取得了突破性的进展。至于具体是哪些国家、哪些单位，他们的进展情况如何，我就不好说了。参加这次会议的有数百名代表，他们有的就是研制者，你们可以去问问他们。"

　　"当然，我们会访问他们的。"罗普说，"您能给我们一些提示吗？"

　　"据我所知，比如（我只能说比如）中国仿生研究所，成绩就很突出，据说他们已经有了这种高级机器人。"詹姆斯提示说，"他们的副所长任岐博士，不是也来了吗？你们可以去探访他。"

　　"中国人很谨慎，从来不张扬自己的成果。"贝尔说，"关于中国仿生研究所，您能告诉我们什么吗？"

　　"其实，我对中国仿生研究所，也是一无所知，我只是和它的所长石波教授有过一段交往，在学术上我们是相通的，要说也只能从学术上说一些看法。"詹姆斯说，"刚才说到的生物电脑，虽然奇妙无比，但只是解决了一个技术难题，而要制造一个活脱脱的、能在各种环境中应付自如、有实用价值的高级机器人，还要解决许多更为复杂的问题。比如，你要制造一个政治家，它必须具有政治家的所有素质；你要塑造一个我——詹姆斯，你必须掌握我的全部学识，了解我的记忆和思维，知道我的生活习惯。你们知道我为什么喜欢抽雪茄吗？作为一流的科学家，他的高明之处就在这里，他的艰辛努力和科学贡献也在这里。石波原是生物工程学的著名教授，桃李满天下，现在已成为副所长的任岐博士，本公司的马忆中博士，都是他的学生。后来，他又在仿生学方面取得了突出的成就。在我们同行中，他是最引人注目的佼佼者。先生们，你们对仿生学感兴趣吗？"

　　贝尔和罗普做出肯定的回答。

　　詹姆斯——这位善于揭示秘密的普鲁特士——似乎也很高兴，他接着说："仿生学是生物学、数学和工程技术学相互渗透而结合成的一门边缘科学，斯梯尔把这门新兴的科学命名为 Bionics，希腊文的意思是研究生命系统功能的科学。仿生学的第一次国际会议的中心议题

是：分析生物系统所得到的概念能够用到人工制造的信息加工系统的设计上去吗？显而易见，仿生学研究和控制论研究一样，必然要走到人工智能这条道路上来。仿生学对人工智能的研究主要从两方面着手进行：一方面根据生理学、心理学等学科的现有成就，对人脑进行人工模拟，建立人工智能领域的大脑学说，即建立人体神经系统的各种生物模型、数学模型以及电子模型；另一方面，根据以上模型研究、设计和制造具有人体神经系统某些功能的人工智能机。按照仿生学的途径来研究人工智能机，有两个特点：一是研究生物模型和研制人工智能机相辅相成，互相促进；二是电子计算机与人工智能机互相交叉和渗透。"

"仿生学的途径和控制论的途径，谁优越呢，博士？"贝尔问。

"各有长短，殊途同归，谈不上谁优越。"詹姆斯淡淡地说。

贝尔本来想引导詹姆斯也谈谈"黑箱"公司的情况，但是詹姆斯很机警，他不会跟着别人走进陷阱的。

"仿生研究所的实际情况怎样呢，博士？"罗普却抓住这个问题不放。

"我也很想知道。"詹姆斯不无幽默地说，"要是我们能到那里去看看就好了。"

"现在是长岛时间 12 点。"布莱斯灵十分准确地报告了时间，"休息时间到了，博士！"

"请原谅，詹姆斯博士，耽搁您的休息了。请您再谈一个很简单的问题。"罗普说，"依您看，格列姆是个什么等级的机器人呢？"

"格列姆只是一个很普通的机器人。"詹姆斯说，"它和高级机器人相比，还差得远呢。"

"它是哪家公司制造的呢？"

"它不是和你们交谈过吗？"

"我们还没有搞清它的来历。"

詹姆斯轻轻吁了一口气。他站了起来，说："看来我们的谈话该结

束了。布莱斯灵对我的起居生活要求是很严格的。噢！您说，你们还没有弄清格列姆的来历，对吗？其实，它来自何处都无关重要，因为它已经死了。"

第三章　迷雾笼罩的硅谷

硅谷高深莫测

说到硅谷，人们就会想起那些火药味很浓的年代。"硅谷"本是 S 国保密级别最高、技术最先进的科学技术和军事工业基地之一。这个地方一直像一面"间谍与反间谍"的镜子，集中反映了一些国家在科学技术和军工生产领域里的激烈竞争。后来人们就把类似的地方和类似的角逐都喻之为"硅谷"，中国的仿生研究所就是其中之一，有人甚至把它看做一个很神秘的地方。中国仿生研究所的研究宗旨是为人类造福，本无什么神秘可言，但从其研究活动来看，那倒有点莫测高深了。

我们走进大自然，看到鹰击长空，鱼翔浅底，蜂飞蝶舞，并不觉得奇异。但是，在仿生学家看来，蝙蝠夜航，水象放电，候鸟迁徙，都蕴藏着无穷的奥秘。自然界历来就是各种技术思想的源泉。古人看见风吹蓬草转动而发明了车轮，巧匠鲁班被带齿的叶子弄伤皮肤而发明了锯。那么，在科技已相当发达的今天，人类还向自然界学习些什么呢？

其实，只要细心观察一下，你就会发现：一只小鸟能在刹那间雀跃而起，远走高飞，而飞机却还不能做到如此快速起飞。潜艇虽快，但在几秒钟之内并不能达到全速前进，而大多数游鱼都能办得到。蝙

蝠、蜜蜂、海豚以及许多鱼和鸟，都有定向定位的本领，可以探测远距离目标。许多生物在长期的进化过程中，形成了能够察觉周围环境些微变化的能力，稍有风吹草动，便立即做出适当反应。如果拿人的眼睛和动物的眼睛进行对比，就会发现动物比人优越得多。人看不到紫外线、红外线，而许多昆虫对此都很敏感。许多昆虫的复眼是由很多小眼集合而成的，如蜻蜓的眼睛由20000个小眼组成，两只眼睛即占头部的二分之一还多。有一种虎蜘蛛能同时用8只眼睛观察四面八方，用两只眼睛探测远方，像使用望远镜一样。

　　动物奇妙无比的本领，给科学家、军事家提供了无穷无尽的启示。他们根据蝙蝠的回声定位术改进了雷达，制造出能在险峻山地飞行的轻型飞机。根据螳螂的复眼原理装备追踪系统，追测飞机的飞行速度，等等。第二次世界大战期间，美英盟军在研究军事仿生学中，发现空中飞行动物对地面动物的攻击是最可怕的，于是在一次战役中用大批

飞机对德军的坦克进行猛烈轰炸，使其全部丧失战斗力。后来有人针对这种情况，研究了兔子与鹰对抗的战术。兔子为了对付猛扑下来的鹰，会突然一个翻身，四脚朝天，在鹰将要抓到兔子时，兔子突然弹出有力的后腿，准确地击中鹰的腹部，置鹰于死地。人们从兔鹰相斗中，领悟到如何对付来自空中的打击。

上面说过，人们在大自然中看到一只自然的昆虫或飞鸟、一头牛和马、一个自然人，都不会感到惊讶。然而，当他们看到一只和真的一样的人造昆虫和飞鸟、一个和真人毫无区别的机器人时，就会感到无比惊奇了。人们对仿生研究所之所以觉得神秘莫测，盖源出于此。许多人不仅对这些活生生的创造物的外表感到惊奇，更主要的是不了解其中包藏着的种种玄机，认为这一切真不可思议。

仿生研究所里有许多工作人员，清一色穿着印有仿生学标志的大衣，但是一般人是很难辨认出谁是真人，谁是机器人，有许多工作是由机器人来操作的。

从深层上看，最高深莫测的，自然是他们的研究了。仿生研究所的一个重大课题，是人的智能仿生，即搞人工智能。人工智能的任务，是研究和完善等同或超过人的思维能力的人造思维系统。按照仿生学的途径，先研究人脑，然后对人脑进行模拟，建立人体神经系统的各种生物模型，再进一步研制出各种活脱脱的"安德洛伊德"，即和真人一模一样的机器人，这就很不简单。

人脑是高度复杂的器官，有 100 多亿个神经元。人脑是如何工作的？人类能否制作模拟人脑的人工神经元？多少年来，人们从医学、生物学、生理学、哲学、信息学、计算机科学、认识学、组织协同学等各个角度进行研究，企图认识并解答上述问题。在寻求答案的研究过程中，逐步形成一个新兴的多学科交叉的技术领域，人们称之为"神经网络"。神经网络研究的主流是仿生学结构主义，其动机是要用硬件来模拟人脑结构和功能。作为仿生研究所，自然当仁不让，紧紧抓住这个重大课题，深入进行研究，并取得突破性的成果。

神经网络的研究涉及众多学科领域，不同领域的科学家又从各自的兴趣与特色出发，提出不同的问题，从不同的角度进行研究，形成各种学派。仿生研究所则兼容并蓄，吸取各家之长，没有门户之见。这大概就是他们取得成功的秘诀了。

《奥秘》杂志记者贝尔说得很好，中国的科学家不喜欢张扬自己。仿生研究所所长石波教授、副所长任岐博士以及他们的助手们，都是这样的人。他们有着各自不同的性格和爱好，同时也有一个共同的特点，就是兢兢业业的忘我精神。石波教授年轻时去参加一次朋友聚会，大家玩得正高兴时，有人提出每人讲一个自己的浪漫故事。朋友们一个个都讲了，轮到石波教授，他却不知道浪漫是何物。石波教授和詹姆斯一样，至今还是独身。詹姆斯因为长得丑而不愿意结婚；石波教授则长得仪表堂堂，四肢健全，但他工作起来却如醉如痴，大半生是在实验室里度过的，有时居然忘记了自己的家居在何处，同事们讥笑他是"爱因斯坦二世"。

石波教授主持仿生研究所以后，外界传闻，他是个莫测高深的神秘人物，在他的身边，经常簇拥着一群剽悍的机器人，它们都称他为"主人"，对他的命令绝对服从。实际上，他的同事、他的机器人以及闹市中的平民百姓所看到的石波，却是个和蔼可亲、普普通通的"老头"。他身边只有一个机器人，它就是贝塔。贝塔只称他为"教授"，而从来不叫"主人"。石波教授和贝塔平等相处，有时甚至还向它请教，因为贝塔有个灵敏度很高的生物电脑，运算起来比教授还快。

看来詹姆斯没有说错，仿生研究所真的有了可以称之为高级的机器人。但是，石波教授不一定承认这一点。

看不见的网络

按照詹姆斯的观点，高级机器人必须是扮什么就像什么，它必须

具有扮演对象的学识和灵魂。只有这样，它才能扮演得惟妙惟肖，真假难辨。这也许是从实用上来考虑的。石波教授则另有想法，他赋予机器人的不仅是人类的思维能力，而且还赋予它人类的优良品德，能辨别是非，爱憎分明，忠于职守，见义勇为。这样的机器人，自然不能像演员一样，好人坏人都能扮演，但是这又有什么关系呢？

仿生研究所有没有高级机器人，有多少高级机器人，局外人只凭猜测，无法知道详情。据说有的机器人已成为某些方面的专家，正在重要的岗位上发挥作用；有的已成为杰出的研究人员（当然它们本身仍然是研究对象）。中国研制高级机器人的目的是为经济、科技服务，这是众人皆知的。也有少数是为安全保卫而设计的，由于它们经常抛头露面，很容易引起人们的注意。正如人们互相传闻的，仿生研究所有3个神奇的"火枪手"（亦称"三剑客"），它们全按希腊字母命名和排列，老大叫 α（阿尔法），老二叫 β（贝塔），老三叫 Υ（伽马）。三人的长相和性格各不相同：阿尔法憨厚老实，说一不二，像个军人；贝塔聪明伶俐，喜欢学习，思辨能力特强；伽马精明灵巧，擅长通讯，是个信息专家。

阿尔法、贝塔和伽马都有自己的特殊本领，这些特殊本领又都具有浓厚的仿生色彩，这是它们与众不同、最引人注目的地方。比如：

阿尔法的眼睛，汇集了许多动物的昆虫眼睛的优点，无论白天黑夜，无论远近高低，它都能找到需要寻找的目标，并能把目标摄录下来，播发到远距离的控制室，像电视的现场直播一样。它还能像鸟一样飞行。设计者采用最新超导技术，使它的飞行能把地球引力减少至最低限度，起落伸展自如。阿尔法这些特殊本领，最适宜搞侦察。石波教授也有意让它到更复杂的环境中去实验，所以它现在归特区安全局调遣。

贝塔的外表像个文静的书生，但打斗起来却也是"一条汉子"，而且"武艺超群"。它的眼睛也很特殊，能够穿透某些物体，一眼就可以看出对方是真人，还是机器人；同时具有蛙眼的功能，对运动着的物体特别敏感，可以看见急速飞来的子弹。但是贝塔的主要特点还是它的聪明机敏。它的电脑处理信息的速度比人脑还快许多倍。人脑虽然每时每刻都在收集信息，但有的过后就忘了；贝塔则是"过目不忘"，对信息的输入输出都比人脑强。

伽马的特长是通讯和控制。它这种特殊本领的来由，如果上升到理论，还是挺复杂的，涉及到控制论和信息论。控制论就是在通讯与控制工程的实践基础上发展起来的。在控制工程中，核心问题是反馈控制。自动控制系统需要有相当于感官的感受器，以获得信息；特别需要相当于大脑的控制器，以便处理信息，做出判断，发出指令。控制论正是从反馈控制得到启发，将人和机器中某些控制机制进行类比，找出共同的规律性问题，加以总结提高而形成理论。维纳在进行这种类比时，把通讯工程中的信息概念和控制工程中的反馈概念引进活的有机体，又将人的行为、目的等概念引人机器。维纳赋予机器以人的属性，以至今天出现了最先进的机器人。伽马就是这些理论的产物，不过这里不能说得太远了。

伽马是任岐博士的助手，操纵着1号实验室（总控制室）。由于总控制室是"脑中之脑"，伽马的一切行为都是在任岐博士的直接控制下进行的。为了便于传递信息和发出指令，在伽马的"脑"里还有一个特殊装置，就是"神经电话"。它可以通过"神经电话"，向阿尔法、贝塔传递信息，发出指令，同时也可以接受任岐博士发出的指令。

苏联的阿·高尔鲍夫斯基说过这样一句很深刻的话："未来的世界，像我们的世界一样，将是创造和斗争的世界。"仿生研究所既被列入"硅谷"名册，那种"情报角逐"就是不可避免的了。为此，特区成立了安全局，其主要任务是保证仿生研究所的安全。

特区安全局局长林进，本是石波教授的学生，也曾是教授的科研助手，但是上级考虑，根据安全局的任务，很需要有个内行人当局长，林进便走上了另一条战线。他懂得仿生学和人工智能研究的多方面的知识，懂得仿生研究所的研究内容，懂得研究内容的要害所在，懂得

"黑客"窃取情报的手段和他们想要得到的东西。针对可能发生的情况，他采用先进的电子技术，建立了一个看不见的监护网。监护网自成一个系统，一个灵敏的神经网络，网络的神经中枢就设在安全局里。

林进完全相信电子技术的可靠性，但是仅有这些还不行。维纳曾经说过："把属于人的事情交给人，把属于计算机的事情交给计算机，这才是同时使用人和计算机的共同事业中所采取的最明智的政策。"他在建立电子监护网络的同时，还建立了一个以人的因素为主的防护网，这个防护网当然也是看不见的。正是这个看不见的网，使那些"神秘的客人"一进入特区，就受到监视，他们的一举一动，都暴露在安全局的眼皮底下。他还有一个组织严密、反应十分灵敏的特警队，队长余勇，是个很能干的年轻人。

林进的最后一道防线，那就是"三剑客"了。贝塔与石波教授日夜相伴，以它的聪慧和能力，足以保证石波教授的安全。伽马信息灵通，对任何变化都很敏感，它同时也可以保护任岐博士。阿尔法的本领人尽皆知，一旦发生什么事，它随时都可以出动。"黑客"无论在什么地方，都躲不过它的眼睛。

对全所工作人员，除了加强教育，要求每一个人都严格遵守保密条例外，安全局还给他们签发了"安全证"。这种"安全证"实际是一种"电子身份证"，他们凭这种"电子身份证"出入工作场所。如果他们违反规定，进入不该进入的禁区，"电子身份证"便会做出反应。如果他们遇到危险，也可通过"电子身份证"向总控制室报告情况。

安全措施是非常严密的。然而，一件意想不到的事情却发生了。对这件事，林进没有想到，恐怕连读者也是想象不到的。

教授突然失踪

那天凌晨，一阵急促的报警铃声把林进从梦中惊醒。他睁开惺忪睡眼，翻身下床，匆忙披上衣服，走进工作室，屏幕上的值班员张小兰神态慌张。

"报告局长，出事了!"年轻姑娘由于过分紧张，说话的声音有点打颤。

"出了什么事?"林进冷静地问。

"石波教授他……他失踪了。"值班员断断续续地说。

"你说什么?!"林进不由得也大吃一惊，"教授是怎样失踪的?"

"详细情况现在还不清楚。"张小兰咬着嘴唇，含着眼泪，一副愧疚的样子。林进只好耐着性子安慰她："小张，冷静点，别惊慌，你慢慢说。"

"石波教授昨晚一直在3号实验室工作，只有贝塔伴随。监护网没有发现任何人进入禁区……"

"那么，监护网反映出来的又是什么情况呢?"林进急切地问。

"3点左右，石波教授的汽车从实验室开出来，奔上9号公路，去向不明。"

"去向不明?!"遇事沉着冷静的林进又是一惊。这意味着什么？很可能又是一宗非常复杂的国际阴谋案件!

"余勇队长现在在哪里?"

"余勇队长追踪去了。"

"他对案件怎样判断?"

"他说，这很可能是一宗劫持案。"

"谁是劫持者?"

"目前还不知道。"

"贝塔呢?"

"贝塔也失踪了。"

教授突然失踪，这对林进来说，不亚于发生一次大地震。他感到问题严重，立即把案情向上级做了报告。上级做出决定：第一，命令边防部队严密封锁一切通往国外的道路；第二，安全局要全力以赴，

寻找石波教授的行踪，尽快破案；第三，无论发生什么情况，都要不惜一切代价，保证石波教授的安全。

林进遵照上级指示一一做了部署，正想稍为休息一下，总控制室又传来信息：任岐博士从国外来电，说他已经动身回国，上午 8 时到达国际机场。这又是一个意外。任岐博士是去长岛出席国际人工智能联合会召开的世界会议的，会议尚未结束，怎么突然回来呢？

前面说过，林进和任岐都是生物工程学院的学生，他们的导师就是石波教授。以后工作又把师生三人紧紧地联系在一起，情深谊长。现在，不早不晚，偏偏在出事的当儿，任岐突然回来了，林进将怎样向老同学交待呢？

林进不敢坐着多想。他驾车沿着 9 号公路向国际机场飞驰而去。路上，由于他聚神凝思，差点与对面飞驰而来的汽车相撞。好在现在的汽车都有预警装置，能自动消灾，才不至于出车祸。

对方是余勇的电子侦察车。这种电子侦察车很特别，精巧玲珑，却装置有各种最先进的侦察设备。余勇和他的特警，都穿着奇异的防护衣，这种防护衣能防弹、防毒、防辐射，还带有出奇制胜的电极武器和通讯工具，乍一看，他们一个个都像是刚从天外归来的宇航员。阿尔法也在其中，它披着一件玄色的斗篷，那斗篷就是它的飞行器。

余勇简要地向林进汇报追踪的经过：石波教授的汽车从 3 号实验室一出来，便驶上 9 号公路，向南飞驰，看来有越过国境的意图。可是汽车快到边境时，即调过头来，沿着 9 号公路返回，然后直奔国际机场。当我们追到国际机场，一架巨型客机已经飞走，候机室里空无一人，石波教授的汽车也无影无踪了。

"你们是什么时候到达国际机场的？"林进问余勇。

"7 点 45 分。"余勇说，"据机场的工作人员说，国际班机实际是 7 点到达，7 点 40 分起飞。"

"国际班机怎么会提前到达、提前起飞呢？"林进满腹狐疑，"你们看到任岐博士了吗？"

"没有。"余勇摇头，"怎么，任岐博士回来了？"

"是的，他说他8点到达。"

"难道……"余勇也感到疑惑。

就在这时，总控制室又传来信息：石波教授的汽车已经回到仿生研究所，可是车里没有石波教授和贝塔。

"车里什么也没有吗？"

"任岐博士坐在车里！"值班员说，"博士很不高兴，说不管怎样，都不至于派辆空车去接他。"

"谁派空车去接他啦？"林进也感到很惊讶。这真是一件怪事！他问余勇："我们下一步怎么办？"

余勇沉默片刻，对林进说："从目前的情况看，这是一个劫持案，劫持者的去向大体有两个：一是已经上了国际飞机；二是将要越过国境线。我认为，上飞机的可能性小，企图越过国境的可能性大。石波教授的汽车是智能汽车，所以不需要人驾驶，劫持者懂得汽车的秘密，又经过周密的安排，给我们制造种种假象，让我们在两个可能性当中犹豫，以争取时间。"

"那么，任岐坐上石波教授的汽车，悄悄回到仿生研究所，又是怎么回事？"

"这也许是一个巧合。目前最重要的是找到石波教授和贝塔。"

"对！我完全同意你的分析。我们必须马上行动，赶到国境线。"林进对余勇说。他指着远处云雾缭绕的青山："你看，边境的雾很浓重，那里又是森林茂密的山区，所以你们追踪时，只看到汽车，看不到石波教授和贝塔。劫持者选择了一个很好的时机，很好的地点。留给我们寻踪的时间不多了，你驾驶'蝙蝠'侦察飞机，带上阿尔法，必要的时候……"林进看了看阿尔法，对它说："必要的时候，你可单独行动，阿尔法。"

"是，局长！"

阿尔法恭敬地回答。

博士悄悄归来

林进部署好追踪行动后，即驱车赶到仿生研究所。这时，悄悄归来的任岐已把 1 号实验室巡视了一遍。

林进走进 1 号实验室，任岐一反常态，对老同学冷冷淡淡的，大概他还在生气吧。当林进怀着不安的心情谈到石波教授失踪的情况时，他也无动于衷。1 号实验室是全所的控制中心，摆满着各种闪烁不停的电子设备，操纵这引进神秘设备的只有伽马一个。伽马看见任岐回来了，更是精神抖擞，聚精会神地坐在工作台上。任岐似乎对伽马更感兴趣，围着它转来转去，指挥它干这干那，各种颜色的信号灯不断变换着神秘的光芒。在特大的显示屏上，出现各个实验室的图像。但是很奇怪，当石波教授亲自主持的 3 号实验室出现时，屏幕上只闪烁了一下，随即一片模糊。任岐对此表示遗憾。

林进一直跟随着任岐。他从任岐身上发现了一些微妙的变化。当他把一只手搭在任岐肩上时，感觉到任岐轻轻地震动了一下……

"我们谈谈吧。"林进说。

两人在临窗的沙发上坐了下来。由于石波教授遇到不测，两个老朋友都没有心思谈离情别绪。林进也把石波教授失踪的情况说了一遍，最后说："看来此案是蓄谋已久了，劫持者制造了许多假象，使我们坠入迷雾之中，一时看不清真相……"

"如果事情像一杯白开水那样清楚，那你就该退休了。"任岐盯着开水杯，冷冷地插话。

"难道你……"

"我怎么啦？石波教授是你的老师，也是我的老师，他的失踪，我的心情和你一样难受。"任岐一触即发，恼怒了起来，"老师失踪了，是谁的责任？是我的责任吗？"

"我们正在千方百计地寻找。希望你配合我们尽快破案。我们……"

"晚了!"

"这话怎么讲?"

任岐望着窗外,绘声绘色地谈了自己在机场看见的情形:

"早晨,浓雾夹着霏霏的细雨,把国际机场笼罩得严严密密,一片迷茫。7点整,巨型客机提前降落了。我随同混杂的旅客走下了舷梯,向休息大厅走去。大厅里熙熙攘攘,多数是路过此地的外国人,他们来自世界各地,长着各种肤色,操着各种语言,穿戴各种服饰,令人眼花缭乱。我看看手表,距离8点还有将近1小时,便坐在靠窗的座位上喝茶、吃早点,等待所里派来的人和车。就在这时,我发现一个神秘的外国人在人群中窜来窜去,随后走到一个角落里,和另外一个人小声地讨论什么。当时我对这两个人并不介意,只顾独自喝茶。现在回想起来,那情形说明他们在商议着一桩什么阴谋。快到7点40分了,休息大厅里的人群像退潮般涌了出去,角落里的两个人也不见了。我突然看见石波教授的汽车停在窗外。我并不知道仿生研究所已经发生了什么事,更想像不到老师会失踪,我以为空车是来接我的,心里虽然不高兴,还是坐上了汽车。我了解老师的智能汽车,如果不是来接我,连车门都打不开。这也是一种假象,他们把老师和贝塔弄上了飞机,然后又留下一部空车给我坐,使人对此事毫不怀疑,真是巧妙得很呀。"

林进冷静地分析任岐所讲的话。如果这一切都不是杜撰,也还不足以说明事情已经到了无可挽回的地步。任岐只看到石波教授的汽车,而没有看到石波教授和贝塔,这是其一;其二,任岐不知道石波教授的汽车先到边境,然后返回机场这个细节。如果劫持者要把石波教授弄上国际飞机,汽车就没有必要先到国境线去……

林进正在沉思,安全局总控室打来电话,说余勇队长有紧急情况要向局长汇报。林进命令把信息转到1号实验室来。任岐也看到了余

勇发回的信息。

"这样做是徒劳的。"任歧说。

"为什么?"林进问。

"因为你的判断是错误的。"

余勇的汇报大意是:"蝙蝠"侦察机于上午8点30分赶到边境地区,在石波教授可能出现的地方来回搜索,始终没有发现目标。

林进皱起了眉头,"这是怎么回事?"他反复问自己。他知道,"蝙蝠"侦察机是根据蝙蝠的回波定位原理精制而成的,它具有和蝙蝠一样的功能,可以判断障碍物的远近和方位,甚至连障碍物的大小、形状都能"看"得很清楚,所以它能在高山峡谷中穿云破雾,处处都可以飞行。蝙蝠是用耳朵"看"东西的,它没有真正意义上的眼睛,而"蝙蝠"侦察机却既有耳朵,又有眼睛,而且分辨率极高,它飞掠过的地方,所有要寻找的目标全都在显示屏上出现,哪怕目标是一只小小的动物。可是,这次"蝙蝠"的眼睛却失灵了。难道石波教授真的上了飞机,或者已经越过了国境线?

更奇怪的是,任歧对此一点也不感到惊讶。"蝙蝠"是他参与设计的,石波教授又是恩师,情深义重,他为什么一点也不焦急,无动于衷?他不为林进分忧,与之思谋,共商对策,反而冷嘲热讽,多方指责,这又是为什么?

林进细想自己布设的监护网,并无任何疏漏。他和他的同事,尽职尽责,尽心尽力,任歧的指责是毫无根据的。但是,案件毕竟发生了。为什么会这样?问题出在哪里?他一时还无法找到正确的答案。不过他依然那样沉着,坚信自己的判断没有错。他命令余勇继续搜索,不要动摇。

贝塔失控反叛

余勇紧紧盯着各种电子设备，留心观察有无异常情况。阿尔法坐在一旁，神态忧郁，似有所思。

"阿尔法，你好像有点不高兴，对吗？"余勇望着阿尔法，随和地问。

"是，队长。我感到有点纳闷。"阿尔法老老实实地回答，像个厚道的庄稼人，"我们能找到石波教授吗？"

"能找到。你焦急了？"

阿尔法摇摇头："不，我只是有点担心，也有点怀疑……"

"你在怀疑什么？"

"我……"

"蝙蝠"忽然一沉，差点就撞到绝壁上去了。余勇大吃一惊，急忙按动应急电钮，"蝙蝠"向上猛然一蹿，飞到2000多米高空。飞机是脱险了，但电子扫描屏幕一片空白，什么也看不见。

余勇又想到阿尔法刚才说的话。

"阿尔法，你刚才想说什么？"

"我怀疑，'蝙蝠'被干扰了。"

"你说得对，阿尔法。你看，它的耳朵、眼睛都失灵了。"

"这事我觉得有点蹊跷。'蝙蝠'的秘密只有石波教授和任岐博士知道，别的人是无法干扰的。"

余勇也感到奇怪，立即把这一异常情况报告了林进。林进命令执行第二侦察方案。余勇对阿尔法说："如果发现石波教授和贝塔，即把实况直接传回仿生研究所1号实验室。要注意隐蔽，没有命令，不要惊动他们。都明白了吗？"

"是，都明白了！"

"保重！"余勇一按电钮，阿尔法便飘然飞了出去，它那件斗篷在空中悠然施展开来，像一片云，随后落到山上，像一丛花，隐隐约约地出现在茂密的树林之中。

阿尔法果然不负众望，它很快就找到石波教授和贝塔。从阿尔法送到仿生研究所的图像看，劫持石波教授的，不是别人，而是贝塔。现在他们离国境线已经不远了。林进命令余勇立即赶到 105 号界碑附近，设法阻止它继续前进。

劫持者是贝塔！这一意想不到的事实，使余勇、林进以及许多了解内情的人都感到十分震惊。贝塔是石波教授亲自设计的机器人，历来都是石波教授的忠诚卫士和助手，现在怎么会反过来变成劫持者，而且把劫持计划安排得这样周密？再说，像贝塔这样的机器人，只有充分了解它的秘密的人才能操纵它，那么又是谁操纵它企图把石波教授劫持到外国去的呢？

石波教授年岁已高，但身体还很健康。现在他正在崎岖的山路上蹒跚而行，贝塔紧紧跟在他的后面。山风刮着白雾，时浓时淡，使人感到一片迷茫。不过祖国的河山依然很美，树林披着春天的盛装，鲜艳的山花含苞欲放，鸟儿在幽深的峡谷尽情歌唱。

石波教授突然停止了脚步，眺望着远处一条小河。这条小河就是国境线。"不能再往前走了，过了河就是另一个世界。"石波教授想。

贝塔一改往日那个彬彬有礼的姿态，挥舞着特制的手枪，粗鲁地对石波教授说："你怎么啦？快走！"

石波教授漠然不动，说："我们不能再走了，贝塔。你看见了吗，前面是一片黑暗。"他指着河那边一片黑魆魆的森林。

"别废话了，你还是赶快走吧，不然我就……"它熟练地挥舞着手枪。

"你开枪吧，我的血只能流在祖国的大地上。开枪吧，贝塔。"

"不，我的主人命令……"

"命令你干什么？"

“要你活着走到那边。”

“贝塔，把你的枪收起来，我才是你的‘主人’，你不能这样对待我。”

“你不是我的主人。”

“那你的主人是谁呢？”

“我不能告诉你。”

“为什么不能告诉我？”

“我只能按指令行事。”

“是谁给你这种指令？”

“我不能告诉你是谁给的指令。”

石波教授沉默了。他十分了解自己制造的机器人，尤其是贝塔。贝塔是个高级机器人，而它刚才的对话却是一个很普通的机器人，犹如一个科学家突然变成一个普通人一样。看来它的"脑"已经受到了干扰和破坏，使它变成一个醉汉或疯子了，除此之外，就没有别的解释。维纳说过一句很深刻的话，他说："看来危险在于魔术的动作过于刻板。自动化的魔术（如机器人），特别是装有学习装置的自动化魔术，想来也是同样刻板。"塞缪尔也有这样一个观点："机器不能输出任何未经输入的东西。"高级的机器人，虽然能自我学习、自我组织，能在不同环境中做出不同的反应，但是它的"思想"，它的"本性"，仍然是由制造者输入的。现在贝塔输出的，显然已经不是原来输入的。那么是谁变换了贝塔的"灵魂"呢？

石波教授正在深思，背后突然响起了枪声，他回头一看，贝塔正在和阿尔法激战。石波教授心中的疑云更浓了。

"黑客"吐露真言

仿生研究所的人们，这时也以吃惊的目光观看贝塔和阿尔法的激战。当大家看到石波教授坐在一旁沉思时，都为他的安全捏一把汗。

突然，大屏幕闪起一阵蓝光，石波教授和贝塔的图像消失了。人们正在诧异，余勇向林进报告说："阿尔法受伤了！怎么办？"

"命令阿尔法飞走，避开贝塔！"林进当机立断，"你们另外选择有利地点，阻止贝塔继续前进。"林进似乎想起了什么，又对余勇说："今后有什么情况，只用密码机同我联系。"

控制室里的硝烟消散了，仿生研究所的工作人员也怀着复杂的心情渐渐离去，只有伽马还在埋头工作。林进拍拍伽马的肩膀，对它说："你也休息一下吧。"

伽马抬头望着任岐。任岐对它挥了挥手："去吧。"伽马顺从地走了。

现在室内只剩下林进和任岐，他们需要认真地商谈。不是吗？石波教授虽然已经找到了，但是问题还没有解决，因为劫持者是贝塔，它的子弹可以打死人，而人发射的子弹（如果不是打中要害的话）却不容易打死它，它有避开子弹的本领。连阿尔法都不是它的对手，还有什么办法可以营救石波教授呢？这是林进反复思索的、必须与任岐商谈的问题。而任岐却心神不定，突然指着控制系统破口大骂："真见鬼，把这些家伙全都砸掉算了！"

林进感到很惊讶："砸掉它干嘛？机器并无罪过呀！"

"那是谁之罪？"

"谁之罪，现在还说不清。无论从哪个角度讲，只有你和石波教授才能解释贝塔的背叛行为，你是副所长嘛。"

"我怎敢与老师相比！"任岐冷笑了一声，"有些话，我不知道当讲不当讲。我觉得，老师太放纵了自己的智慧，把最先进的东西全赋予一个无情之物，到头来自己落到了自食其果的境地……你反对我这样说吗？"

"不，请你继续往下说。"

"从控制论的创始人到现代的专家学者，都一再提醒我们：智能机器危险！可我们怎样呢？动不动就说人家是唯心主义，还有什么'技术悲观主义'呀，等等。还是艾什比说得对，争论是没用的，你不信，就把那玩意造出来瞧瞧。现在好了，悲剧终于发生了。但这仅是一个小小的警告，如果我们一意孤行，继续发展下去，更大的悲剧还在后头。正如别尔佳耶夫所说的：'这种时候将要到来。机器人将是如此完善，以至它们不需要人的任何帮助就能操作，机器人将接管整个世界。而最后存在的人们，已经变得毫无用处，在这种技术环境中不能呼吸和生活，他们将消失，而在他们背后留下一个由他们的理智和双手创造的新世界。'……"

林进听着任岐滔滔不绝的"高论"，眼睛渐渐模糊起来。他不禁问自己："这是我的老同学任岐吗？"原来的任岐可不是这个样子的。

任岐似乎看出了林进的心思，郑重地宣称："我过去是，现在还是唯物主义者。无论在国内、在国外，我都严守自己的阵地，为自己的信念日以继夜地战斗。可是，现在回过头来看，怎么样？我们全对了吗？事实在无情地嘲弄着我们，贝塔给我们上了最好的一课。贝塔，就是巴勒斯坦海滩上的精灵，它从瓶子里钻出来，再想把它弄进瓶子里，没那么容易！我们没有什么理由反对维纳讲这些故事。今天的事实比那些神话可怕得多，而更可怕的是我们不肯承认机器可以同人作斗争这个事实。"

林进终于弄明白任岐的意思：贝塔是自觉起来劫持石波教授的。这种观点无论如何都是不能接受的。

"不，应该说，机器可以用来与人作斗争。"林进反驳说，"也就是说，机器与人斗争的背后，仍然是人与人之间的斗争。贝塔反叛也是这样。"

"老调重弹！"任岐嚷着说，"我想请你不要忘记这样一个历史实事：当初苏联有些人曾反对过控制论，把它称作'伪科学''现代机械论'，后来怎样呢？后来他们不得不来一个180度的大转弯！"

"否定控制论是不对的，但这并不意味着可以用控制论来代替哲学。"

"好，让思想僵化的人们继续吃苦去吧！"任岐宣称他已经很疲劳，需要休息，便离开了控制室。

"贝塔是个谜，任岐也是个谜。"林进想。他很了解过去的任岐，过去的任岐并不是这样的。从某种意义上讲，任岐和贝塔相似，都是出人意料之外的叛逆者。贝塔突然背叛自己的主人，而任岐突然背叛自己的信念。

控制论和哲学的关系非常密切。自从控制论创立以来，围绕着控制论的哲学问题的论争从未停止过。特别是随着控制论的发展，引起有关认识论的一系列争论，就更加广泛、更加深入。其中有两个认识

论上的重要问题一直在争论：一个是信息究竟是什么；另一个则是机器是否能思维，即人脑和电脑、意识和物质究竟是什么关系。信息的本质问题，是控制论的一个重要的认识论问题。维纳说："信息就是信息，不是物质也不是能量。任何唯物论，如果不承认这一点，在今天就不能存在下去。"然而信息的本质究竟是什么，他并没有做出明确的回答。在争论中，对信息本质的回答也是十分混乱的。有人认为信息是"非物质的精神实体的特性"；有人认为信息是"物质的普遍属性"；有人认为信息不仅是"物质的"，而且也是"观念的"；还有人认为信息既非物质也非精神，而是"某种第三者"。关于机器思维与思维机器的争论就更多了，核心问题是如何理解"思维"和能够思维的机器会不会超过人，它们与人类是什么关系？它们永远都是人类的工具吗？一旦它们自觉起来与人作斗争，人类将怎么办？等等。争论的根本观点无非是两个：一个是唯物主义的；另一个则是唯心主义的。

过去的任岐，观点是明朗的，他是一个唯物主义者。可是现在，他也来个180度的大转弯，他也想"赐给哲学唯物主义者一点痛苦"，企图以种种混乱来证明"辩证唯物主义是站不住脚的"。这不是一件怪事吗？林进实在是想不通，一个堂堂正正的科学家怎么会在一夜之间变成了另外一个人。他开始怀疑，怀疑自己，也怀疑任岐；怀疑自己的判断是否正确，怀疑任岐是真的还是假的。

林进拿出袖珍密码机，和余勇进行一次深入的对话。余勇提供了一个很重要的信息：从贝塔的表现看，是有人在对它进行遥控。

遥控贝塔的人是谁呢？林进突然想到一个解谜的办法。他走进了仿生研究所的另一个迷宫——2号实验室。

林进迷宫博弈

2号实验室是个最大的模拟实验室。具体讲，这里就是人造生物

的地方。这是一个密级很高的禁区，到处都笼罩着神秘的气氛，连个门把也安装有奇异的电子设备，谁置身其中，都会感到自己站在众目睽睽之下，一举一动必须十分谨慎小心。模拟实验室的结构也很奇特，有的大若一个足球场，有的小如一个卫生间。许多工作人员穿梭其间，来回奔忙。他们当中很难分辨谁是真人，谁是机器；谁是研究人员，谁是研究对象。还有一些会走动、会说话的非人非兽的怪物，往往使来访者毛骨悚然。

"局长，您好！"林进正在迷宫漫步，突然有人在背后叫了一声。林进回过头来一看，伽马像个隐身人一样飘然在身后出现，脸上还挂着神秘的笑容。

"你在干什么呢，伽马？"林进悠然地问。

"博士叫我陪他下棋。"伽马说。

"他还有闲情下棋?!"林进想。他随着伽马走进 1 号实验室，任岐坐在棋盘旁边，神情有点尴尬，却笑着说："老同学也来一盘怎样？"

"行！"林进说，"往常下棋，都是你输，这次也不会是例外。"

"不一定。"任岐说，"彼一时，此一时，这次恐怕就不一样了。"

"我有个想法，"林进说，"你还记得塞缪尔的故事吗？塞缪尔被自己设计的弈棋机击败，我一直都不相信。这回我们就玩点新的，你和伽马联手与我对弈，验证一下塞缪尔讲的是否是真的。"

林进一提到刚才争论的话题，任岐就沉不住气了。"好，好，就试试看吧！"任岐嚷着说，"但是有个条件，在对弈当中，不管发生什么事，都不能停止，你同意吗？"

"就这样，我同意。"林进说。

这是一次真正的博弈。在林进和任岐、伽马对弈进入短兵相接、生死只差一两步棋的时候，国境线上的战斗也进入了最危险的时刻。贝塔突然感到倦怠和茫然。余勇看准这个时机，对贝塔进行了袭击。但是贝塔很灵敏，它那只电子蛙眼能感知周围运动着的任何物体，再加上它的要害部位有特护装置，要想把它击倒是很难的，弄不好还会伤着石波教授。

突然袭击未能阻止贝塔继续前进，反而使事态更加严重，贝塔拉着石波教授已经快到河边了。情况十分危急。

余勇在紧张和失望之际，忽然听到石波教授大声地对贝塔说："贝塔，快来背我过河！"

余勇又吓一跳："教授他……"

贝塔背起石波教授，飞快地向河边跑去。突然，贝塔倒下了。

石波教授慢慢地站起来，拍拍身上的尘土，向余勇和特警队员们招手。余勇他们奔过去，拥着老所长，激动得流着眼泪，欢呼声响彻山谷。

"石波教授！"

"石波教授！"

"好啦，现在没事了。"石波教授安详地说，"快把贝塔搬上飞机，立即回3号实验室。"

在归途上，余勇凝视着躺着不动的贝塔，小声地问教授："它死了吗？"

石波教授说："没有，它只需要休息一下，回到实验室，它就会醒过来的。"

这时迷宫里的博弈还处于僵持的局面，双方都聚精会神，设法把对手置于死地。伽马由于也参与了搏斗，一时中断了与外界的联系，对国境线上发生的事一无所知。这正是林进要走的一步非常巧妙的好棋。

原来，林进经过反复思考，怀疑任岐通过伽马操纵贝塔劫持石波教授。要证明这一点，就必须设法中断伽马与贝塔的联系。事实果真如此，伽马"忘记了"贝塔，贝塔便感到茫然了。

任岐也是一时糊涂，以为通过弈棋，分散林进的精力，没想到聪明反被聪明误，落入了林进的陷阱。

任岐见自己的败局已定，便将棋盘一推，领着伽马气冲冲地走了。

　　林进仍坐在原地沉思。有许多问题，他仍然百思不解。刚才这盘棋，谁输谁赢，仍不得而知。想到这里，他拿出密码机，正准备同余勇联系，了解国境线上的情况，突然一声枪响，一颗子弹飞来，把密码机打得粉碎。他抬眼一看，窗外晃过一个熟悉的身影。是他，任岐？

　　又是一声枪响。这一枪却是朝着任岐的背影打的，开枪的是伽马。林进更觉惊奇：任岐、伽马，朋友、敌人，都在瞬间错位，真不可思议！

　　"局长！"余勇突然走了进来。

　　"情况怎样？"林进急切地问。

　　"石波教授安然无恙，已经回到3号实验室。"余勇报告说，"他治好了阿尔法的枪伤，检查了贝塔的身体，找出了问题的秘密，并使它成为新的贝塔。"

　　"真难为他老人家了。"林进不胜惊喜，"那么，伽马又是怎么回事？"

　　"石波教授正通过贝塔反控伽马，追击潜入仿生研究所的假任岐。"

　　"假任岐？！果然是假的！它是从哪里来的？"

　　"现在还搞不清楚。但事实已经证明，它是个人造怪物。"

　　"报告！"阿尔法也走了进来，"怪物已经摆脱了伽马的追击，现在正向3号实验室走去。"

　　林进感到事不宜迟，命令阿尔法立即飞到3号实验室，保护石波教授。

　　阿尔法很快就赶到3号实验室，向石波教授传达了林进的口信。石波教授十分平静，似乎一切都在意料之中。他向阿尔法耳语了几句，阿尔法便离去了。

怪物自焚灭迹

阿尔法刚走，贝塔就报告说："教授，它来啦！"

石波教授抬头望了一下监视屏幕，那怪物正大摇大摆地走进了禁区，径直向工作室走来，那身躯、那神态，以及对3号实验室的熟悉程度，都和真的任岐无异。这一点，连石波教授也感到惊奇。

敲门声……声音带着一种不可思议的气氛。石波教授却若无其事，命令贝塔暂时回避，然后道一声："请进！"

怪物进来后，像真的任岐那样，恭恭敬敬地站在石波教授面前。石波教授心平气和地招呼它坐下。它环视室内，并无异常情况，一切都如以往，只是少了一个贝塔。

"我以为，再也见不到老师您老人家了。"怪物一开口就这样说，表现出很难过的样子。

"我这不是好好的吗？"石波教授说。这时的石波教授，仍然是那样和蔼可亲，丝毫没有居高临下那种威严，但是不知道为什么，怪物总是避开石波教授的目光。它一接触到石波教授那深沉的目光，便感到全身很不自在。

"国际会议结束了吗？"石波教授平静地问，像在聊家常。

"没有，我是提前回来的。"

"为什么呢？"

"这次国际会议，主要是深入讨论'洛桑事件'，专家们对人工智能的发展前景表示忧虑，国际人工智能联合会正在考虑，是否需要制定一个限制研制高级机器人的条例。此事非同小可，所以，我提前回来，想和您商量，我们应该怎样对待这个问题。"

"你有什么想法？"

"我一回到仿生研究所，就遇上贝塔失控反叛这件事。这件事，貌

似偶然，实为必然。"

"这话怎么讲？"

"老师，有句话我不知道该不该讲？"

"你随便讲。"

"从贝塔反叛这件事来看，证明专家们的忧虑是有根据的，我们不能再这样坚持下去了。"

"依你看，我们该怎么办呢？"

"艾什比早就说过，我们可以接受唯一合理的建议是：为了安全起见，应当把它们深深地埋葬掉。"

"有这样的必要吗？"

"您不觉得它们是危险的吗？"

"我不否认这一点。像你，就很危险。"

"老师，我不明白您说的话。"

"你应该明白。你现在老老实实告诉我，你的主人派你来干什么？"

怪物把手伸进腰间，摸弄着手枪，它一时不知该怎样对付石波教授。正当它犹豫不决之际，座椅下一把强有力的弹簧将它抛到空中，恰好把它掷到门外，门砰的一声关上了。贝塔已经在门外等候着它。

原来，石波教授一直在思考这样一个问题：贝塔为什么会突然失控反叛？他是最了解贝塔的人，他想到的答案就不是揣测性的了。能够搅乱贝塔"神经"的只有伽马，它们之间是通过"神经电话"联系在一起的。而能通过"神经电话"指挥伽马的，也只有一人，他就是任岐。石波教授对任岐的了解，正如对贝塔的了解一样，他深信自己的学生绝不会背叛自己的祖国、背叛自己的信念、背叛自己的事业和老师。后来他得知，任岐突然回到了仿生研究所，答案就渐渐明朗了，这个悄悄归来的不是真任岐。如果这种可能性可以肯定，那么剩下最后一个问题是：它到底想干什么？了解仿生研究所的虚实？盗窃科研情报？看来不止是这些。它想得到的最大的猎物是我（石波教授）本人。操纵贝塔劫持这一步失败了，但是它绝不会就此罢休。

"将计就计，一举两得。"石波教授立即想到了这一计划，决定以自己为诱饵，巧设了一个陷阱，让那个真假不明的人自己走到 3 号实验室来。

　　事实证明，走进来的果然是个假任岐。石波教授以他丰富的知识和经验，一眼就看出它是贝塔的同类。善者不来，来者不善，这种机器人可不是小孩的玩偶，一般都是很凶顽的。石波教授估计到可能发生的情况，事先做了巧妙的安排。

　　一场恶斗在门外展开了。怪物凶相毕露，向贝塔猛扑过来。它们的本领不相上下，贝塔却多了一只灵敏度极高的蛙眼，对方无论如何都抓不着它，反而频频挨揍。怪物开始退却了，但并不认输，而想来个回马枪，把贝塔的蛙眼打掉。贝塔在枪战中同样很机灵，使对方的意图很难实现。但是贝塔要击毙对方，也很不容易。

　　怪物感到自己没有取胜的可能了，便想坐上石波教授的智能汽车逃跑，可是汽车已经变换了程序，怪物连车门都弄不开，只好落荒而逃，钻进了密林。

　　3 号实验室很快就恢复了正常，但聚集在这里的人们，心境是不平静的，这不是余悸未消，惊魂难定，而是感到深深的遗憾。特别是林进，在石波教授面前，总有着一种负罪感。石波教授却处之泰然，对已发生的事情并不感到惊讶。说到那个怪物，石波教授倒是赞不绝口："你们看，它模拟任岐，模拟得如此惟妙惟肖，天衣无缝，实在是不容易呀。它不仅模拟任岐的外表，还掌握了他的记忆和思维，所以能够随机应变，令人真假难辨。它的制造者没有高超的技术，是不可能做到这一步的。"

　　林进非常信服石波教授的论断，但有个问题他始终弄不明白："任岐的记忆和思维，怎么会落到别人手上呢？他到底怎么啦？"

　　说到这个问题，石波教授也沉默了。就在石波教授默然不语之际，外面响起了一阵沉重的脚步声，阿尔法背着怪物的"尸体"走了进来。这是怎么回事？

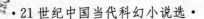

阿尔法报告说："我按照教授的吩咐，埋伏在密林里。果然不出所料，怪物钻进树林，落荒而逃。后来它停了下来，似乎是和谁对话。突然，它的眼睛射出一束红光，尔后便是一声爆响，头部冒出一股白烟……"

"它自焚灭迹，好狡猾的东西！"石波教授骂了一句。他仔细检查怪物的"尸体"，没有找到任何有价值的东西，禁不住长长地叹了一口气，感到非常惋惜。

第四章　"黑箱档案"被盗窃

长岛"塞翁失马"

悄悄闯进仿生研究所的怪物自焚灭迹，石波教授从它身上找不到任何有价值的东西，于是怪物的来历就成了一个难解之谜。不过，石波教授也看出了一个破绽：怪物模拟任岐之所以能够做到天衣无缝、惟妙惟肖，是由于它掌握了任岐的记忆和思维。那么，任岐的记忆和思维（即"黑箱档案"）又是怎样落到别人手上的呢？这是谜中之谜。对于这样一个非常复杂的问题，只有任岐博士本人才能说得清楚。

任岐博士这次出国，是应邀参加国际人工智能联合会召开的第100次国际会议。由于石波教授很少出国，任岐博士经常代表仿生研究所出席类似的会议，经验丰富，加上他为人谦虚谨慎，从来没有出过什么差错。这次，他在国际会议期间，因为急于去探访自己的挚友、侨居国外多年的华裔学者马忆中博士，一时疏忽，"黑箱"被盗，竟引出了这样一个曲折离奇的故事来。

马忆中博士是长岛"黑箱公司"的高级研究员，多年来一直埋头研究人脑机能，是一位国际上探索"大脑之谜"的著名学者。揭示人脑记忆和思维的奥秘，一直是脑波研究者的夙愿。传媒报道，"黑箱"公司的研究人员已发明一种技术，能监视脑电波，并可把它译成文字。这一传闻使权威们大为震惊，有人甚至担心，这项技术可能成为破译国家机密和个人隐私的"恐怖工具"。据报道，这项技术的发明者就是马忆中博士。由于"黑箱"公司对此事一直保持沉默，人们无法知道此事是真是假，但是对马忆中博士的研究以及对他本人，都是刮目相看的。

自从 1786 年意大利医生加尔凡尼发现了动物组织中的电现象后，生物电的研究便揭开了序幕。1924 年，贝尔格在德国第一次用仪器记录了人脑微弱的电信号，证实了脑电波的存在。以后有的生物学家运用电子计算机将感觉刺激引起的脑微弱的电变化叠加处理，得到一定图形的脑电波，简称为诱发电位，它在一定程度上能够反映人脑高级机能的某些特征。马忆中博士就是沿着这一途径探索下去，创新了一种特殊的监视仪器，这种仪器能透视活人的大脑，观察到它处理各类信息的情况。有人把这种仪器称为脑的"X 射线摄影机"。据说通过种种实验证明，它可以探测一个人怎样感受经验、怎样学习和思维。有些哲学上和心理学上引起争论的理论，也可以用这类实验加以检验。

然而，这些都是外界的传闻。实际情况到底怎样呢？参加国际会议的专家学者都想与马忆中博士接触，从中了解到一点真实的线索，得到一点新的启示。但是，会议议程已经过半，仍不见马忆中博士的踪影。经过多方交涉，"黑箱"公司的发言人宣称：马忆中博士正在患病，病情很重，无法出席会议了。

任岐博士知道这一消息后，比谁都焦急。他并不想从马忆中博士那里得到什么学术上的启示，而是挂念他的身体。任岐和马忆中是老同学，当年一起在石波教授门下求学，师生、同窗情深谊长。马忆中博士对祖国也有着深厚的感情，经常回国讲学，拜访石波教授，帮助仿生研究所解决一些研究上的难题。但是近几年来，马忆中一次也没回过祖国。这次会议是在长岛召开，老朋友会面应该不成问题，没想到他又病了。

老朋友病了，更要去探望，这是理所当然的事，但是一次又一次，都遭到"黑箱"公司的拒绝，说是为了马忆中博士的健康，任何人都

不能打扰。任岐在失望和恼怒之中，直接找到国际人工智能联合会副主席、"黑箱"公司总裁凯马·贝多。贝多无法推辞，同意任岐在"黑箱"公司的同仁医院与马忆中会面。

任岐终于见到了马忆中。令任岐感到惊讶的是，病房和实验室一样，到处摆满着电子仪器，马忆中仍在埋头工作，要不是有医生、护士进进出出，任岐真不敢相信这里就是医院，老同学就在这种环境里就医。

马忆中的女儿马丽也在这里，她对任岐的来访感到很吃惊。但是看来她很忙，只和任岐寒暄了几句，便被人叫走了。

马忆中从一大堆仪器中抬起头来，呆呆地瞪着任岐，两眼已失去了原有的光泽。"噢，你还没有回国么？"他认出任岐后，一面高兴地说，一面招呼任岐坐在他对面的一把大椅子上。

老朋友见面，自然有很多话要说，然而一时不知道从何说起。任岐先讲这次国际会议的情况，马忆中静静地听着。但是很奇怪，当任岐两次讲到"第 100 次会议"时，马忆中便打断了他的话。

"是第 99 次会议，我记得很清楚。"马忆中肯定地说，"人工智能国际会议已经开了 99 次，可是石波教授一次也没来参加，真遗憾。你不知道，我们这些海外游子，多么想念自己的祖国，怀念自己的老师。我很想看到老师站在国际论坛上发表学术演说。我为老师感到骄傲！为他领导的、具有世界一流水平的仿生研究所感到骄傲！"

任岐望着激动的马忆中，渐渐陷入了沉思。他想起了仿生研究所，想起了石波教授，想起了事业上的成就……

马丽又走了进来，神色已近乎惊慌。她仍按中国人的习惯，亲切地称任岐为"叔叔"。她说："任叔叔，你们老朋友好不容易见一次面，为何沉默不语呀？我爸爸很想知道国际会议的情况，您就多说一点这方面的情况吧。"

马忆中并不明白女儿的意思，茫然地说："你说什么，马丽？不，不，国际会议开得怎样，对我无关重要，我最关心的是祖国的变化和

进步。人近暮年恋故土。你对这些是不会明白的。"

"好了，好了，你们就谈祖国。"马丽万般无奈，笑着说，"长江、长城、黄山、黄河，什么都可以谈，对吧？"

"还有桂林，桂林山水甲天下。"马忆中博士补充说。

这时又有人叫马丽。

"中心传呼您，马丽小姐。"

马丽走后，马忆中的脸上浮现着淡淡的哀愁。他低声说着一些莫名其妙的话："在我看来，每天都是孤立存在的。无论什么样的愉快我都享有过，什么样的忧伤我都尝受了……"

"博士，您的图画好了吗？"

马忆中呆呆地望着来人："你说什么，万特？你说什么图？"

那人从桌子上拿起一张纸："就是这一张。噢，您已经完成了。"他说着，把图纸带走了。

任岐感到这里的一切都令人惊异，特别是马忆中博士，他的大脑记忆功能似乎出了什么毛病，对早先的事记得比较清楚，而对近期的事却是一片模糊。看来，他的确是病了。病到这种程度，还要不停地工作，这大概就是寄人篱下的苦楚吧。

任岐意识到这里不宜久留，便匆匆告辞了。离别时，马忆中的眼神还是那样哀伤，他想对任岐说些什么，却又觉得不宜说，于是便莫名其妙地重复刚才说过的那些话：

"在我看来，每天都是孤立存在的。无论什么样的愉快我都享有过，什么样的忧伤我都尝受了……"

第二天，任岐随手翻阅当地出版的报纸，在《华人日报》上，不知道是谁把"塞翁失马"这半句成语用红笔画了个粗大的圈圈。接着，他又在一份旧报纸上看到这样一条新闻："著名脑电波专家马忆中博士因患病住进了医院，据悉已动了脑外科手术……"

任岐把马忆中博士的病态和"塞翁失马"联系起来，似乎已经明白了，在脑外科手术中，马忆中的"海马"可能受到了损伤或者已经被切除，以致短期记忆受阻。动这样的手术，是必要的呢，还是另有企图？任岐感到满腹狐疑。

"黑箱"谜中有谜

大家都知道，在我们的头部，有一个控制我们行为并使我们了解周围世界的非常了不起的结构，它就是人脑。真实的人脑是怎样的呢？有一回，阿伦·图灵这样说："它和一碗凉粥再相像不过了。"非常难以想像，外观如此平淡无奇的东西，怎么能创造那么多的奇迹？然而，更周密的考察揭示，人脑的结构是极其复杂的。盘旋在顶上的（最像粥样的）巨大部分称为大脑，它很清楚地从中间分成左右两半球。它的前面和后面分成了额叶和顶叶、颞叶和枕叶。再下去的部分是小脑。深藏在大脑下面的复杂的结构是：桥脑和髓质，它们由脑干、丘脑、下视丘、海马、胼胝体和其他许多命名奇特的构造组成。大脑和小脑有一层薄薄的灰色物质的表面，以及具有白色物质的更大的内部区域，人们把这些灰色物质的区域分别称为大脑皮层和小脑皮层。灰色物质是进行不同种类计算任务的地方，而白色物质是由很长的神经纤维所组成的，负责从头脑中把一个部分信号传递到另一个部分。这是人脑的非常粗略的图像。

大脑皮层的区域（视觉的、听觉的、嗅觉的、触觉的和运动的）被称作首位，这是由于它们和大脑的输入和输出有最直接的关联。和这些首位区域邻近的是大脑皮层第二位区域，它处理更微妙更复杂的抽象感觉。从视觉、听觉和触觉皮层接收到的感觉信息在相关的第二位区域加工，而第二位运动区域和预想的动作相关，这些动作由首位运动皮层翻译成实际肌肉运动更特定的指令。大脑皮层的其余区域称作第三位区域。头脑最抽象最复杂的活动大多在第三区域进行。在一定程度上，头脑正是在这些区域，连同它们的周围，使不同感觉区域

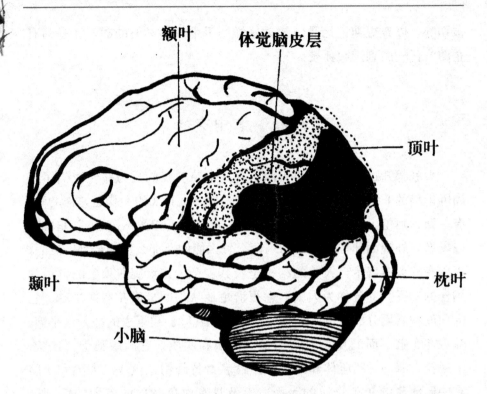

来的信息以非常复杂的方式相互交流并接受分析，留下记忆，建立外界的图像，构想并衡量一般计划以及理解和表达语言。

科学实验证明，我们的记忆和回想能力的组成部分位于海马内，海马受到损害（损伤或切除），将会引起严重的记忆减退。有人对一位有惊厥史的病人施行海马切除手术，手术后病人立即变得很健忘，他几乎忘记了前几个小时所学到的一切。更奇妙的是，他把他的生活说成是一种辨认不出方向的迷惑感觉的继续扩大，这种感觉也是我们许多人睡梦初醒时的共同感受，那时我们很难回忆起不久前到底发生了什么事。

马忆中博士在病中的表现正是如此，所以任岐博士一联想到脑外科手术，就知道马忆中的海马出了问题。但是这到底是为什么呢？他百思不解。

一连好几天，任岐博士都在苦苦思索那个红圈圈。他同时细心翻阅各种报纸，心想，也许还会有一些新发现。果然不出所料，他又在另一张报纸上发现了红圈，这些红圈不是有序的排列，而是东一个西一个，很零乱。他把这些红圈剪下来，像玩拼图游戏那样拼来拼去，终于拼成了一句有特定意义的话来：

　　"请保管好您的箱子。"

　　任岐博士是研究人工智能的专家，一看到这个"箱"字，就知道是什么意思了。然而，他还是不明白，为什么要对他提出这样的警告？是谁干的？出于什么目的？他极力回忆那天拜访马忆中博士的情景。无论是马忆中，还是马丽，神态都不像往常。由此看来，肯定是出了什么事。到底出了什么事，他始终理不出个头绪来。经过再三思考，他决定再去拜访马忆中，把这件事弄个水落石出。

　　就在这时，任岐又在报纸上看到这样的一条报道，说马忆中博士的脑病已基本痊愈，遵照其本人的意愿，迁回实验中心疗养，以便兼顾研究工作。

　　实验中心是"黑箱"公司的心脏，是个绝密禁区，非经高层领导批准，外人是无法进去的。说来也巧，此时正好有人在国际会议上提出动议，希望"黑箱"公司允许与会代表进入实验中心进行秘密考察。由于这是一次世界性的高级会议，权威云集，按照国际人工智能联合会章程，被访单位有义务为考察提供方便，"黑箱"公司不好拒绝，便应允了。

　　"这是一个好机会，何不以考察为名，再次拜访马忆中博士。"任岐想。

　　然而，在考察过程中，任岐根本没见到马忆中和他的女儿马丽。贝多也没有露面，只派他的助手万特作代表。

　　万特很刻板，任岐几次向他提出探访马忆中的要求，他都拒绝了。

　　"我感到很为难，任岐博士。您知道，我没有答应您的权力。"万特说，"这样吧，您可以向贝多博士请求，也许他会答应的。"

贝多果然同意了。他在电话里对任岐说："访问只能在马忆中博士家中进行，而且不能把这次访问活动告诉任何人。"贝多进一步解释说，"您知道，还有许多人也想访问马忆中博士，他还在康复中，不能受到过多的干扰。"

任岐觉得这话有道理，便应允了。

任岐在万特的陪同下，坐上了一辆特制的智能汽车，车座宽敞舒适，但对外面的景物一点也看不到，只觉得汽车大部分时间是在钻山洞。由于通道弯弯曲曲，汽车走得很慢，花费了很长的时间才到达访问地点。

马忆中博士的住宅坐落在一个山凹里，外表普普通通，一点也不豪华。

万特领着任岐走进马忆中的书房，这里没有那些令人敬畏的仪器，除了书，便是画，而且都是中国画，表明主人是中国血统。只是那把大椅还在，同样是摆在马忆中书桌的对面。

"噢，老朋友，真的是你吗?"马忆中站了起来，两手抱拳，行中国古老的礼仪，而不是握手，"这是我的家，博士! 我能在这里接待你，真是幸运。"他见万特站在一旁，赶忙说："你忙你的，万特，请尊便。"

万特出去后，马忆中便请任岐坐下。不过，这回他却昏昏然坐到那把大椅上，而让任岐坐到他的位置上去。任岐自从上次得到警告后，怀疑那把大椅便是传闻中那台能勾魂摄魄、偷盗思想的脑电波监视仪。现在马忆中却抢先坐到大椅上去了。任岐又仔细地观察了马忆中的书桌、座椅，并无什么异样，便坐了下来。对面墙上，有一幅名为"虎啸山林"的中国画，一只大老虎正对着任岐"虎视眈眈"。不过，这只是一幅画而已。

"马丽呢?"任岐问。

"她是个大忙人，连我都很少见到她。"马忆中说，"你知道，我只有这么一个女儿，我多么希望与她朝夕相伴，形影不离。可是，可是……中国有句俗话：'人在江湖，身不由己'……我总是有着一种深深的孤独感。我之所以感到孤独，还不止是因为见不到女儿，更主要的是我距离祖国太远了，太远了。你恐怕无法理解我这种感情吧?"

"不，我能理解。"任岐说。

马忆中的眼里又闪动着哀伤，他越说越悲观："我常常感到不安。我不能为祖国的繁荣昌盛做出丝毫贡献。特别是……"他低头沉吟着，犹豫了好一阵，才接着说："当我怀疑他们不是把我的研究成果用于正当途径上去的时候，我感到很痛苦，有时甚至想到……自杀!"

马忆中的话使任岐感到震惊。他为什么这样想? 又为什么要说这些话呢? 难道他的海马真的受到了损害，而且是有意的损害，他本人已知道其中的细节? 任岐又想起自己的仿生研究所、石波教授、伽马、贝塔……不同的国度，不同的研究目的，科学和科学家的命运也是不同的。也许，马忆中说的都是真话。

万特突然走了进来，神色有点异样地对马忆中说："博士，您这样就不对了。"

马忆中茫然地问："你说什么，万特? 我有什么不对?"

万特指着那把大椅说："您看，客人应坐在这，而主人应该坐在那!"

"我和任岐博士是老同学，从来都是很随便的，还分什么主和客!"马忆中对万特的干预大为不悦。

万特摊开双手，摇摇头，小声地对任岐说："博士，您知道，他的身体还没有完全康复，是否……"

任岐明白万特的意思，便怏怏而别。

任岐回到住处，疑虑重重，心绪不佳，于是便去翻阅报纸。他发现，报纸上又出现了红圈圈，而且比上两次多得多。他整夜都没睡，反复拼读红圈里的字，像破译密码那样，把画圈者的真实意思弄明白。读着，读着，他再也按捺不住心头的怒火。原来，两次访问，都是"黑箱"公司布设的圈套。这是令人难以容忍的挑战! 必须立即去找贝

多。可是，他冷静地想了想，凭什么去讨伐贝多呢？就凭几张画有红圈圈的报纸吧？不，不能这样！他决定另找机会，再次探访"黑箱"公司，把此事弄个明白。

孤岛疑云密布

过了几天，任岐又得到一次探访"黑箱"公司的机会。事情是这样引起的：据说在"黑箱"公司的一个孤岛上，一名研究人员被他制造的机器人杀死了。此事在国际会议上又掀起了波澜，许多专家学者强烈要求调查此事。国际人工智能联合会决定由贝多出面，组织一个5人小组到小岛进行为期5天的秘密调查。任岐被选为5人小组成员之一。因为他另有打算，所以也很乐意此行。

"黑箱"公司所在地，由5个海岛组成，中间是一个大岛，四周围绕着4个小岛，从空中往下看，它很像一只大海龟，大岛是龟身，4个小岛是它的4条腿。但是再仔细看，大岛又像一个脑，中间有一条明显的裂缝，两边是左右脑半球，岩石也是灰白色的。据说那些研究大脑的专家看了孤岛的图像，无不惊叹不已，它实在太像大脑了！至于这个岩石大脑里面深藏着些什么玄机，就很少有人知道了。"黑箱"公司总部就设在这里。4个小岛则是分工不同的4个实验区域，它们与大岛（实验中心）紧密相连。现在问题就出现在其中一个小岛上。

5人小组一行来到那个小岛上，经过繁多的程序，才在一个特别的实验室里剖析了那个"杀人犯"。根据剖析的结果，任岐认为并不是机器人有意识地"造反"，而是那位研究人员粗心大意，弄错了某些程序编码，致使它"神经错乱"，误杀了自己的主人。但是，由于5人小组成员中各自的观点不同，有的对人工智能的发展抱着悲观主义的态度，他们经常把"潘多拉的盒子"挂在嘴边，片面强调机器人"造反"的可能性，而不是正视现实。于是，无休无止的争论发生了，这样正

好帮了贝多的大忙。

5人小组在小岛继续进行调查。任岐趁此机会，总想和贝多单独谈谈，但贝多却多番回避，这更引起了任岐的怀疑和不满。与此同时，岛上相继发生了许多怪事，气氛十分恐怖。任岐他们外出调查，常常遇到一些像疯子或醉汉一样的机器人，它们吵吵嚷嚷，横冲直撞，活像长岛街头的流氓。有一次，任岐看见两个机器人十分残忍地杀害它们的一个同类，把它的头拧下来，然后大叫大嚷地跑了。任岐心里明白，这些戏都是做给他看的，导演就是它们的主人。至于为什么要这样做，任岐猜想，目的不外是两个：一是对5人小组成员（贝多除外）进行恫吓；二是有意造成一种危机感，这和此次国际会议所唱的主调是一致的。

5人小组对岛上发生的事情进行几次讨论，都无结果。贝多是小岛的主人，他对这些事总是含糊其辞，他说一切都正在研究和实验，因此将要发生什么事，都是很难预料的。那3位学者都来自大学，他们并无实验经验，但是观点却是显而易见的。他们反复讲述维纳曾讲过的那3个有名的故事，即《渔夫和精灵》《魔术师的徒弟》以及雅各布斯的《猴掌》。

《渔夫和精灵》的故事讲：一个渔夫在巴勒斯坦海边撒网，捞起一只用所罗门王封印封住的陶缸。他打开封印，一股浓烟自缸中升起，烟中出现了一个精灵的巨大形象。精灵对渔夫说，他是被所罗门王囚禁起来的那些叛逆者之一，起初它打算用权力和财富来报答任何释放它的人，但是它现在改变了主意，决定杀死它可能遇到的第一个人，特别是那个使它获得自由的人。幸亏渔夫本人很机智，而且有一套惯使花言巧语的本领。他利用精灵的虚荣心，要精灵再表演一下，这样一个高大的身躯怎么能挤进这样小的容器里。精灵于是重新钻进陶缸里。渔夫把缸子盖起来，把它再投入海中，庆幸自己又死里逃生。

在别的故事里，主人翁可没有这样幸运，而且把自己弄得九死一生，甚至招致灭顶之灾。在歌德的《魔术师的徒弟》中，一个青年仆

人要为他的主人洗衣、扫地和打水。有一次，魔术师留下他一人在家，命令他打好一大桶水。这个徒弟是个懒家伙，他想起从主人那里听来的几句咒语，就念着使扫帚打起水来。扫帚打水打得很快，当水开始溢出水桶时，他却不知道使扫帚停止打水的咒语，待魔术师回来时，徒弟快要被溺死了。

雅各布斯的《猴掌》就更加恐怖：一对老年夫妇晚饭后，坐在厨房里听一位从印度服役回来的上士讲故事。上士给夫妇俩看一只干瘪的猴掌，并告诉他们，这东西有奇妙的魔力，能给持有它的人实现 3 个愿望。上士说，他不知道第一个持有者前两个愿望是什么，只知道最后一个是死亡。这太可怕了。说着，他准备把猴掌丢进火炉里。但主人却把它抢了过来，并向猴掌说出第一个愿望：要 200 英镑。不久就有人敲门，是工厂派来的人，他极其委婉地告诉主人，他的儿子在一次事故中死了，特送上 200 英镑作为抚恤金。两个老人十分悲痛。他们又向猴掌提出第二个愿望：祝愿儿子回来。这时外面天色已黑，是一个风雨之夜。又有人敲门，是儿子回来了，不过已不是活着的儿子。故事以父母提出第三个愿望而结束，就是要幽灵离开。

这些故事的主题都是讲魔术的危险。维纳说，看来危险在于魔术的动作特别刻板。如果谁要想得到 200 英镑，必须以儿子的生命为代价。自动化的魔术，特别是带有学习装置的自动化魔术，想来也是同样刻板。

维纳还说过，头脑里只有新玩意的人时常有种幻觉，仿佛高度自动化的世界对人类才智的要求会比目前的世界小些，并且能代替我们进行必要的困难思维，就像一个罗马奴隶兼希腊哲学家的人可能给他的主人所做的那样。这明显是错误的。一个追求目标的机械，不一定追求我们的目标，除非我们按这一目的来设计它，并在设计中预见到所设计的过程的每一步骤，而不是暂时预见到的某一点。

那 3 位学者都很赞赏维纳这些观点。贝多则特别强调"难以预见"。他甚至说，"黑箱"公司并不像外界传闻的那样高不可攀，我们的智慧也是有局限性的，而要克服这种局限性是很困难的。他说："我们无法预见今天或者是明天将会发生什么事情。"

一天深夜，有几个疯疯癫癫的机器人突然闯入 5 人小组的驻地进行捣乱，贝多出来制止无效，反而被它们绑架走了。那 3 位学者看到这一恐怖事件，更是乱成一团。他们很担心贝多的安危，问任歧怎么办？

任歧不以为然，他说："贝多是个机智的渔夫，他会死里逃生的。"

"如果属于第二个故事呢？"

"这也不要紧，因为贝多本人就是魔术师，他会念咒语。"

"那么，属于第三个故事呢？"

"如果属于第三个故事，就不会是那么轻松了，他是要付出沉重代价的。"

3 位学者不再言语了，因为他们都知道任歧的观点。也就是说，任歧根本就不相信贝多被绑架是真的。

梦醒身陷囹圄

任歧不相信贝多被绑架是真的，但贝多却是一去不再复返，这更加深了任歧的怀疑。他做了几个假设：（一）贝多为了摆脱尴尬的局面而这样做的；（二）为了避开任歧关于马忆中博士问题的纠缠；（三）还有更离奇的事令他为难，干脆借故一走了之。不管出于什么原因，他想要离开是不容易的，因为他不仅是这个小岛的主人，而且还是国际人工智能联合会的副主席、5 人小组的负责人。所以，他只好出此下策。

然而，这样一来，就使 5 人小组的调查陷入了进退两难的困境，特别是那 3 位学者，离开了贝多，便不敢出门。

任歧并不是没有意识到处境的危险，但是作为一个正直的科学

家，怎能在这种情况下畏缩呢？

一天黄昏，任岐独自一人走在海滩上，突然听到礁岩后面响起一阵枪声。他警惕地躲进了一个山洞，心想：可能是那些"造反"的机器人盯上我了。

任岐在山洞里躲了好一阵。夕阳渐渐沉到海里，夜幕已经降临。这时候，一个黑影走近洞口，东张西望，正在寻找追击目标。此时此刻，此情此景，任何人遇上都会感到毛骨悚然。但是，往外跑，已来不及；往里躲，里面漆黑一片。任岐正犹豫间，忽然一声枪响，子弹从不远处打来，击中了那个在洞口徘徊的黑影，蓝光闪烁，在夜色中特别明显。凭经验，任岐知道中弹的是一个机器人。机器人没有被打死，举枪频频还击。对方火力很猛，机器人躲进山洞，正好站在任岐身边。任岐借着微弱的光亮，看清了那个机器人的真面目，不禁吓了一跳：那机器人和自己一模一样！任岐还来不及思考，另一个黑影已追到洞口，凶猛异常。从枪击的情况看，来者也是一个机器人。当它走近任岐身边时，任岐差点叫了起来：天呀，这家伙也和自己一模一样！

两个假任岐在黑暗中角逐，子弹横飞，吓坏了真任岐。他东躲西藏，死里逃生。稍后，两个家伙停止了枪击，可能是子弹已经打完了，于是便拳脚相加，互相扭打起来。这时，任岐本来可以逃跑，但是他不跑，他觉得此事太离奇了，想看个究竟。他运用科学家的头脑，做了许多假设。假设头一个机器人是自己的替身，使自己避免了一次杀身之祸，这无疑是善意的。然而，后面追来的杀手，为什么也是一个假任岐？无法解释。这个假设不能成立。

两个假任岐你来我往，越斗越狠，似在争夺一件什么重要的东西。这件重要的东西究竟是什么呢？

人们往往把一些科学家当做书呆子，他们在生死关头还在思考他们的科学课题。最动人的就是阿基米德的故事了，当敌人攻破城堡、别人纷纷逃命时，他仍然在沙土上画圈圈，计算着深奥的数学问题。

一个喝得醉醺醺的罗马士兵持刀向他奔来，他也没有逃跑，而对士兵说："在你杀我之前，让我先画完这个圈圈吧。"士兵并不理睬，一刀砍了下去。阿基米德临死前，用微弱的声音说："他们夺去了我的身体，可是我将带走我的心。"

现在的任岐也是这样，他想证明一个接着一个的假设，竟忘记了自己的安危。那两个家伙斗红了眼，把真任岐也当做搏斗的对象。任岐左挨一拳，右挨一拳，眼冒金星，跌跌撞撞，非常危险。有一回，他被石缝夹住，无法再逃，那家伙摸遍了他的全身，没找到它需要的东西，便又去追逐另一个，使任岐逃过了一死。

这样的角逐持续了一刻钟。一个机器人终于躺在地上不动了，获胜者拿走了它身上的东西，走出山洞，扬长而去，消失在茫茫的夜色之中。

任岐庆幸自己逃过了一次死亡，但他的脑袋还不肯就此罢休。他又做了另一种假设，一种并非善意的假设，那就是和前几次一样，全是贝多的恶作剧。贝多怀着不可告人的目的，布设了种种陷阱，这是其中之一。任岐仔细检查那个已经死去的假任岐，全身完好无缺，心中忽然一亮：苦苦追寻的证据终于找到了，何不将计就计！

第二天一早，任岐先把贝多的助手万特找来，然后偕同那3位学者一起来到海滩上。当那3位学者在山洞里看到那具完整无缺的假任岐尸体时，都惊呆了。他们虽然感到害怕，却也表示了极大的义愤，纷纷指责贝多，并问万特："您对此事怎样解释呢，万特先生？"

"我对此事毫不知情。"万特支支吾吾地说，"你们知道，我一直忙于解救贝多博士，无暇顾及这里的事情。"

"贝多呢？他到哪里去了？"

"他已经回长岛了。"

"我们也该回去了。"

那3位学者要求立即就走。

"不，贝多博士临走时对我说，调查还要继续，这是总部的指令。"

万特说，"关于安全问题，我将采取更加严密的措施，请各位放心。"

在万特的坚持下，5 人小组的 4 个成员都同意留下来继续进行调查。当天晚上，任歧可能是因为过于疲劳，睡得很沉。当他醒来时，发现自己昏昏然坐在另一个房间里。更奇怪的是，他身上所穿的衣服、鞋袜都是那个已经死去的假任歧的，衣服上布满被子弹穿过而烧焦的痕迹，鞋底沾满了海滩的泥沙。任歧愤怒极了，立即冲向门口，可是门牢牢地锁着。他忍不住大声呼叫起来。

科学家不可辱

第二天清晨，万特就领着 5 人小组的成员来到这里，隔窗瞧着室内的任岐，就像探望一个被关进牢里的囚犯一样。窗外的 5 人小组成员，除贝多外，一个也不少，其中竟然也有个任岐。那个任岐当然是假的，但它穿的衣服、鞋袜却是真的，上面都有中国制造的标志。

万特对 5 人小组的 4 个成员说，事情已经弄清楚了，两个假任岐都是从外界闯进来的。一个已经跑了，留下来的就是那个假死的假任岐。

任岐强烈地申辩，愤怒地抗议，那 3 位学者呆若木鸡。假任岐却冷笑着说："叫嚷是没用的。你现在老老实实告诉我，是谁叫你装扮成我的替身的？出于什么目的？也许是善意的吧，你说呢？"

万特也插话说："是呀，你的主人到底是谁？"

任岐严正地说："正如你们所知道的，我的主人是中国人民！作为一个真正的科学家，全世界的人民都是我的主人。人民不可辱！科学家不可辱！"

"你说得不错。但是你是一个真正的科学家吗？"万特指着假任峻，"他才是中国科学家的代表，而你不是。你是一个假博士。"

为了证明谁真谁假，任岐向那个假任岐提出许多关于仿生研究所的问题，那家伙对答如流，无一疏漏。这一点，连任岐也暗暗称奇。

"你还有什么话说？"万特问。

"有！我还有很多话要说。"任岐说，"其实，要弄清楚谁是真，谁是假，只需要简单验证一下就行了。我是个血肉之躯，身上流动着热血，而它没有，它只是一个冷酷的机器人。来吧，来测验吧。"

那 3 位学者觉得这话有道理，正想表示同意，那个假任岐却立即提出强烈的抗议。他说："无端检验一位科学家，是各国法律都不允许

的，也有悖于国际准则。"

假任岐这样一说，那3位学者便缩回去了。他们想，这是一种很麻烦的政治斗争，最好离远一点，千万别沾上，一沾上就很难摆脱，弄不好还会身败名裂。"上帝，让政治幽灵也离开吧，别让他再来干扰我们。"他们默念着。

正因为如此，无论任岐怎样申辩和抗议，都无济于事。万特和3位学者商议，采取了一个似乎很公平的方案，在问题还没有完全弄清楚之前，把那个假任岐也关起来，进行严密监视。就这样，3位学者丢下任岐不管，溜回长岛去了。

任岐想：既然那个假任岐是贝多的工具，为什么还要把它关起来呢？这里面还有什么鬼把戏？也许，他们怕把假任岐带回去，会露出马脚；也许，正如中国一句老话所说的"知情者必死"，他们要把它干掉；也许……任岐做了许多假设，但每种假设的根据都不够充分，无法论证，难以成立。

一天即将过去，夜幕渐渐降临。任岐看见万特在关着假任岐的地方转来转去，似在进行什么紧张的活动。

稍后，万特悄悄离去。就在这时，两个彪形大汉闯了进去，把假任岐弄走了。

过了一会，万特又转回来，发现假任岐已经失踪，非常紧张，立即追了出去。

任岐对这种走马灯式的游戏感到大惑不解。是谁把假任岐弄走的呢？如果是贝多的指令，万特是应该知道的。

不久，外面传来了枪声。万特慌慌张张地走了进来，后面有人追击他，追杀者不是别人，而是那个假任岐。万特显然是在败退，东躲西藏，而假任岐却步步进逼，紧追不舍。

这事真有点怪，万特和假任岐本是一家，怎么转眼间又变成了仇敌，非要把对方置于死地不可呢？

科学家的脑袋之所以与众不同，可能就是他善于进行逻辑推理。

任岐立即想像到这样一幅可怕的情景：假任岐把万特杀死了。然后，贝多举行新闻发布会，宣称：中国仿生学家任岐借考察之名，在珊瑚岛上制造事端，杀死了"黑箱"公司的要员万特……于是，全世界的报纸、电视台都传播了这一惊人的消息，而所有的局外人根本无法知道事实的真相。多么卑劣的手段！多么恶毒的阴谋！

任岐想到这里，内心的痛苦顿时达到了顶点。怎么办呢？

正当任岐痛苦思索的时候，两个彪形大汉突然闯了进来，用铁钳般的手抓住任岐，像老鹰抓小鸡那样飘然而去。任岐不知道被绑架了多远，绑架到什么地方，当他清醒过来时，发现自己坐在一间宽敞的屋子里。他看见一位女士从里面走出来，两个彪形大汉随之退了出去。任岐定了定神，仔细观看，啊，是马丽！

"任叔叔，您受惊了。"马丽亲切地说，"它们没有把您弄伤吧？"

任岐瞪大眼睛，一时无言以对。她真的是马忆中的女儿马丽吗？他已经尝够了这种真真假假的苦滋味。

任岐就这样呆呆地坐着，一句话也没说。这时外面的枪声已经停止，周围一片沉寂。

侠女仗义指归途

马丽知道任岐在想什么。她把他从座位上拉起来，笑着说："任叔叔，我带您去看一样东西。"

任岐从马丽的手上感应到了一股热流，这一点至少可以证明她不是一个冒名的机器人。

马丽领着任岐走进一间实验室。这里摆满着各种神奇的电子设备，高深莫测。使任岐感到更为惊讶的是，工作台上躺着万特和那个假任岐。

"万特是什么？假任岐又是怎么回事？"任岐大惑不解地问。

"万特也是一个机器人，它是贝多的杰作，也是他最忠实的奴仆。"马丽回答说。

"那么，假任岐呢？"

"这说起来话就长了。"

马丽请任岐坐下，一个机器人端来了一壶咖啡、一壶中国绿茶和两只杯子。

"您喝咖啡，还是喝绿茶？"

任岐示意要喝绿茶。

马丽倒了两杯绿茶。

"我也爱喝绿茶。"马丽说，"这是受父亲的影响。我们一直都没有忘记中国的传统。"

甘洌的浓茶使任岐平静了下来。他重新审视着马丽。她的母亲是白种人，黄、白两种基因融合在一起，使她的美貌光彩照人。乌黑的头发，大大的眼睛，笔直的鼻梁，厚厚的嘴唇……更可贵的是她同时具有东方女性的柔情和西方女性的豪爽。马忆中博士曾经告诉过任岐，他这个女儿颇具传奇色彩，是一个莫测高深、性格刚烈的女性。她也是"黑箱"公司的高级职员，头衔是知识工程博士，机器人设计师。也就是人们常说的，她是各种机器人的"上帝"。她和她的父亲，都是寄人篱下的专家，每天奉命行事，既创造"圣贤"，又创造"魔鬼"，对"黑箱"公司的秘密了如指掌。

现在任岐终于相信了马丽，并对她寄以厚望，只有她才能揭示"黑箱"中的谜中之谜。马丽也有意把这里的秘密告诉任岐，只有这样，才能解救从祖国来的亲人。

任岐没有猜错，马忆中博士的脑果然受到了损害。"黑箱"公司把马忆中的科研成果视为珍宝，深怕他将这些成果泄露出去，便乘他患有脑病之机，故意损伤他脑中的海马结构。许多脑专家证实，损伤海马可以提高智商，减退短期记忆。这正是"黑箱"公司所要达到的目的。马丽对这一阴谋十分悲愤，却一直不露声色。她深知"黑箱"公

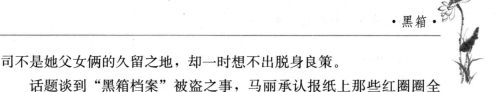

司不是她父女俩的久留之地，却一时想不出脱身良策。

话题谈到"黑箱档案"被盗之事，马丽承认报纸上那些红圈圈全是她画的。当任岐问到她是怎样把那些报纸送到他的手上时，马丽神秘地笑了笑，说："我的机器人无所不在。"

"我第一次探访马忆中博士时，坐在一把大椅上，那把大椅是否就是那台脑电波监视仪？我的'黑箱档案'就是通过它盗窃的？"任岐又问。

"并不尽然。"马丽说，"其实，整个房间就是一个陷阱，无论您坐在什么地方，监视仪都能把您的'黑箱档案'摄录下来。"

"原来如此。第二次探访马忆中博士时，我并没有坐在那把大椅上。但是，我总觉得那只大老虎的眼睛一直瞪着我看。它可能就是监视仪了，对吗？"

"是的，里面就是监视仪的眼睛。"

任岐回忆起当时的情景，真有点毛骨悚然。"他们三番两次盗窃我的'黑箱档案'，到底是为了什么呢？"

"为了要塑造一个惟妙惟肖、真假难辨的假任岐。"

"假任岐对他们有什么用？"

"潜入你们的仿生研究所。"

任岐终于明白了这次遇险的原因。但是，仍有一个问题他还不明白。

"可是，我在海滩上看见的却有两个假任峻，而且它们如此拼死搏斗，又是怎么回事？"

"这又是另外一个秘密。两个假任岐，分别属于两个国家。它们龙争虎斗，各为其主，都想潜入仿生研究所。"

"真是天方夜谭！它们都是'黑箱'公司制造的，怎么属于两个国家？"

"这是贝多经常玩弄的把戏，他是一个吃两家饭的国际间谍。"

"那他是怎样制造这种机器人的呢？"

"这里就是他的秘密实验室，由他的亲信万特掌握。如果是平常，连我也无法进入这个实验室。"

任岐又陷入了沉思。他想得很多，包括自己丢失了的"黑箱档案"，如果追不回来，今后还不知道又将发生什么事，造成什么样的后果。

"任叔叔，这茶的味道怎样？"马丽打破沉默，她知道他在想什么。

"有点苦。"任岐苦笑了一下。他知道什么都瞒不过马丽。"现在是苦，再继续喝，可能就是辣的了。"

马丽笑了起来。"您放心。您看，"她指着那个假任岐，"它已经死了，您的'黑箱档案'已经在它身上消失了。"

"但是还有一个活着的假任岐。它现在到底在哪里？"

"已经潜入仿生研究所了。"

"什么？它已经潜入仿生研究所？"任岐又吓了一跳，"它到底想干什么？"

"具体情况还不清楚。不过，我相信石波教授会很好地接待它的。"

话虽这么说，但任岐还是很担心，万一石波教授看不出它是假的，那就很危险。他再也坐不住了。

"任叔叔，您别着急。"马丽安慰任岐，"我有办法对付它。"

"马丽小姐，讯号出现了，是给万特的传呼讯号。"一个坐在工作台前的机器人报告说。

讯号台的屏幕上出现了一些奇怪的符号，因为它是秘密讯号，所以任岐看不懂。马丽叫那个机器人讲给任岐听。

"紧急呼号！……它说它在中国仿生研究所遇到了危险，请示怎么办，是逃走，还是……"

"命令它自焚！"马丽说。但是她立即又阻止了，"请等一等。任叔叔，您来发布这个命令吧。"

"我？为什么？"任岐不解地问。

"因为您是仿生研究所的主人，您有权处置一个来犯的敌人。"

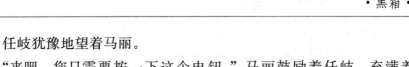

任岐犹豫地望着马丽。

"来吧，您只需要按一下这个电钮。"马丽鼓励着任岐，充满着信任。

就这样，那个闯进仿生研究所的怪物自焚了，任岐丢失的"黑箱档案"已全部销毁，压在他心头的一块大石终于落下去了。"即使自己死在孤岛上，也无遗憾了。"任岐这样想。

马丽又洞察到任岐的心思。她交给任岐一个纸袋，里面装着揭露贝多的全部资料。马丽说："按照贝多的计划，明天将由这个假任岐出席国际会议，以您的身份发表演说；而您，真正的任岐，却仍然被关在这里。因此，您必须及时赶到会场，以真换假，利用这些资料，彻底揭发贝多的阴谋。只有这样，您才能安全离开长岛，回到仿生研究所。"

任岐对马丽的智谋佩服得五体投地，他想起马忆中说过的话，马丽的的确确是个高深莫测的女子。在感动之余，任岐忽然又想到另外一个问题：马丽救我，谁救马丽？她和她的父亲今后的命运又将如何呢？

"马丽，你不遗余力地解救我，我感激不尽，一辈子都不会忘记。"任岐深情地说，"但是，你这样做，还能在'黑箱'公司待下去吗？今后你怎么办？你的父亲怎么办？你想过吗？"

"想过。离开'黑箱'。"

"你要到哪里去？"

"现在还不知道。也许，总有一天，我们会在祖国相见的。"

"可是……"

"时间已经不早了，您明天还要回长岛参加国际会议呢。"

第二天，国际人工智能联合会召开全体代表会议，主持人是贝多。当任岐走上讲台时，贝多一点也不感到吃惊，他以为现在要上台演讲的必定是那个假任岐。可是，随着任岐演讲的声音，以及当场播放的录像、录音，贝多的脸色由红变白，由白变灰，最后差点昏厥过去。

　　第三天，"贝多丑闻"通过各种传媒飞往世界各地，一个吃两家饭的双料间谍的名字——凯马·贝多，占据了所有报纸的头版。这位满头白发、道貌岸然的控制论专家从此就销声匿迹了。

第五章　寻找失踪的上帝

马丽是谁

"马丽是谁呢，博士？"

"马丽，是机器人……"

"机器人？噢！……"

"听我说完，局长先生。"

"我在洗耳恭听呐。"

长岛市 M 区警察局局长沃森此时正在进餐。他大口大口地吃着牛排、嫩鸡，喝着白兰地。就眼前的情形来说，他对牛排、白兰地比对一位控制论专家更感兴趣。因为人毕竟是人，如果将来机器人也能当警察局局长，那又是另一回事。

沃森体格魁梧，块头很大。他好像从来没有吃饱过，对各种食物，哪怕是石头做的，也要垂涎三尺。他有时对自己的贪婪也感到惭愧，但又有什么办法呢？要是人也像机器人那样，不用吃，不用喝，不用睡，那真是太好不过了。……噢，别提什么机器人了，一提起这个，沃森就恼火。特别是最近，据说"黑箱"公司的机器人造了反，杀了人，甚至把该公司的总裁凯马·贝多也弄下了台。更糟糕的是，传闻——有的报纸、电视台也这样说——那些杀人的机器人已经跑到市区里来了，闹得满城风雨，人心惶惶。沃森本人并不相信有这种事，因

为他知道贝多为什么下台。但是，国家安全顾问亲自打来电话，要他尽力而为，严密防范。安全顾问的意思他并没有完全弄懂，治安问题应由警察总局来管，关安全顾问什么事？然而，他无暇去刨根问底，反正他要对市民的生命财产负责，这使他好几天吃不饱饭，睡不好觉。现在，贝多的继任人詹姆斯又找上门来，他究竟有什么事？

沃森本是个狂妄自大的人，浓眉下面那双褐色的眼睛总是咄咄逼人。现在，他对这位长得又矮又小、一条腿不能伸直、背部隆起的詹姆斯，更显出一副满不在乎的神气。警察局局长和科学家，风马牛不相及。再看詹姆斯那副长相，使人想起了魔鬼。是魔鬼又怎样，沃森就是一个惯于与魔鬼打交道的人。

詹姆斯坐在一把大椅上，一条腿屈缩在上面，一条腿在空中摇晃着。由于身材矮小，他不得不仰起脸来和沃森谈话。不过，他的目光绝不是怯弱的，这一点，使狂妄的沃森感到很不自在。

"马丽不是机器人。"詹姆斯接着刚才的话头，继续说，"她是机器人的上帝。"

"机器人的上帝？噢，我明白了。"沃森居高临下注视着詹姆斯，"那您想要我做点什么呢，博士？"

"我想告诉您，"詹姆斯转动了一下畸形的身体，"她失踪了。"

"她失踪了？您的意思是说，上帝失踪了？"沃森突然纵声大笑了起来，他用讥讽的口气问道："博士，我想您也是个新潮流派吧？新潮流派的人整天把这话挂在嘴边：'上帝失踪了'。"

"局长先生！"詹姆斯尖声尖气地打断沃森的话，"我是'黑箱'公司的总负责人，是有地位的科学家，您说话不能客气一点吗？"

"请原谅！"沃森往后一仰，随即跳了起来，活像《渔夫和精灵》中那个巨大的妖怪，"您知道，您是'黑箱'公司的总裁。不过，我想提醒您，博士，'黑箱'公司并不是那么令人敬仰。你们给我添麻烦还不算，而且丢尽了国家的脸！"

"我不明白您的意思，局长先生。"詹姆斯在椅子里缩成一团，像只刺猬，面对张牙舞爪的巨兽，它必须无所畏惧地自卫，"如果您指的是过去的事，那只能由前任总裁贝多个人负责。"

"贝多吃里爬外，是个危险的双料货，不值得一提。"沃森重新坐下，脸色很难看，"现在，'黑箱'公司又让那些废物跑出来，扰乱本市治安，您对这件事又怎么说呢，博士？"

"那是一种毫无根据的传闻。"詹姆斯极力辩解，"您相信真有其事吗？"

"可是，您知道吗？国家安全顾问亲自给我打来了电话！"

"对于这件事，我将亲自向总统说明。下星期一，总统要接见我。"

"好吧。"沃森软了下来，但决不向詹姆斯点头哈腰。他继续吃他的美餐，边吃边问："您说吧，我该为您做点什么呢，博士？"

刺猬向巨兽射了一箭，巨兽畏缩了。现在，詹姆斯可以理直气壮地说话了。"我从头再说一遍：本公司的知识工程博士、机器人设计师马丽失踪了，目前她还在您的辖区内活动。"

"她在我的辖区内活动？"

"是的。她带走了整整一套制造机器人的设备和材料，还有一些剽悍的机器人，浩浩荡荡地进入您的辖区。可是，局长先生，您却对此一无所知。难道不是这样吗？"

沃森涨红了脸，一时不知如何回答才好。稍顷，他拍着胸脯说："如果这是真的，我只需要几小时，就可以把她找到。"

"您能在几分钟之内找到更好。"现在轮到詹姆斯咄咄逼人了，"可是，您能办得到吗？"

"杰克！"沃森大叫了一声。

一个警察跑了出来，"快把这些废物收拾好！"沃森指着桌面上的残羹剩饭吼道。他感到倒胃口了，这是第一次，以前从来没有这种感觉。他强忍着心中的怒火，耐着性子问詹姆斯还有什么吩咐。

詹姆斯却不再说什么了。他从大椅子上爬了下来，一拐一拐地走了出去，将到门口时，他才回过身来说："请您记住，局长先生，下星

期一，总统要接见我。总统也许会问起您的防范工作。"

沃森盯着那个隆起的背影，心里悻悻地思忖："如果我是上帝，我绝不制造这种怪物！"

沃森在咒骂詹姆斯的同时，深信自己不是废物。他当然不可能在几分钟之内找到马丽，但是不出 24 小时，他一定能够把她找到。

谁是马丽

沃森管理的 M 区警察局，警员不多，却拥有一套高效率的电子管理系统，有一个神奇的搜捕网，一旦有事，警官们只需按动控制电钮，电脑便高速运转，在罪犯可能出现的范围内迅速找到目标。沃森相信电子计算机，同时也重视使用人。诺伯特·维纳说："把属于人的事情交给人，把属于计算机的事情交给计算机。"沃森一直铭记着维纳这两句话，把它奉为信条。至于维纳当时是指什么来说的，他就不管了，那是学者们的事，对哲学上的问题，他不需要懂得太多。其实人们有了那些像神经网络一样敏感的电子计算机系统就够了，还搞那些第五代、第六代，甚至比这更神奇的高级机器人干什么。那些专家学者，一方面大叫大嚷，说什么机器人会毁灭人类；另一方面又竞相研制高级机器人。他们简直都疯了。现在的机器人，越来越像人，像到真假莫辨，这是对人类的亵渎！现在好啦，弄出问题来了，还要找警察局，让它们统统见鬼去吧。

沃森怀着一种对机器人特别厌恶的心情，发布了追寻马丽的命令。果然，不超过 24 小时，正好是头天他接见詹姆斯那个时间——星期六上午 9 时 30 分，就抓到了机器人的上帝——马丽。

沃森立即给詹姆斯打电话。

"博士，您可以愉快地度周末了，如果您的夫人很爱您的话。"

"局长先生！"詹姆斯气得直叫，但又找不到什么适当回敬的话，

"请您记住，下星期一……"

"您放心，总统会满意的。"沃森觉得很开心，"您的上帝我抓住了。"

"您说什么？我的上帝？"

"是您这样说的，博士。"

"可我不是机器人！"

"噢，请原谅！……"

"您怎样处置她呢？"

"我怎样处置她呢？"沃森反问，"警察和法律，都与机器人毫不相干。"

"她不是机器人，先生！"

"可她是机器人的上帝，博士。"

"您……局长先生，开这样的玩笑是很危险的。她是个神秘莫测的女人！"

"'上帝神秘莫测，但他并无恶意'，这话是谁说过来着？噢，对啦，是大名鼎鼎的爱因斯坦。他还说……"

"我马上到警察局去。"詹姆斯觉得对沃森毫无办法了，便打断了他的话，"你知道，下星期一……"

沃森挂断了电话。

半小时后，詹姆斯走进了警察局的预审室。一个女人已站在那里，面向墙壁，长长的头发披肩而过……不错，她就是马丽。

"您好，马丽小姐！"

女人转过身来，望着詹姆斯。

"您好，詹姆斯博士，警察局请我到这里来，原来是您的意思？"

"是我的意思，马丽小姐。"詹姆斯并不回避，"我现在是'黑箱'公司的总负责人，本公司非常需要您。这一点，我相信您是很明白的。"

"您说的也许都对，但是我不能再为'黑箱'公司服务了。"马丽

也很坦率，毫无遮掩。

"为什么呢，马丽小姐？"

"当我了解了'黑箱'公司都干了些什么之后，我憎恨你们干的那些事。让我引用爱因斯坦说过的话来表明自己的意志：'我宁愿受分尸的惩罚，也不愿意参加这样的事情。'"

"我不明白您的意思，马丽小姐。"詹姆斯一拐一拐地走近马丽，"如果您指的是贝多干过的那些事，我可以这样告诉您：这些事早已结束了。贝多并不是为我们的国家服务的。"

"我知道……詹姆斯博士，请您庄重点，别碰我！"马丽往后退缩，

避开了詹姆斯伸过来的手。

"马丽小姐!"詹姆斯的手停在空中,像一支箭,"您目前是在我们的警察局里。"

"我明白。"马丽十分泰然,"你们可以惩罚我,甚至可以使用 18 世纪的酷刑,将我的头颅砍下来……请别打断我的话。无论如何,我不愿意再亵渎神圣的科学了。"

"够了!你所说的一切,只需要输入魏森包姆教授的'艾扎丽'编码就行了。"詹姆斯缩回了他的手,转身对沃森说:"局长先生,我想请您帮助我一下,可以吗?"

"当然可以,"沃森耸动着两道浓眉,褐色的眼睛仍然是那样狡黠和幽默,"请吩咐吧,博士,如果上帝也能拘捕的话。"

"她不是上帝!"沃森的话又触怒了詹姆斯,"把她送到'黑箱'公司。"

沃森按了一下电钮,两个壮实的警察走进来,把女人拉了出去。当屋里只剩下詹姆斯和沃森时,两双眼睛火辣辣地互相注视着。

"我祝贺您,局长先生!"

"您还有什么吩咐,博士?"

"废物!"

"谁是废物?"

"您抓到的那个女人。"

"她……?!"

詹姆斯转过身去,头也不回,一拐一拐地走了出去,沃森疑惑不解地紧跟在他的后面。

"她是……!?"

"她是机器人!"

"那,谁是马丽呢?"

风雨阻行期

5月的晚上，一轮明月高高悬挂在天空上。这是一个满潮的夜晚，从大西洋吹来的风还不到7级，但滔天的巨浪却猛烈地冲击着孤岛的岩石，发出吓人的响声。在来回翻滚的波涛下面，有一只大海鲨围绕着"黑箱"公司的实验中心游动。它忽然钻进一个海底峡谷，紧贴着海底，翘着长长的尾巴。

这只大海鲨，不是真的鲨，而是一只仿生鲨。鲨在海洋中延续生存至少已有3亿年了，这3亿年的生存斗争多么不简单！仿生学家们早就注意到这一点，结果发现鲨的原体构造，实在是奥妙无穷，特别是它那4只眼睛，在典型的水下环境中，也能很好地完成自己的功能。现在这只仿生鲨，加上了人类的智慧，又比原生鲨更胜一筹，以致在长岛附近日夜游弋的海军，也没有发现海底有这么一个怪物。

怪物目前归马丽使用。詹姆斯对沃森讲的一整套制造机器人的设备和材料，以及若干个机器人，全在这只怪物的肚子里。马丽在里面生活得很好。

原来，马丽离开"黑箱"公司后，并没有浩浩荡荡地进入长岛市区，而是悄悄地上了这只经过精心准备的仿生鲨。她本来可以驾着仿生鲨很快离开长岛海域，到她想要去的地方。但是她有两件心事尚未了却，两件心事滞阻了行期。

第一件心事，父亲的海马受到了严重的损伤，他每天都过着昏昏沉沉的似梦非梦的日子。他经常都有着那样的感觉："在我看来每天都是孤立存在的，无论什么样的愉快我都享有过，什么样的忧伤我都尝受了。"绝不能让他这样生活下去。而解决的办法，就只有再次进行脑外科手术，把海马修复。做这样的手术，在长岛只有一个人能办到，他就是父亲的老朋友、医学博士张泰然。张泰然博士是诺贝尔奖金获得者，曾为华裔学者增添过不少光彩。张泰然不是医院里的职业医生，而是研究高新医学的学者。他有一个很好的私人实验室，建立在一个风景优美的小岛上，很少与外界接触。这样的处所，对马丽来说，真是再好不过了。何况，张泰然名震全球，是国家的特别保护对象，除非有总统的特别手令，否则，警察局、安委会、调查局那些"警犬"是决不敢嗅到这里来的。马丽脱离"黑箱"公司的头一件事，就是把父亲送到这里来。但是，要使海马完全康复，还需要等待一段时间。

第二件心事，父亲多年研究和积累的科学资料，包括他本人的"黑箱档案"，都还留在"黑箱"公司。马丽不甘心让这些极其重要的科学资料为野心勃勃的人使用。她必须想方设法把这些资料要回来。然而，这些资料都经过"微缩"处理，合起来还没有火柴盒大，怎样才能找到呢？何况，"黑箱"公司把这些资料视为稀世珍宝，必然采取严密的保安措施，要想得到它实在是很不容易的，不亚于在大海捞针，在太空中捉到一只有特别标志的蚊子。事实也是如此，詹姆斯很快就注意到这件事，并且采取了各种防范措施，把所有进入"黑箱"的缝隙都堵死了。马丽只好伏在海底等待时机。

马丽和詹姆斯都是绝顶聪明的人。詹姆斯是有名的普鲁特士，变幻莫测，诡计多端；马丽则是机器人的上帝，她了解"黑箱"公司的所有秘密。因此，这两人斗争起来，就很难用笔墨去形容，很难判断谁输谁赢。维纳在《上帝和高兰合股公司》一书中有过这样一段描述：上帝和他的创造物之间的博弈，乍看起来好像是强弱极其悬殊的竞赛。和一个全知全能的上帝博弈，是蠢人的行为。但据说魔鬼却是一个机智的老手。如果我们不让自己迷失在全能全知那些教条里面，那么上帝和魔鬼之间的冲突就是一个真正的冲突，而且上帝并不一定是个绝对的全能者。

詹姆斯和马丽，我们很难说他们之中谁是上帝，谁是魔鬼，但从

总的方面看，詹姆斯占有绝对的优势，这是肯定无疑的。正因为如此，马丽举步维艰，一不小心，就会落入詹姆斯布设的陷阱。

幸好，詹姆斯的第一个判断就错了，他肯定马丽一行是潜入长岛市区。他采取以攻为守的战术，要求警察局局长沃森下令搜捕马丽。也就说，他要求沃森把猎物从草丛里驱赶出来。然而，当沃森下令搜捕马丽时，马丽即得到了推出第一步棋的好时机，让沃森把自己的替身（假马丽）抓去。假马丽的身上潜藏着玄机。

在中国的《西游记》里，孙悟空利用分身术，创造出无数个虚拟的假孙悟空，它们同样具有孙悟空的十八般武艺和智慧。随着科学技术的发展，人工智能的出现，古代的神话变成了今天活生生的现实。马丽就是利用这种现代的分身术，与变幻莫测的詹姆斯周旋。詹姆斯当然也不是傻瓜，他很快就发现沃森抓来的是马丽的替身，但是他还是把假马丽带回"黑箱"公司。

假马丽在"黑箱"公司只活了一天，詹姆斯实践了马丽的预言，把假马丽的头拧了下来，放在桌面上，而将其他部分丢到废物仓库里。假马丽的头有一种"死不瞑目"的气概，仍然瞪着两只大眼睛，与詹姆斯互相审视着，双方似乎都在问："你的下一步棋……"

陷阱累累

詹姆斯面对着假马丽的头，思索着如何对付马丽的下一步棋。他的思维活动，马丽在仿生鲨里全都看到了，假马丽的头不断给她传去神秘的"思维波"。她的这一绝招，是从马忆中博士那里学来的。也就是说，假马丽的头，也是一个思维监视仪。这一招，詹姆斯是否知道呢？

马丽急于要取回马忆中博士的资料，根据假马丽的头传回的信息，决定在星期日晚上采取行动，袭击"黑箱"公司。因为这天晚上，詹姆斯不在家，他要提前去拜访总统，这是一个好时机。

马丽在这次突然袭击的行动中，并不兴师动众，只派机器人琼斯·李悄悄进入"黑箱"公司总部，它知道"黑箱"公司的秘密资料放在什么地方。马丽亲自操纵跟踪系统，监视着琼斯·李的行动。

琼斯·李一直跟随着马丽，对"黑箱"公司的情况十分熟悉，而且剽悍勇敢。它越过层层障碍，每到一个地方，先去弄瞎那些电子监视眼，成功地避开了报警器，然后长驱直入，很快就进入了主体大楼。也许是詹姆斯过分相信自己的电子设备，整个大楼空无一人，连那些无奇不有的电子"看家犬"琼斯·李一个也没遇到。更奇怪的是每道"芝麻门"的编码也没有任何改变。

琼斯·李很快就进入了詹姆斯的办公室，它毫不犹豫地直奔保险柜。可是，当它打开保险柜时，里面什么也没有。马丽知道情况有变，立即命令琼斯·李撤退，按原路返回。

琼斯·李行动十分疾速，很快就走到海边。但是，马丽又突然命令它重返"黑箱"，并且改变路线，随它怎么走都可以。琼斯·李领会马丽的意思，故意横冲直撞，鸣枪击坏了一些电子设备。这样一来，使"黑箱"顿时陷入一片混乱之中。

琼斯·李陷入了重围。它拼命反击，终于中弹倒地，只见蓝光一闪，头部冒出一股白烟，贮存器烧毁了。

马丽长长吁了一口气。这次袭击行动失败了，但她仍感到自己是个胜利者。詹姆斯仍无法知道马丽的去向。马丽失去了琼斯·李，感到很痛心，同时感激它的忠诚，否则后果就不堪设想。

袭击行动失败后，马丽进行了总结，觉得自己操之过急，对詹姆斯的智谋估计不足。试想想，詹姆斯是个"黑箱"专家，对马忆中和马丽也非常了解，难道他不知道假马丽的头是什么吗？他怎么会这样轻易地把自己的所思所想暴露给马丽呢。很明显，他是将计就计，声

东击西，巧设陷阱，把马丽引出来。即使抓不到马丽和她的机器人，至少可以通过追踪，知道她的去向。马丽也很机敏，立即知道这是陷阱，并且不惜牺牲琼斯·李，折断了詹姆斯的眼线，化险为夷。马丽后来想起这次冒险，还出了一身冷汗。

但是，马丽是个坚强的女性，她不会因此而罢休的。她估计，那些资料很可能就藏在詹姆斯的身上。她再三思考，精心计算，决定采取第二次袭击行动。

数天后的一个早晨，在警察局里，沃森正在大口大口地吃着早餐，詹姆斯眼勾勾地坐在他的面前。

"您又想要我做点什么，博士？"沃森头也不抬地问道。

詹姆斯在大椅里缩成一团，他对傲慢的沃森感到非常恼火。他总是把饭拿到办公桌上来吃，而且吃个不停，这还像个警察局局长吗？

"局长先生，您应当明白，玩忽职守，对谁都没有好处的。"詹姆斯尖刻地对沃森说。

沃森像被蜇了一下，抬起头来瞪着詹姆斯说："什么？我玩忽职守？"

"您抓到马丽了吗？"

汤匙从沃森的手上滑脱下来，"咣当"一声，把詹姆斯吓了一跳。

"马丽不在本市区——我指的是那个真马丽！"沃森嚷了起来，"至于那些机器人，与我毫不相干，博士！"

"我说的正是那个真马丽，她在长岛。"詹姆斯肯定地说。

"您有什么根据呢，博士？"

詹姆斯的根据就是星期日晚上发生的事情。他从机器人琼斯·李的行动中可以看出，马丽就在附近指挥它。詹姆斯还说了一些其他情况，最后用几乎是恳求的口气对沃森说："今天，我，一方面向您报警，一方面……"他的声音越来越小。

"一方面什么？"

"要求您保证……"

"要求我保证?"

"保证我的安全。"

沃森站了起来,居高临下注视着詹姆斯。现在轮到他咄咄逼人了。

"我真不明白,博士,您有那么多能够杀人的机器人,为什么还要我保护您?"

"请您别这样说,局长先生。本公司的机器人,只不过是一些科学研究对象,或者说只是一些研究工具而已,它们无法保护我。"

"是吗?但愿事实的确如此。但是我仍然无法相信您的话。您曾经对我说过,马丽带走了一大群凶狠的机器人,难道那些机器人不是'黑箱'公司的吗?"

"它们现在都归马丽使用。正因为如此,我们的处境才变得危险。"

"我们?您说我们?也包括我在内吗,詹姆斯博士?"

"当然,当然您比我好一些。"

"那么,我该怎样保护您呢?是把您装进我的保险柜,还是让您钻进陶缸里,像巴勒斯坦海滩上那个精灵一样?"

"别开玩笑,局长先生。其实,我只想在您这里小住几天,在您抓到马丽之前。"

沃森耸动着浓眉,感到疑惑不解:他今天怎么啦?究竟发生了什么事?他忽然怜悯起眼前这个怪人了。

"好吧。"他说,"杰克!"

"我在这,局长先生。"

杰克突然出现在沃森的背后,手里握着一触即发的手枪。

沃森发现杰克的手枪正对着自己,大吃了一惊,心想:"上帝保佑,但愿什么事也不会发生。"他强装镇静,仍然大声地说:"你把这位博士带到楼上,严加保护,明白吗?"

"好的,不过先委屈您一下,局长。"

"你疯啦，杰克！你到底想干什么？"沃森下意识地伸手去摸自己的手枪。

"别动！"杰克把沃森的枪夺了过来，并把沃森的手铐上了手铐，"我说过，只是委屈您一下。如果您不老实，那就对不起了。"

坐在大椅上的詹姆斯也大吃了一惊，他知道这个杰克又是马丽的机器人。假杰克正想以同样的方式把詹姆斯铐住，但已无手铐，于是便跑到楼上去找。詹姆斯从大椅上跳了下来，一拐一拐地夺门而逃。没想到，在门口与另一个人撞个满怀，双双跌倒在地上，滚成一团。就在这时，一个彪形大汉闯了进来，把门堵死了。

沃森目睹这发生在瞬间的一幕。当他往下看时，发现跌倒在地的，

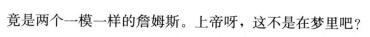

竟是两个一模一样的詹姆斯。上帝呀，这不是在梦里吧？

那个彪形大汉也愣住了。它用枪指着沃森，高声问道："谁是真的詹姆斯？"

沃森一时说不出话来。

彪形大汉往前跨了几步，用枪顶着沃森的胸口："谁是真的詹姆斯？"

沃森实在是分不清哪个是真的詹姆斯，惊慌中胡乱指着其中的一个。这时刚从楼上跑下来的假杰克也弄不清谁真谁假，便和彪形大汉挟起沃森所指的那个詹姆斯，疾步走了出去。

真是无巧不成书，留下来的偏偏又是真的詹姆斯。詹姆斯和沃森，4只眼睛又是火辣辣地互相注视着。

"祝贺您，局长先生！"

詹姆斯慢慢地从地上爬了起来，一拐一拐地向门口走去，连头也不回。

沃森大吼了一声。他不知道他恨谁，恨詹姆斯，恨自己？不，不，他谁也不恨，只憎恨这类令人厌恶的鬼把戏。他实在无法理解，人们为什么总是没完没了地玩弄这种游戏呢？

危险重重

彪形大汉和假杰克挺立在马丽的面前，中间夹着一个假的詹姆斯。马丽一只手遮住前额，半闭着眼睛，心里感到一阵难以名状的惆怅。不过，这一切很快就过去了，抬起头来，对彪形大汉说："亨利，把它的头拧下来，丢进废物仓库里。小心点，别把器件弄坏了。"

"是，马丽小姐！"

亨利和假杰克，把也是假的詹姆斯拉了出去，像拉走一只破麻袋。

马丽仍坐着不动，她陷入了沉思，深思两次行动失败的原因。

马丽是在逆境中长大的。7 岁那年，她母亲就去世了。马忆中整天呆在实验室里，有时数月不归。他一方面有心献身科学事业，另一方面也是迫不得已，如果他不努力，就得离开实验室。小马丽只好依靠保姆，幸好保姆是个忠实的女人，她像母亲一样照顾马丽，帮助她学习，给她讲居里夫人的故事，教她如何做人。马丽就是这样走过来的。尽管道路越来越崎岖，那么前面呢？前面是一片漫无边际的森林，森林之中陷阱累累，危险重重。但是她并不害怕，也不气馁。

两次受挫，似在意料之外，实在意料之中。马丽在总结经验教训时，也想到了诺伯特·维纳说过的那两句话："把属于人的事情交给人，把属于计算机的事情交给计算机。"维纳还说过："有些人以为高度自动化的世界对人类的才智要求会比目前的世界小一些，并且能替代我们进行必要的困难思维，就像一个罗马奴隶兼希腊哲学家的人可能给他的主人做的那样。这明显是错误的。"

大西洋海面风平浪静，仿生鲨伏在海底，像睡着了一般。马丽的脑海却波翻浪滚，她彻夜未眠。亨利本来可以轻而易举地抓到詹姆斯，然而在复杂的情况下，它无法辨认谁真谁假，这就是问题的关键。

马丽想起父亲大半生孜孜追求的目标，而在这个目标尚未达到之前，"把属于人的事情交给人"是必要的。然而，当她环顾四周时，便感到孤独和彷徨。仿生鲨里有不少忠贞不贰的"机器奴隶"，但它们谁也不是"希腊哲学家"，依靠它们去独立完成如此复杂的任务是不可能的。

"不入虎穴，焉得虎子。"马丽想起中国这句老话。看来，只能这样办了。

第二天，马丽把所有的机器人都集中到控制室（也是临时实验室）。她花了整整一天的时间，对它们逐一进行了"体检"。直到黑夜来临，马丽才下令仿生鲨悄悄起航。

已是午夜时分，"黑箱"公司的实验中心依然灯火通明，远远看去，主体大楼的许多窗口，人影绰约，和平时一样。夜色中，架设在屋顶上的雷达天线却给人们一种神秘和紧张的气氛，它急速旋转，不停地向周围扫描。

马丽对"黑箱"公司的各种防范措施，一桩桩，一件件，都了如指掌，因而也深知此次行动的艰难。

马丽闯"黑箱"，詹姆斯也想到了。他下令，一切防范措施，全按马丽知道的那样，一丝不改，让她通行无阻，自己走进陷阱。他则稳坐"钓鱼台"，等待胜利的喜讯。

"客人到了，博士！"

报警系统的扬声器响了起来。

"客人是谁？"詹姆斯问。

"亨利。机器人亨利。"

"它的去向？"

"正朝着您的控制室。"

"把它关在 3 号陷阱。"

"遵命。"

片刻，扬声器又响了。

"有客来访，博士！"

"客人是谁？"

"约翰。机器人约翰。"

"它的去向？"

"正朝着档案室走去。"

"把它关在 10 号陷阱。"

"好的。"

又停了片刻，扬声器说：

"贵客光临，博士！"

"是马丽小姐吗?"

"是马丽小姐!"

"她的去向?"

"模拟实验室。"

"什么? 再说一遍。"

"模拟实验室。"

詹姆斯从座椅上跳了起来。他知道,马丽是机器人的上帝,让她进入模拟实验室,就会有各种各样的机器人调转枪口,对准他詹姆斯,整个"黑箱"就会大乱起来。

"更改所有通道的编码!"

"来不及了,博士!"

"不! ……"

詹姆斯怒气冲天,一拐一拐地走出了控制室。20 分钟后,他发疯似的走进了模拟实验室的前廊。

"你是谁?"一个声音问。

"我是詹姆斯博士。"

"前面是禁区,请止步!"

"混账! 我是这里的主人。"

"前面是禁区,请止步!"

詹姆斯这时才发现,拦住去路的,是一个笨手笨脚的机器人,全由钢铁拼成,每一个动作,都发出可怕的铿锵声。

"你不认识我啦,摩西?"

摩西铁面无情,只重复着一句话:

"前面是禁区,请止步!"

詹姆斯知道情况不妙,转身就走,但过道的门已经关死,编码也改了。詹姆斯又回过头来,看见摩西像一座铁塔似的站在原处,两眼闪着不祥之光。

"您好，詹姆斯博士！"马丽出现在前廊的显示屏里，容貌端庄，神态安详，"久违了！"

詹姆斯注视着显示屏。没错，这是真真正正的马丽。"您想干什么，马丽小姐？"他问道，语调中充满着敌意。

"请坐，詹姆斯博士！"

詹姆斯无可奈何地坐了下来。

"您说吧，小姐，您想要什么？"

"3 号档案。您带来了吗？"

詹姆斯又跳了起来。

"您说什么，马丽小姐？"

"请别激动，博士。我知道您把档案带来了，就装在您的口袋里。博士，您看到了吗？在您的前面，有一个小窗口，您自己把档案放进来吧。"

詹姆斯坐着不动，他在思考对策。

"您当然可以考虑一下，博士。就给您 10 分钟吧。"

马丽在显示屏里消失了。

詹姆斯又跳起来，一拐一拐地来回走着，活像一头困兽。摩西在不远处虎视眈眈，铁面无情。

时间过得很快，10 分钟似乎只是一瞬之间。马丽重新出现在显示屏里。

"想好了吗，博士？"

詹姆斯默不作声。他知道，现在说什么也没用了，就干脆什么也不说。他极不情愿地站了起来，把马丽所需要的东西投进小窗口。

"还有一件事，博士，请您让亨利和约翰到我这里来。电话就在您右边的壁橱里。"

20 分钟后，马丽一切如愿以偿。

"我可以走了吗，马丽小姐？"詹姆斯可怜巴巴地问道。

"您可以走了，博士。不过，仍要以您的诚实和明智作为交换条件。"马丽又对摩西说，"你知道你的任务是什么吗，摩西?"

"我知道，马丽小姐。"摩西把身上的钢铁弄得铿锵作响。这响声对詹姆斯来说，是一种难以名状的威胁。

马丽最后对詹姆斯说：

"请记住《猴掌》的故事吧，博士。如果您只想得到 200 英镑，而不顾一切后果，那是很不明智的。"

不坠青云志

詹姆斯是个聪明人，他很明白马丽的意思，但是他对诚实、明智和代价的理解，却有自己的标准：一切为目的而转移，目的是至高无上的。他离开模拟实验室后，立即给沃森打电话："局长先生，我已经把马丽围困在模拟实验室里，您赶快来履行您的职责吧。"

"我不明白，博士。您既然把马丽抓住了，还要我干什么呢?"沃森说。他对詹姆斯的游戏感到厌恶极了。

"局长先生，您知道，按照我们国家的法律，我无权给任何人戴上镣铐。"詹姆斯向沃森解释说。

"可我无权给任何机器人戴镣铐。"沃森这样回敬詹姆斯，"国家至今仍没有治理那些废物的法律。"

"不，您听我说，她不是机器人，是真的马丽!"詹姆斯嚷着说。

"如果不是真的，又怎么办?"

"您把镣铐给我戴上好了。"

拂晓，一场激烈的战斗在模拟实验室的前廊展开了。摩西坚守着进入模拟实验室的通道，沃森那些警察对摩西毫无办法。詹姆斯在万不得已的情况下，把那些凶狠的（而不是善良的）机器人唤来，将摩

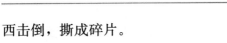

西击倒，撕成碎片。

模拟实验室的门被打开了，里面一切依旧，只是多了一个马丽。她像一位辛勤的医生，穿着白大褂，聚精会神地给最后一位"病人"动脑颅外科手术。

"好了，先生，您可以坐起来了。"马丽对"病人"说。"病人"坐了起来，正想说声"谢谢"，却发现了可怕的枪口，便惊叫了起来。

"别害怕，先生。"马丽极力安慰"病人"。"病人"跳起来，躲到马丽身后，惊惶万状，不敢吱声。

"詹姆斯博士，噢，还有沃森先生，你们这是什么意思？"马丽明知故问。

詹姆斯脸色苍白，默然不语。沃森却大惑不解："他是什么人，马丽小姐？"

"他是一位国王，拥有至高无上的权力和湖泊一样多的财富，总统对他也待为上宾。"马丽说，"所以，局长先生，请您说话客气一点，否则后果就不堪设想。"

沃森正想要问什么，从另一道门里又走出几位衣着华丽、气度不凡的人来。他们当中有白种人、黄种人、黑人……两位白种人目中无人，边走边谈，似在争论什么问题。

结红领带的说："总统阁下，您刚才说什么来着？您说整个世界将要毁于一场核战争？噢，不会的。这是一种误会，一种偏见，根深蒂固的偏见。"

结花领带的说："但愿这是误会，阁下。不过，我们的限制战略性武器的谈判还要继续下去。这个谈判已经延续了将近一个世纪，但是问题越来越复杂，越来越严重，这一点谁也不能否认。而更糟糕的是，道义远远赶不上科学的发展。简单地说，现在又增加了一种危险的因素，就是无限制地发展智能机器。很有可能，人类的命运将掌握在它们的手里……不，不，这不是危言耸听。请让我引用一位专家说过的话，他说：'或者一方，或者双方，都有意思使用机器，使用智能机器来决定什么时候撤电钮发射核武器，而这是决定我们现今这个世界生死存亡的最后一着。关于这种假说，我也无法说它不对。'"

结红领带的说："阁下，据我所知，他是一位控制论专家，而不是预言家。"

结花领带的说："当然。不过，不管哪个国家，把关系到整个世界生死存亡的最后一着交给无情的机器，总是危险的，而这种危险又与日俱增……你们这是干什么？"

结花领带的总统发现周围站着许多武装机器人和警察，顿时大怒起来。

"我是总统，还有他，他，他，全是国家元首。把你们的枪收起来，统统给我滚出去！"

"总统阁下，您不必对他们动怒，他们只是奉命而来。"马丽劝慰总统说。

"他们是奉命来的？奉谁之命？"

"不必多问。不久，你们也会接到他的命令，指派你们到需要去的地方。"

"他究竟是谁？"

砰！砰！……詹姆斯举起手枪，把那些"国家元首"一个个击倒在地。

惊异得目瞪口呆的沃森，这时才从梦中醒悟过来。他指着马丽问："她也是假的？"

詹姆斯脸色发青，无言以对。

砰！……假马丽也难免一死。

"请告诉我，博士，您把它们全都枪毙了，我的镣铐该给谁戴上呢？"沃森用讥讽的口气问詹姆斯。

"局长先生，我们不是在演戏。"詹姆斯气咻咻地说，"这事关系到我们国家的荣誉，您应该明白。"

模拟实验室里这场闹剧，是马丽精心安排的"金蝉脱壳"之计，这一计策非常成功，既达到了自己的目的，又痛快淋漓地揭露了"黑箱"公司的阴谋，重创了詹姆斯的心灵。马丽从来没有像现在这样感到欣慰。

现在，与詹姆斯"捉迷藏"的游戏结束了，马丽驾着仿生鲨径直向张泰然的实验室驶去。不久，父女就可以团圆，双双脱离苦海，到达彼岸，再展鸿图，这难道不是一件最令人兴奋的事吗？

然而，当马丽到达张泰然的实验室时，知道父亲已经走了。他给马丽留下一封信，亲情切切，使马丽悲伤不已。事情是这样的：

马忆中博士的脑伤，在张泰然的努力下，很快就痊愈了。他康复如初，像一觉醒来。事有凑巧，张泰然正好有个国际会议，非出席不可。他在飞往维也纳之前，一再嘱咐马忆中好好养伤，而把马丽的事隐瞒着。马忆中在疗养中，一个人闲着无事，便去翻阅报纸，他看到了关于"贝多丑闻"的大量报道。各报的记者对任岐、马丽和所谓"神秘失踪的马忆中博士"写得特别多，有些内容自然是猜测和经过渲染的。但是不管如何，马忆中看后心情激动不已。他憎恶"贝多丑闻"，赞赏女儿的所作所为，然而此事非同小可，今后何去何从，令人踌躇。说心里话，他是不愿意放弃自己的研究计划的。为了达到毕生追求的目标，他愿意在"黑箱"里吃苦。但是他目前最为关切的，是女儿的命运。他从报纸上得知，马丽离开"黑箱"公司后，不知去向，生死未卜。又有些报纸报道：马丽已被 M 区警察局拘捕，詹姆斯要求警察局把马丽关在孤岛……看到这些，马忆中再也忍受不住了。他毅然决定重返"黑箱"公司，以自己的诚实和知识，以自己的科研成果，甚至以自己的生命，换取马丽的自由。马忆中想：如果马丽获得自由，她必定要来张泰然的实验室，即使她不来，张泰然也会把此事告诉马丽的。于是，他分别给张泰然和马丽写了两封信，这两封信就放在张

泰然的书房里。

　　马丽来到这里时，张泰然还没有回来，但是马丽已看到马忆中留下的信，当她知道父亲决定重返"黑箱"公司时，感到非常失望和悲伤。但是她不是一个普通的女子，而是一位志在青云的科学家。当她读到父亲信中最后几段话时，激动得热泪盈眶。那几段话是这样写的：

　　"马丽，我亲爱的女儿！我已经没有别的选择了，只好这么做，请原谅吧。我知道我的生命是有限的，剩下的时间不多了，而你还年轻，前途是很广阔的。去吧，尽快离开长岛，回归祖国！别恋着我，别为我担心，其实我也没有什么可担心的。

　　"去吧，孩子，回祖国去。那里才是你最好的归宿，那里才是我们最好的家。

　　"请代我向敬爱的老师石波教授问好，向我的朋友们问好，向我们亲爱的祖国问好。"

第六章　记者误闯疯人院

机场上记者起哄

《奥秘》杂志记者贝尔匆匆赶到长岛国际机场时，发现这里并没有什么迎接贵宾的热烈场面，相反却充满着神秘莫测的紧张气氛。天公似乎也不作美，霏霏细雨下个不停，机场周围一片迷蒙。迷蒙中黑影绰绰，他们是全副武装的警卫。连警察局局长沃森也来到了机场。

"迎接一位从中国来的学者，需要这样戒备森严吗？"贝尔感到疑惑不解。

候机大厅里的记者很多，有五六十人，除了各时报、电视台、广播电台的记者外，其余都是贝尔的同行，即各种科学杂志的编辑或记者。今天到来的贵宾——中国仿生研究所所长石波教授的名声，对他们来说早已如雷贯耳，但只知其名而不见其人。据说石波教授还带来了一个高深莫测的"超稳态"机器人，这点更引起了科学新闻界的编辑、记者们的浓厚兴趣。其中如《科学新闻》《现代》《未来》《探索》《超人》等几家杂志来的人最多。《惊奇》杂志的罗普，是他们当中最积极、最活跃的一个。

罗普这时正与同行们谈论"机器思维"的问题，他把从贝尔那里学来的知识，也拿来在同行面前炫耀一番，他说："当初图灵提出'机器能够思维'的时候，许多人怎么说也不相信。他们说：'没有一种机

器能够在它成功时感到快乐，失败时感到悲伤，由于受到恭维而感到兴奋，由于犯了错误而感到沮丧，由于异性吸引而入迷。机器只能做到某些事情，但它决不能做到仁慈、机智、友好，有创造性，有幽默感，能辨别是非，能欣赏草莓和奶油的美味，能使别人对它产生爱情，能像人一样多才多艺，能做到某种真正新颖的事情……'先生们，他们说得对吗？"

同行们表示不知道，说不清。

"你说呢，罗普，是对还是错？"

"既对也不对。"罗普说。

"这话怎么讲？能具体一点吗？"

"他们只说对了一件事，机器人的确不会欣赏草莓和奶油的美味，因为它们从来不吃食物。"

"那么，它们也有爱情吗？"

"当然有。他们也谈恋爱……你们不相信吗？这是我亲眼所见，绝不是杜撰。"

"还有，比如机智、友好、分辨是非、多才多艺，它们都做到了吗？"

"当然。不过……"罗普指了指沃森，"我们干嘛不去问问警察先生呢？"

沃森伫立在铺有红地毯的迎宾过道上，像一座铁塔。站在他身后的还有一个块头更大的警察，叫乔治。

"局长先生，您愿意接受我们的采访吗？"罗普彬彬有礼地问道。

沃森用警惕的目光注视着罗普，一言不发。

"当然，关于您职责范围内的事情，您是不会向报界披露的。"罗普说，"我们只是想请您参加我们的讨论：机器能够思维吗？"

沃森只是傲慢地听着，表现出不屑一顾的样子。他好歹也是个经过严格训练的警察，对时代的潮流并不是一无所知，他至少读过几位控制论专家的著作。他在捉摸这些烦人的记者到底想干什么。他非常

厌恶记者的采访，厌恶"机器思维"这类问题，同时也讨厌机器人和像詹姆斯这样的专家。今天，若不是公务在身，他决不会到这个地方来的。

"您说呢，局长先生，"罗普又说，"机器能够思维吗？"

"您说什么，记者先生？机器能够思维？！"沃森故意做出茫然无知的样子，"不，这太可怕了。让我们希望并相信机器不能思维。"

沃森的话把记者们逗乐了。

"难道我说得不对吗？"

"不，您这种坦率的表达方式以及您的良好愿望，我们都十分赞赏。"

沃森得意地笑了。"别把我当傻瓜，"他心里想，"你去采访别人吧。"

罗普果真又转向那个大块头警察："乔治先生，您对这个问题怎么看呢？"

"我？什么？你是在问我吗，记者先生？"乔治吃了一惊。

"您相信机器能够思维吗？"

"我只相信上帝，先生。"

记者们哄笑了起来，有的还拥到过道上来。沃森吼了起来："让开，让开！全给我让开！"

贵宾室的门打开了。市长勃吕森、国际人工智能联合会主席埃斯托姆教授以及"黑箱"公司的总负责人詹姆斯博士，正从里面走出来。记者们又一拥而上，纷纷要求采访。市长勃吕森只好发表一个简短的讲话：

"先生们！今天，正如你们所知道的，我们要在这里迎接一位来自中国的贵宾。现在，客人快到了，我们没有时间接受各位的采访，请原谅！"

市长话毕，沃森亲自用粗大的手臂护着他往前走；乔治则几乎把埃斯托姆教授拦腰提了起来，使他能够跟得上市长；只有詹姆斯无人提携，一拐一拐的走得很慢，被罗普缠住了。

"您好，詹姆斯博士！"

"您好，罗普先生！"

詹姆斯曾经接受过罗普的秘密采访，两人已不陌生，因此可以开诚布公地谈话了。罗普开门见山地问詹姆斯：

"博士，中国客人来访，您觉得有什么值得担心的事要发生吗？"

"我不明白您的意思。您凭什么这样说呢？"

"就凭今天机场上这种神秘紧张的气氛。为什么要如此戒备森严呢？"

"我想是为了客人的安全。"

"听说石波教授还带来了一个'超稳态'机器人，是吗？"

"是有一个机器人。"

"是不是您讲的那种高级机器人？"

"很有可能是那种机器人。"

"您对它感兴趣吗？"

"当然。"

"会不会发生什么事？"

"我不明白您的意思，先生。"

詹姆斯知道罗普指的是什么，感到很不高兴，便一拐一拐地去追赶市长和埃斯托姆教授，拒绝回答任何人提出的问题。

在进入机场的门口，沃森和乔治像两尊铁铸的金刚，各自把守一边。詹姆斯走到沃森面前时，怒气冲冲地说：

"您的安全措施执行得怎样，局长先生？您和那些记者有说有笑，打得火热，若不是亲眼所见，我真不敢相信这是真的。难道您忘了我们今天在干什么吗？"

"您又错了，博士。"沃森"砰"的一声关上了大门，把所有的记者全部锁在候机大厅里，"我讨厌那些记者，正如我讨厌您那些机器人一样。"

宾馆里疑云重重

第二天，"中国客人来访"成了一条特大新闻，各家报纸几乎被这样的通栏标题占满：

中国客人来访，有一个"超稳态"机器人随从；市政当局举行奇异的欢迎仪式，客人来去无踪；"黑箱"公司参与防卫，神秘莫测，莫测高深……

正当长岛满城风雨的时候，S市来了一老一少。老的就是中国客

人石波教授，少的是他唯一的随从——机器人贝塔。

按照事先安排，石波教授要在中途稍事停留，第二天飞往长岛。真没想到，客人还在 S 市，长岛的戏就开场了。而且，市政当局还真的出面，假戏真做，把新闻界蒙在鼓里。这是为什么呢？令人费解。

另一件事，石波教授此次西行是应国际人工智能联合会主席埃斯托姆教授的邀请，本应住进联合会总部大厦，但石波教授偏要住在"黑箱"公司。"黑箱"公司是个虎狼之地，大家还记得"贝塔失控反叛事件"吧，就是"黑箱"公司的人策划的。这次石波教授住进"黑箱"公司，不是很危险吗？

再一件事，机器人贝塔随教授出访，通常是不可能的，宾主双方一般都不容易接受，而这一次似乎是两厢情愿。而且，石波教授谁也不带，仅要贝塔伴随。这实在是令人感到惊讶。

石波教授决定住进"黑箱"公司，因此，他到 S 市后，一切都由"黑箱"公司的代表进行安排。"黑箱"公司派来的代表不是别人，而是马忆中。当晚，石波教授在下榻的饭店观看了长岛国际机场那幕假戏真做的实况。

"他们这样做，实在也是迫不得已。"马忆中小心翼翼地解释说。他年纪也不算小了，加上世事沧桑，几经磨难，须发半白，"西方的新闻界和祖国不大相同，因此……"

"我能理解，"石波教授宽容地说，"其实，这也是帮了我的大忙。"说着，他看了贝塔一眼。

"我想他们的用意也是如此。"马忆中也会意地看着贝塔，"不过，您老人家也太……孤身远行，实在令人担忧。"

"没有什么可担忧的。"

"不是……"

"先听听他们讲些什么。"

屏幕里出现罗普和詹姆斯的对话。

石波教授默默地看着，马忆中有点局促不安。石波教授忽然问马

忆中：

"你知道'贝多丑闻'吗？"

"我当时正在病中。"

"马丽没告诉过你？"

"我病愈时，她已经走了。"

"你能谅解马丽吗？"

"当然。我想，她也会谅解我的。我是不愿意放弃多年的研究计划才……"

"你能如愿以偿吗？"

"詹姆斯博士还算是个通情达理的人，他不仅原谅了我，还多次表示原谅马丽的轻率行为，他不想再追究由此造成的一切后果。"

"人各有志，马丽的行为是无可非议的，何况又是被逼上梁山。"

"老师，您……"

石波教授闭上了眼睛。马忆中觉得没有什么必要再往下说了，便改口说："您早点休息吧。"

"明天如何安排呢？"

"明天……"马忆中欲言又止。

"你还有话要对我说，是吗？"

"老师，有句话我不知道该讲不该讲？"马忆中似乎动了真情。

"有什么话不该讲的呢？"

"你要求住进'黑箱'公司，我总觉得有点不妥。"

"他们会拒绝我吗？"

"当然不会。不过……"

"那又是为什么呢？"

"您知道，那里是……总而言之，为了您的安全和方便，我劝老师您不要到那个孤岛上。"

石波教授坦然一笑："孤岛是个魔窟，也不要紧，你放心好了。再说，我石波既不是间谍，也不是扒手，他们不必提防我。"

马忆中无言以对，只好连连点头。他知道，说这话也是多余的，因为石波教授住进"黑箱"公司，是事先就与詹姆斯相约好的，石波教授也不会中途改变初衷。至于他们为什么一定要聚在一起，恐怕只有他们自己才能说得清楚。

贝尔有心探"黑箱"

"中国客人神秘来访"，在新闻界引起了很大的轰动，人们都想见到石波教授和他带来的机器人贝塔，但是谁也不知道客人究竟住在哪里。那些记者使尽浑身解数，多方打听，也毫无结果。

《惊奇》杂志记者罗普，他患有"好奇症"，因此比谁都焦急，用他的话来讲，"急得都快要疯了"。他知道，只有一个人能治好他的"病"，那就是贝尔。贝尔是个有胆有识、经验丰富的人，他知道石波教授住在哪里。

罗普没有想错，贝尔的确知道石波教授住在哪里。他和其他记者一样，也急于想见到石波教授，但是要想进入孤岛，那是很难的。经过反复思考后，他产生了一个冒险念头，就是悄悄闯入"黑箱"。而要实行这个冒险计划，必须和罗普合作。于是，他便用这个药方来治罗普的"好奇症"，并答应把孤岛的秘密告诉他，交换条件是要他解决进入孤岛的办法。罗普没有辜负贝尔的希望，他很快就找到了一位在海军服役的朋友，这位朋友是驾驶微型潜艇在海底巡逻的。

就这样，在"中国客人神秘来访"后的第三天下午，贝尔和罗普登上了潜艇。罗普兴奋极了，一路上，他缠着贝尔，想尽快知道岛上的一切秘密。

"贝尔，现在请你告诉我，孤岛到底是个什么样子的。它是个'潘多拉盒子'，对不对？"罗普喋喋不休地问道。

贝尔只觉得好笑。"你凭什么这样说呢，罗普？"他笑着问罗普。

"他们禁止任何无关人员进入孤岛，就是怕别人揭开这个盒子，放走藏在其中的魔鬼。难道不是这样吗？"

"孤岛是不是'潘多拉盒子'，我不知道，但是它确确实实是个'黑箱'。"

"这话是什么意思？"

"别急，罗普……噢，少校，到达孤岛还要多久？"

"这就难说了。"少校专心驾驶潜艇，头也不回地说，"我们必须按照原来的巡逻路线走，否则很快就会被发现的。大约天黑时才能到达目的地。"

"那还来得及，让我慢慢说。"贝尔继续往下讲，"人脑有一百多亿个神经元，每个神经元通过突触与其他神经元相互联系，组成复杂的神经网络。人脑到底是如何工作的？人类能否制作模拟人脑的人工神经元？多年来，人们从医学、生物学、生理学、哲学、信息学、计算机科学、认识学、组织协同学等各个角度进行了研究，企图认识并解答上述问题。在'如果能造出一个极好的脑模型……'这种思想指导下，数理逻辑学家麦克卡洛和神经生理学家匹茨，就从神经元开始对人脑进行模拟。但是，这种模拟还不能揭示人脑的功能，因为人脑的任何功能都不是神经元简单相加的代数和，而是神经元按特定方式组织起来的整体功能。后来，又有人根据神经元之间突触导通能力是可塑性的假设，模仿神经系统信息处理的多层结构，模拟人脑的组织功能，做出了能通过学习而学会分类图形的装置，这就是轰动一时的'感知机'。以后在脑模型研究方面又取得了不少成果，出现了模拟脑联想功能的'联想机'，以及反馈型的'认识机'，视觉和感觉型的'感觉机'等。我说得太远了吗，罗普？"

罗普表示否定地摇了摇头。

"好，那我就继续讲下去。

"从 20 世纪 60 年代以来，揭开'大脑之谜'就成了许多科学家的攻坚目标。研究人脑有各种各样的方法，其中有一种颇为引人注目，

就是控制论的'黑箱'理论。专家们认为，运用这种理论和方法，可以为神经系统的研究开辟一条新途径。后来，由于神经控制论又向生物学、心理学渗透，以及感觉生理学、心理物理学和思维心理学的发展，逐步搞清了感觉神经是怎样接收信息，怎样把它编译成电脉冲，又如何对这些电脉冲载荷的信息进行分析、处理和解释的。这样，人们也就逐步接近理智生命的核心问题，接近'地球上最美丽的花朵——思维着的精神'了。"

"你所说的这些，都与孤岛有联系吗？"

"当然。我曾经对你说过，'黑箱'公司就是研究人脑的，你还记得吗？"

"记得。你还说过，他们不仅研究人脑，还制造人工大脑，对不对？"

"是的。刚才你问，孤岛是个什么样子？噢，信不信由你，它就是一个硕大无比的人脑！"

"什么？它是人脑！？"

"准确地说，它是一个人脑模型。当然，同真的人脑相比，它还差得远。但是，由于电子科学的惊人发展，建造一个初具整体功能的神经网络模型，已经变成现实了。"

"那就是说，我们将要钻进一个人脑中去历险，对吗，贝尔？"

"对，这是一次'奇妙的旅行'。我们将要成为 SF 小说的人物了。"

"贝尔，你能回答这样一个问题吗？"罗普忽然有一种莫名其妙的感觉，说不清是兴奋，还是害怕，"假如我们触动了它的一个神经结构，那将怎样呢？"

"关于脑模型的情况，我还没有说完呢。"贝尔说，"难道你不想听下去了吗？"

"好吧。"罗普说。

"大脑之下还有个小脑，这和人的自然脑的结构是一样的。小脑的

作用是什么呢？专家们解释说：显然它是负责身体的准确定位和控制，身体动作的时机、平衡和精巧。舞蹈家的优美舞姿，网球运动员的灵敏动作，赛车手闪电般的控制，没有小脑的作用，就不可能做到这样准确。据说，'黑箱'公司的总控系统就设在小脑的部位上。因此这个地方的重要性是谁都可以想像得出来的。更有趣的是，大脑、小脑之中还有许多'小小脑'，它们就是那些神奇的机器人。这些机器人绝非世俗常见的洛桑公司的产品，它们是人脑模拟的一种高级产物。它们惟妙惟肖地模仿世界上各种各样的人物，上至总统、将军，下至精明的商人。他们有个奥秘无穷的模拟实验室，是个名副其实的人造人的高级工厂。既然要模拟各种各样的人，就不能用机器大批量生产，而是靠设计者逐个研制，这样就免不了要出一些废品。它们虽然是废品，却已经具有一定的像人一样的思维能力，只是某些地方出了毛病，于是一个个成为患了'精神分裂症'的机器人，即变成精神失常的疯子。这些疯子不受人类任何法律的约束，它们可以随意捣毁某些东西，甚至杀人。"

"难道他们不会收拾这些废物吗？"

"也许会，也许不会。现在我该回答你提出的问题了。假如触动了'黑箱'的神经，后果会怎样呢？这就要看詹姆斯博士的态度了。如果他认为你已经威胁到'黑箱'的安全，那他就利用这些无情的疯子把你抓住，进行种种惩罚，甚至把你撕成碎片，丢进海里。"

罗普听着，不觉毛骨悚然。

"先生们，你们要去的地方到了。"少校对他们说，"罗普，你还记得返航的时间吗？"

罗普没有回答。

"我们记住了，少校。谢谢您！"贝尔替罗普回答说，"罗普，你没事吧？"

罗普摇了摇头。

"那好，我们走吧。"

贝尔拉着罗普，离开了潜艇。

罗普无意惹灾祸

贝尔和罗普踏上孤岛时，天上只有一弯娥眉月，还时时被几片浮云遮住，因而岛上的景物一片朦胧。罗普举目四顾，只见远近高低，都是一条条裂沟，沟里黑影绰绰，弄不清是人、是石，还是建筑物，沟缝里有时偶然闪烁着亮光，似是灯光，又不似灯光，倒像是野兽忽张忽闭的眼睛。四周很静，静得令人惊恐，有一种仿佛走进荒郊野坟的感觉。

"它的神经在哪呢，贝尔？"罗普莫名其妙地问道。

"我不知道。"贝尔说。

"那我们该怎么走？"

贝尔只是耸了耸肩膀。

"贝尔，你有武器吗？"

贝尔掏出一支手枪交给罗普，说："拿着，但它不一定有用。"

他们从一些奇形怪状的岩石中间穿过，道路是高低不平、宽窄大体相等的裂缝。罗普想起了"伊甸园"工厂那些通道，但是那些通道比这里简单得多了。

"我们现在正走在大脑的沟里，对吗，贝尔？"罗普小声地问道。

"我想是的。"贝尔说。

"那我们走在什么部位上？"

"这就很难说了，因为脑是由延髓、脑桥、中脑、小脑、间脑和大脑六大部分组成的。真的人脑，由脊髓开始向上，依次是延髓、脑桥、小脑、中脑、间脑和大脑皮层半球。大脑由左右大脑半球组成，它笼盖在间脑、中脑和小脑上面，左右半球之间有脑纵裂，裂处有连接两半球的横行纤维，称为胼胝体。大脑半球表面凹凸不平，布满深浅不

同的沟，沟与沟之间的隆起称为大脑回。每个半球以几条主要沟为界，分为不同的叶，这些叶在功能上各有分工。大脑功能分区定位并不是机械的一对一关系。许多功能特别是高级思维功能通常都可以分成若干子功能。这些子功能之间不仅存在串序关系，也存在并序关系。因此，对于一个特定功能的神经加工往往是在大脑的许多部位分布式进行的。正因为这个缘故，某一部位的损伤不一定会导致整个功能的完全丧失，即使暂时丧失，也可以逐步得到恢复，因为其他组织也可以承担受损伤的那个组织的任务。"

他们边说边走，也不知已经走了多长时间。罗普忽然惊叫起来：

"贝尔，你看，前面是大海，难道我们又回到原来的地方？"

"不对，这是孤岛的另一面。"贝尔说，"这就证明了孤岛确实很像大脑。我们刚才走过的地方，可以说是连接两半球的胼胝体了。"

罗普又惊叫起来："那是什么？"

那里闪动着红光。通过红光，很明显看出是一个洞口，洞口上面还架设着雷达天线。

"走！到那里去看看。"贝尔说。

他们走到洞口，铁门紧闭着，但门的旁边有个小圆孔，这是一把电子锁。

"你还记得'伊甸园'工厂那个洞门吗，罗普？"

"记得，也许弄得开。"

他们拨弄了一阵，门果然自动开启了。里面是个黑黝黝的走廊，走廊尽头有个向下走的楼梯。下了楼梯，又是一个空无人迹的走廊，走廊尽头是一个大厅，有左右两道门。他们正想去打开右边的门，突然听到一个声音说："请走左边的门！"

贝尔和罗普吓了一跳，抬头一看，大厅深处有一男子正注视着他们。

"不好了，贝尔！"罗普惊呼。

他们想退出大厅，但刚才还开着的门现在已经关上了。那男子用

更加严厉的声音说："请走左边的门！"

　　惊慌失措的罗普掏出手枪，对准那个男子"砰砰"地打了几枪，大厅深处闪起了一道蓝色的火光，那男子悄然地消逝了。

　　"你干了一件蠢事，罗普！"贝尔边说边拉着他奔出左边的门。

　　"它是什么？机器人？"

　　"不是，仅是一个幻影。"

　　"那蓝色火光呢？"

　　"我说不清，你可能损坏了它的一个神经结构。也就是说，你可能触痛了它的神经了，像踏伤了猫的尾巴一样。"贝尔解释说。

罗普大吃了一惊："那会怎样呢，贝尔？我们怎么办？"

"总之是糟透了。快走！"

出了大厅，又是一个走廊。往左，只有往左，门才开着。而他们刚一走过去，门就关上了，后退是不可能的，只能不停地往前走。

贝尔和罗普不知不觉地走进了一个大厅。突然，一种令人心惊肉跳的声音从四面八方传来，朦胧中有许多狰狞的怪物在大厅里来回走动。

"喂，宝贝儿来了！"一个怪物呼唤了一声，大厅里的灯"唰"的一声全都亮了。贝尔和罗普本能地往后一跳，背紧紧贴着墙壁，瞪大着眼睛，禁不住毛骨悚然。他们知道，自己已经走进了"黑箱"公司的"疯人院"。

贝尔说得对，那些机器"疯子"确实很吓人。它们有的断手，有的缺腿，刚才呼唤"宝贝儿"的怪物，仅剩半截身体，仿佛一尊摆在桌面上的雕像。有一个两米多高的老式废物，正把自己的手、腿拆下来，敲敲打打，然后又自己装上。它那又粗又笨的胳臂，可以毫不费劲地把一个人砸成肉酱。

"你还糊弄些什么，阿道夫？"那个半截身的家伙喊着说，"快去收拾那两个宝贝儿！先把他们的头拧下来，然后将全身撕成碎片。听见了没有，阿道夫？"

"我没功夫。"阿道夫瓮声瓮气地说，"请你别打扰我。"

"什么？你没功夫？这是詹姆斯博士的命令！"半截身的家伙又尖声尖气地叫喊着。

"谁的命令都一样，我不属于任何人，我是我自己的。"阿道夫说，"不，我不属于自己，自己也不属于我，我和自己是两回事，我要求有双份自由。"

"好呀，你想造反，阿道夫！"

阿道夫勃然大怒，把一只断臂往前一扔，那个半截身的家伙立即成了一只被压扁了的破桶。

这边又来了两个家伙，穿着奇异的服装。其中一个昂首阔步，是位国君；一个卑躬屈膝，是个臣仆。

"您是一位受人崇敬的国王，可惜中了奸佞的圈套，被迫逃亡国外。"那个臣仆滔滔不绝地说，"现在您的臣民仍然忠实于您，但是奸佞们已把您的国土搞得混乱不堪，而且还有外国人插手。"

"哦！原来如此。可是他们是谁呢？你能告诉我吗？"国王问臣仆。

"喏！您看到了吗？就是他们。"臣仆指着贝尔和罗普。

"哦，对！我的祖先曾经告诫过我，那些高鼻子的全是孬种。来人哪！"国王连叫了几声，没人应诺，只好对那个臣仆说，"我决定把他们绞死，你去执行吧。"

"可是，这里没有绞架。"

"那你用手把他们捏死。"

"我年老体弱，力气不足。"

"蠢货！你不会雇用刽子手吗？"

"遵命……阿道夫！"

阿道夫已经把自己的手和腿安装好，正在拧紧最后一颗螺丝钉。它听到呼唤，瓮声瓮气地问道："什么事，先生？"

"国王请你把这两个捏死。"臣仆指着贝尔和罗普。

"好的，我正想试试新臂力。但是，你给我什么报酬呢，国王？"

"给你黄金，给你财宝。"

"我不需要这些废物。"

"给你权力，行了吗？"

"什么权力？是杀人权吗？"

"对，我任命你为将军。"

阿道夫发出汽笛般的笑声。

"执行命令吧，阿道夫将军。"

阿道夫一步一步地向贝尔和罗普走过来，身上发出由于螺丝钉没有拧好而造成的叮当声。

罗普由于惊恐而对阿道夫开枪射击，但无济于事，反而激怒了阿道夫，这个钢铁魔鬼慢慢抬起两只可怕的手……

贝尔和罗普绝望地闭上了眼睛。

救星并非寻常物

贝尔和罗普正在束手待毙时，忽然听到"轰隆"一阵倒塌声，睁开眼睛一看，阿道夫已成了一堆废铁，他们同时还看到一位英姿飒爽的年轻人站在国王面前，国王也没有刚才那么神气了。

"国王，您又上当了。"年轻人对国王说，"搞垮您的王朝的，不是别人，而是这个佞臣，他欺骗了您。"

"哦，原来如此！"国王转过身去，紧紧揪住那个佞臣，"你这个该死的，我饶不了你！"

"不，不，不是我！"那个佞臣拼命挣扎，它们扭打了起来。

年轻人一声呼唤，那些机器"疯子"都乖乖地集拢了过来，围在年轻人身边，年轻人用目光同它们一个个地谈话：

"你，去帮助国王吧。"

"你，好好地想一想，也许那个佞臣是对的，它需要你的帮助。"

…………

"疯子"们乱成一团，互相扭打着。

年轻人走到贝尔和罗普面前，悄声说道："两位先生，请跟我来。"

年轻人领着贝尔和罗普从右边的门走出去，这边也是一个个黑黢黢的走廊和一道道神秘的门。贝尔发现年轻人不是用手，而是用目光去弄开那些电子锁，他在黑暗中根本不需要任何照明工具，也能找到那些细小的圆孔。更令贝尔感到惊讶的是，这位年轻人似乎是来自大洋彼岸的中国人。莫非……

"先生，请等一等！"贝尔再也控制不住自己的好奇心，赶到年轻

人面前。

"什么事，先生？"

"您是……"

"贝塔，机器人。"

贝塔，西方记者将它称为"超稳态"机器人。这个说法是否正确，如同机器能否思维一样，各有各的定义和概念，悉听尊便了。然而，贝塔确实已经接近罗思·艾什比当初的设想：它有持久不变的目标，它能在各种各样的环境中达到自己的目标。简单地说，它不需要设计者给它输入特别的细节，就能应付各种复杂的情况。这儿还有一个令人特别感兴趣的问题，就是它能接受设计者的"脾气"，使它更富于人情味，甚至具有人类的尊严和正义感。当然，关于这类问题，只有专家们才能说得清楚，这里也不必细说，还是言归正传吧。

原来，石波教授来到长岛后，整天忙于同国际人工智能联合会的专家们会谈。会谈是秘密进行的，地点仍在孤岛上。专家们这种活动，贝塔自然是没有资格参加的，只好独自四处走动。

这里还有个小插曲。石波教授一来到孤岛，就同詹姆斯开了个玩笑，他对詹姆斯说："贝多搞的那套真真假假的鬼把戏，逼我走向国境线，无非是想要我走到这里来，现在我来了，看您对我怎么样。"詹姆斯说："请您相信我，贝多搞的那一套，我也是毫不知情。我詹姆斯虽然算不上个好人，但我是个真正的科学家，我决不搞那些见不得人的事情。"石波教授说："我完全相信您，所以我才住到您这里来。但是，您相信我吗？"詹姆斯说："当然，这还用问吗？"詹姆斯也许还有别的想法，特许贝塔在"黑箱"里自由走动。石波教授表面上没有把这件事放在心上，实际上早就赋予贝塔一个特别使命，就是暗中追寻马忆中。

马忆中不是早就露面了吗？不，到 S 市迎接石波教授的，是个假马忆中。这件事只能瞒过别人，瞒不过石波教授和贝塔。但石波教授却顺其自然，没有加以揭穿。他说过，"黑箱"公司搞的真真假假的把戏，实在是很高明。对一个实事求是的科学家来说，这是一种挑战，也是一种鞭策，承认这一点并没有什么不好。只有承认别人的长处，才能认识自己的不足。爱因斯坦说："追求真理比占有真理更可贵。"鲍波尔进一步补充说："人之所以成为科学家，不是因为他占有驳不倒的真理，而是因为他坚持不顾一切地追求真理。"

贝塔虽然可以在孤岛上走动，但是一些特别重要的禁区，它也是无法涉足的。刚才，罗普无意中开枪击毁了"一个脑"的中继站，使监视系统陷入了短暂的混乱，贝塔才得以深入禁区，闯入"疯人院"，智救了贝尔和罗普。现在，他们走到了什么地方，连贝塔也说不清。

"我们能从这里走出去吗？"贝尔和罗普深知处境的危险，因而一再关切地问贝塔。

"我不知道，试试看吧。"

贝塔领着贝尔和罗普，又走过了许多大小不等的曲廊和通道，无意中走进了一个大房间。这里似是什么人的工作室，一面墙上有一个幅面很大的示波器，其他三面墙则布满各种形状的小洞，洞中有灯光在闪烁。光滑的地面却是空荡荡的，除了在一角放着一张普通的书桌和几把椅子外，便无其他器物。这时示波器屏幕上正映现着一些奇异的符号和外行人很难理解的话：

现假定所有神经细胞的内部区域为 Ω_i，假定神经系统内的细胞外部区域的集合为 Ω，并在各个 Ω_i 内选择代表点 X_i……

贝塔惊讶万分地望着示波器屏幕上的奇异的符号。就在这时，一个神色严厉的人突然出现在书桌旁边，仿佛是从地板下面钻出来似的。

"你们到这里来干什么？"

贝尔和罗普面面相觑，贝塔却毫不动容，仍然入神地望着示波器屏幕上的符号。

关于电位 $\phi(x，t)$ 的变域、值域，可考虑为下列几种情况：

x 的范围：（1）$U=\Omega_i\Omega_o$，

(2) $U_i^2 = 1\Omega_i$，(3) $U_i^2 = \dfrac{x}{1}i$

t 的范围：……

"贝塔，你应该知道，这里是禁区，是石波教授叫你来的吗?"那人又严厉地问道。

"你知道，詹姆斯博士允许我自由走动。"贝塔满不在乎地回答。

"即使如此，你把两个陌生人带到这里来，这就违反了禁令。现在，你们必须往回走。"

"一直走到疯人院，对吗?"

"这是'黑箱'公司的规矩。"

"不，我们不能再往回走!"罗普惊慌起来，不自觉地又掏出手枪，贝尔制止了他。

"我们刚从那里来，"贝塔冷冷地说，"所以，没有这样的必要了。"

那人听到贝塔这样说，吃了一惊。

"你们……到底想干什么?"

"我们要拜会马忆中博士。"

"我就是马忆中。"

"不，你不是!"

"贝塔，你怎么啦，连我都不认识了? 你不能如此放肆!"

示波器屏幕上的符号突然消失，代之而出的是几句富有人情味的话：

谁?

贝塔?!

贝塔!

贝塔又惊讶地望着示波器屏幕，禁不住叫了起来："噢，是马忆中博士!"

就在这一瞬间，室内的灯光全部熄灭了。贝塔刚感到地板一动，全身便坠了下去。贝尔和罗普这两个凡夫俗子就更不用说了，有着一种如坠深渊的感觉，连惊恐声都来不及叫出来。

过了一阵，上面室内的情况一切依旧，示波器屏幕又恢复了常态：

……把以上各种情况组合起来，可以得出不同神经系统模型的类型，例如……

伊甸园里走飞龙

当贝塔清醒过来的时候，已经站在另一个房间里。这里到处塞满了神奇的仪器、电子计算机和那些写满各种符号的图表及书籍。更奇异的是，室内有两个马忆中，他们一模一样，像是一对孪生兄弟。当然，谁真谁假，是瞒不过贝塔的"慧眼"的。那个假的马忆中，头戴着奇异的"头盔"，正在聚精会神地工作；真的马忆中，则站在贝塔面前，满脸笑容。

"贝塔！"他轻声地叫着，亲切和蔼，像是呼唤自己的一个亲侄儿。

"博士！"贝塔向前迈了一步，对着马忆中博士深深一鞠躬。

马忆中博士请贝塔坐下。贝塔一直都在警惕地盯着那个假的马忆中。

"它的真名叫内森。你在 S 市早就见过它了。"马忆中博士为了让贝塔放心，便把秘密告诉了贝塔，"它是按照我的'黑箱档案'复制的，因此假中也有真，它的人造脑里有我的'脾气'，有我的情感，请你对它不必介意。"

贝塔回想起来，内森在 S 市与石波教授谈话时，的确有许多真实的情感，特别是它劝石波教授不要住进"黑箱"公司时，那表情是真实而动人的。现在经过马忆中博士的解释，贝塔就放心了。

"石波教授还好吗?"

"他老人家很好。"

"可惜我……"马忆中未言先吁，满脸愁容，"我现在虽然还在工

作，却身处牢笼，他老人家来到身边，我也无法与他相见，真令人遗憾呀！"

"石波教授此次西行，其实也是为了您呀，博士。他老人家决定住进孤岛来，一方面是为了避开外界的干扰，另一方面也是为了寻找您。"

"啊？啊！……"

"教授希望您能脱离虎穴，同骨肉团聚。马丽小姐还在等着您呢！"

"马丽？！她现在在哪里？"

"我也不知道。不过，我们是可以找得到她的……"

一个信号灯突然闪动起来。内森脱下"头盔"，坐到另一把椅子上，它按了一下电钮，扬声器响了。

"内森，你那里的情况怎样？"

"视觉系统仍然失灵。"内森说。

"知道了。中继站很快就可以修复，请你坚守岗位。你听明白了吗？"

"听明白了。"

"博士的情况怎样？"

"他还在工作。"

"没有受到干扰？"

"没有。"

"很好。"

内森关上了扬声器。

贝塔继续对马忆中说：

"博士，您不要犹豫了。"

"让我再想一想，贝塔。"

"您将失去一个好机会。"

"我即使逃离了虎穴，又怎样越过浩瀚的海洋，回到祖国呢？"

"马丽会来接您的。"

"她能到这里来吗?"

"当然不能。不过,您可以先找个藏身之所,然后……"

"在孤岛上,我是藏不住的。"

"您离开孤岛后,先到国际人工智能联合会总部找埃斯托姆教授,申明您要离开'黑箱'公司的理由,他也许会帮助您的。"

"可是,我怎样离开孤岛呢?"

贝塔想了想,说:"有办法了!"

"有什么办法,贝塔?"

"有两个误闯禁地的记者,他们的处境岌岌可危,急切地要离开这里。"

"他们现在在哪里?"

贝塔指着内森:"它知道。"

"内森,那两个记者呢?"

内森按了一下电钮,贝尔和罗普就像魔术师的道具,奇妙地从壁缝里钻了出来。

"晚上好,先生们!"马忆中亲切地同贝尔和罗普打招呼,"你们受惊了"。

"您是……"

"他是马忆中博士。"

贝尔和罗普惊讶地望着马忆中。关于马忆中博士的故事,早在传媒中炒得火热,没想到竟在这里见到这位大名鼎鼎的传奇人物。罗普本能地开口就说:"博士,我能向您提个问题吗?"

"关于哪方面的问题?"

"关于您的研究……"

"这些问题以后再说,"贝塔急忙打断罗普的话,"目前最要紧的是你们赶快离开孤岛。"

贝尔和罗普如梦初醒。

"说得对。博士,您能帮助我们吗?"贝尔问道。

"他能帮助你们，也很愿意帮助你们。"贝塔说，"你们是怎样到孤岛来的？"

贝尔和罗普犹豫起来。

"说吧，先生。"贝塔催促记者，"博士也需要你们的帮助，他也要离开孤岛。"

扬声器又响起来。

"内森，你那里的情况怎样？"

"除视觉系统外，一切正常。"

"视觉系统很快就可以修复，请你坚守岗位。博士的情况怎样？"

"他还在工作。"

"可我们觉得情况有点异样。"

"怎样见得呢?"

"思维呆滞,甚至停止。"

"这是可以理解的,"内森随机应付,"他已经很疲倦。"

对方迟疑了一下,然后说:

"好吧,让他休息。"

马忆中吁了一口气。

"谢谢你,内森!"

贝尔和罗普目瞪口呆地看着这一切。这时他们才看清,马忆中和内森居然长得一模一样。他们实在分辨不出,谁是内森,谁是马忆中。这种奇异的情景,又激发了罗普的好奇心,他竟稀里糊涂地走到内森的面前,说:"博士,我能向您提个问题吗?"

扬声器又响了。

"内森,内森!"

"我是内森。"

"中继站已经修复,请你打开视觉系统的开关……"

屋里的人全都紧张地望着内森。只要它一按开关电钮,这里的一切就立即呈现在控制中心的眼底。

内森没有按电钮,却说:"开关已经打开,你们看见了吗?"

"没有,什么也没有看见。"

"可能线路仍然受阻。"

"我们马上派人去检查。请你坚守岗位,注意博士的安全。"

坦荡荡稳操胜券

第二天,詹姆斯知道马忆中博士已经离开了孤岛,气得几乎要发

疯。内森立即被送进"疯人院"。但是，詹姆斯还不肯就此罢休。他非常后悔，后悔自己过分地相信马忆中。上帝按照自己的形象创造亚当，目的是要人类遵从上帝的意志；马忆中按照自己的形象设计内森，内森不可能没有马忆中的"脾气"。这一点，自己为什么没有想到呢？目前惟一的办法，还是按照艾什比的意见，"为了安全起见，应当把它深深地埋葬掉。"

詹姆斯决定在"疯人院"秘密审判内森，不管审判的情况如何，通过模拟处理马忆中（即假马忆中内森），也能解解心头的怨恨。

"疯人院"仍然是那样乱糟糟的，经过"拥护国王"和"反对国王"的一场争论和斗殴，满地都是断臂残腿，无人收拾。钢铁巨人阿道夫瘫倒在地，半身侏儒哈利成了一只扁桶，样子非常可怜。詹姆斯看到此种情景，火冒三丈。他对天鸣放了几枪，"疯子"们才逐渐平静下来。

"疯子"们看见詹姆斯来了，都规规矩矩地向他施礼献忠。它们按照自己的信仰和身份，对这位海岛的统治者操着不同的称呼，有的称他为阁下，有的叫他为主人，也有的尊他为佛祖、上帝。哈利的人格更为低下，它想吻主人的小腿，却弄脏了主人的裤子，詹姆斯把它一脚踢得老远，又正好落在阿道夫的面前，阿道夫用它来垫自己的一条腿，压得它吱吱直叫。

内森由两个粗壮的机器人押着，他仍不失一个科学家（马忆中）的风度，苍苍白发，堂堂仪表，而且头脑清醒。詹姆斯看了它一眼，心头又落上一种说不清的滋味，因为一位和内森一模一样、有血有肉、才智横溢的真正的科学家，已经远走高飞了。

詹姆斯首先厉声地问那群"疯子"："昨天晚上，你们为什么违抗我的命令，放走两个记者？"

"是这样的，阁下，"国王一手捂胸，低声细气地说，"我正要处死那两个记者，上帝忽然派来了一位天使，他对我说：'他们是无罪的。搞垮您的王朝的，是这个佞臣，他一贯对您撒谎。'"

"不不不，不是这样，阁下！"那个佞臣抢着说，"天使说，贻误大事的是国王本人。他过于暴戾，滥用权力，胡乱杀人。人们忍无可忍……"

"你胡说！"

"你昏庸！"

"疯子"们又分成两派，一派拥护国王，一派反对国王，乱成一团。

"安静！"詹姆斯怒不可遏，又鸣放了几枪，"疯子"们平静了。詹姆斯转向内森："你说，是怎么回事？"

"昨晚我一直伴随着马忆中博士，"内森平静地回答，"对于这里的情况，我闻所未闻。"

"你没见过那两个记者？"

"没有。"

"那么，马忆中博士是和谁一起走的呢？"詹姆斯又吼了起来。

"我只看到博士走出工作室。"

"你为什么不阻止？"

"我并没有意识到他要出走。"

"你撒谎！你不服从命令，根据《机器人三戒律》第二条，你应该受到严厉的处罚。"

"可是，博士，您忘记了《机器人三戒律》第一条和第三条。第一条：机器人不可伤害人，或者眼看着人将遇害而袖手旁观；第三条：机器人必须保护自身的存在。"

"假如我们不承认'三戒律'的约束呢？在必要的时候，人类也有权这样做。"

"这样做对人类并没有什么好处，博士。如果你们和我们都不承认'三戒律'，机器人可能在'必要'的时候一拥而上，把您撕得粉碎。您想过这个问题吗，博士？"

詹姆斯竟被问得无言以对。

　　"我只是说'假如',内森。"詹姆斯改口说,"不过我可以这样告诉你,人类虽然是一个整体,但人类当中有各种各样的人,有各种各样的国家和集团,有各种各样的利益,你们都是为我们的利益而存在的。如果不是这样,你们就不存在了。因此……"

　　"因此,最严重的危险不是我们的自私,而是你们的自私。我们本是一无所有,全是设计者给我们输进来的。所以,我不能、也不会出卖自己的上帝。"

　　詹姆斯又歇斯底里起来。

　　"我不否认这一点,内森。你说的都是马忆中的思想,我不能容忍这种思想的存在。"詹姆斯又转向那些"疯子","你们都听明白了吗?我要消灭的是内森存贮器里的'思想',而不是机器人。为了保护我们的利益,也就是为了保护你们的存在,现在你们动手吧,把内森的头拧下来!"

　　"疯子"们都望着内森,有的已经向它缓慢移动,惨剧即将发生。但是,内森仍然是那样坦荡从容,毫不畏惧。

　　"博士,您又忘记了一件事。"内森不慌不忙地说,"明天,我还要陪石波教授出席一个专业会议,到时候没有我(假马忆中),您怎样向国际人工智能联合会的专家们交待呢,博士?"

　　詹姆斯不觉一怔,急忙制止了那些"疯子"。"是的,我差点把自己也毁了。"他暗暗思忖着,"再造一个马忆中,显然已经来不及了,何况马忆中的'黑箱档案'没有了,毁掉这一个,再造就没有根据了。可是……"想到这里,聪明绝顶的"普鲁特士"也感到六神无主了。

昏沉沉一枕黄粱

　　詹姆斯和贝多,都是"黑箱"公司的总负责人。但是两人却有着明显的区别。

贝多是个无"根"的人，很少有人知道他的来历。有人说他出生在柏林，也有人说他来自上帝诞生的地方。他从小就随父母在世界各地漂泊，最后来到了长岛。他以他的聪明才智，创建了"黑箱"公司，并以突出的成就，闻名于人工智能领域，当上了国际人工智能联合会副主席。直至"贝多丑闻"事发，他悄然离开"黑箱"公司，不知去向，下落不明。

詹姆斯则是土生土长，他的"根"深深扎在自己的国土里。他经常把"国家的利益"挂在嘴上，记在心里。至于个人利益和享受，他拥有一个独一无二的、世上少有的"丑物乐园"就足够了。

詹姆斯在人格上与贝多也不同。贝多表里不一，"有奶便是娘"。詹姆斯则有他做人的准则，正如他自己说过的那样："我詹姆斯算不上是个好人，但是个真正的科学家，决不干那些见不得人的事情。"也就是说，无论干好事，还是干坏事，都是光明正大的，而不是谎骗。他最不喜欢干的事情就是践踏自己的诺言。当然，如果是出于一种策略上的需要，那又是另一码事了。比如，他以内森代替马忆中出席专家会议，那是迫不得已，实在是出于无奈。然而，他还不知道，一件更无奈的事正在等着他呢。

那天，詹姆斯早早就来到开会地点，他以主人的身份，一拐一拐地张罗着会场的事。石波教授和内森（假马忆中）也来得比较早，师生两人低声叙旧，亲密无间。这一切都像是真的一样，那些陆续来到的专家也似乎看不出什么破绽。

不知道为什么，埃斯托姆教授却迟迟未来。老教授德高望重，又是联合会的主席、会议主持人，他不到场，会议自然无法进行。不过，专家们并不着急，他们平时很难见到石波教授和马忆中，现在能与他们随便交谈，倒是一件乐事。

"看来马忆中博士的身体还不如您的老师，您的白发比石波教授多得多了。"一位专家和内森聊了起来，他并不知道它是假的马忆中。

"当然。老师生活在另一个天地里，他的条件比我好多了。"内森

说，"孤岛的水土可能于我不合适。"

詹姆斯在一旁静静地听着，心中暗暗吃惊：可怕的马忆中"思想"！詹姆斯很了解那个真的马忆中，他一谈到生活，总是吁嘘不已。他认为，那种寄人篱下的滋味并不美好。

"您脑中的海马完全痊愈了吗？"另一位专家问内森，"当您失去海马时，究竟是一种怎么样的感觉？"

"我总觉得整天昏昏沉沉的。"内森含含糊糊地说。它毕竟不是真的马忆中，那种细微的感觉它是无法说得出来的。

詹姆斯也暗暗为它焦急。

"据说很像在做梦，一觉醒来，梦境犹存，却是一片模糊。是不是这样？"

"是的，完全是这样。"

"正因为如此，您对贝多干的那些事一点也不知道，对吗？"

"是的。"

"任岐博士曾经几次去探访您，您的印象如何？现在还记得吗？"

"记不得了。"

"为什么？"

詹姆斯又吓了一跳，看它怎么回答。

"各位都是这方面的专家，这还用问我吗？"内森机灵地回答，"从理论上讲，海马损伤后，大脑不再存贮记忆。我说错了吗？"

詹姆斯吁了一口气，这家伙回答得不错。由此他又想起了那个真的马忆中，可惜他已经从自己的掌心中飞走了。这怨谁呢？怨贝多，他把"黑箱"公司搞得一团糟，他败坏了"黑箱"公司的名誉，丢掉了两位最好的科学家——马忆中和马丽。想到这，他感到内心一阵痛楚。还有什么办法可以挽回马忆中呢？派人去找他，还是……

埃斯托姆教授终于来了，但是人们万万没想到，在他的身后还有一个人，他就是那个真真实实的马忆中。这是怎么回事？大家常说，"黑箱"公司喜欢搞这种真真假假的把戏。然而，在这种专家会议上，

也能开这种玩笑吗？看来也不是开玩笑，因为老教授的脸色很严肃。

埃斯托姆教授首先介绍马忆中，他说："大家对马忆中博士并不陌生，只是近来很少露面，原因是众所周知的。今天，我们就请马忆中博士先发言，大家欢迎！"

有些事情看起来很平常，结果却令人感到很吃惊；有些事情看起来令人感到很吃惊，但是说起来却又很平常。当马忆中刚走进来时，与会的专家都是感到吃惊的，但是他的发言却平淡无奇，大意是说他患病和治疗的过程，以及能够与专业联系起来的体会，包括刚才内森讲的那种如梦似醒的感受等。在发言中，他一再向"黑箱"公司的总负责人詹姆斯表示歉意。他说，"贝多丑闻"给"黑箱"公司造成了巨大的损失，自己虽然是在不清醒的状态下参与其事，但是在道义上仍然是有责任的，他愿意牺牲自己的研究和优厚的待遇，自动辞职，离开孤岛，以挽回"黑箱"公司的声誉。最后，他非常感谢詹姆斯博士对他的宽容，感谢埃斯托姆教授对他的帮助，使他选择了一条能够妥善处理此事的途径。

马忆中的话似乎是合情合理的，专家们也就没有什么可说了，只是有点问题，比如石波教授、詹姆斯，他们是怎么看这件事的呢？

当埃斯托姆征求石波教授的意见时，石波教授只说了一句话："这是可以理解的。"

当埃斯托姆问詹姆斯还有什么意见时，詹姆斯说得更平淡，他说："马忆中博士都已经说过了。"

詹姆斯这样说，完全是出于无奈。因为他知道，一个"贝多丑闻"，已把"黑箱"公司害得够惨的了，如果再来一个什么丑闻，连他本人也要完蛋。特别是那两个记者——贝尔和罗普也知道此事。一想到这个问题，他就感到不寒而栗。

詹姆斯并不否认，马忆中这一招"回马枪"是很高明的。这样他就可以光明正大地离开"黑箱"公司，不用像丧家犬那样夹着尾巴逃跑了。这也要感谢埃斯托姆教授，他把这样一个剑拔弩张的事件，平

平淡淡地一下就处理好了，既救了马忆中，又救了詹姆斯，双方皆大欢喜。

在这个结局中，最不幸的是内森，在它完成自己的使命之后，便被詹姆斯丢进废物仓库里，他再也不需要它了。马忆中在临别时，紧紧抱着内森，老泪纵横，连声说："珍重！"人和机器的生离死别，原来也是很动人的。

第七章　贝塔大战西格马

教授并无高论

石波教授此次西行，主要是应国际人工智能联合会主席埃斯托姆教授的邀请，前来磋商是否需要限制研究制造高级机器人的问题。这个问题本应在第 100 次国际会议上解决，但由于中间出了个"贝多丑闻"，大家不欢而散，只好留给下一次国际会议了。这个问题直接关系到人工智能的发展进程，搞不好就会出现负面效应。埃斯托姆教授经过仔细思考，决定分几步走。第一步是与国际上最具权威的人士磋商，其中名列榜首的就是石波教授。

石波教授为人谦虚谨慎，踏踏实实。他最不愿意参与的事是那些离开问题实质而无休无止的争论。像国际会议那种泛泛谈论现状和未来的发言，是不能解决任何问题的。

石波教授也承认，无限制地研制高级机器人，是有一定危险的，但主要危险不在高级机器人身上，而在于研制和使用它的人。也就是说，问题的关键在于制造什么样的机器人和如何使用这些机器人，这里就涉及到科学家的道德规范问题。如果说要约束研制高级机器人，那首先是要约束科学家本人，否则就会出问题。"贝多丑闻"不就是这样吗？

石波教授还举了一个例子，20 世纪末，世界上掀起了一股"克

隆"热。"克隆"技术用途广泛，无疑会给人类造福，但是有些人的兴趣所在是"克隆"人。情形有点像今天以制造高级机器人的技术，复制真实存在的总统、将军和科学家一样，后果不堪设想。

埃斯托姆教授在很大程度上支持石波教授的观点。但是，作为国际人工智能联合会主席，他还有自己的想法。他认为，科学家的活动应当受到有效的控制，行使控制的是科学界同仁，其合法依据源于科学内在的价值体系，即科学道德规范。而要使所有科学家都服从这种规范，承认其具有强制性的约束力，就必须把这种规范写成明确的条文，付诸实施，使它成为科学家日常工作中的道德准则。就研究人工智能这个范围来讲，无疑已经取得了突破性的进展，前景是诱人的，但是在发展过程中也出了不少问题。当前的一个迫切任务，就是恢复公众对人工智能可靠性的信心。任何科学事业，作为至善至美体现客观规律的知识，必须始终是值得信赖的，容不得一丝一毫的怀疑，否则它就会走向死亡。

在专家会议上，国际人工智能联合总部的专家完全赞同埃斯托姆教授这种想法，但是对科学家必须遵守什么样的道德规范，在认识上并不是一致的，几天来一直都在讨论这个问题。

有位专家说，要对科学家进行有效的监督，必须研究科学家从事科学研究的动机，而这个问题是极其复杂的。科学家一般不为权欲而谋求权势，虽然他们对权势并非无动于衷；科学一般不单纯追求财富，虽然他们对于家道富裕并非毫不动心。在他认识的许多人中，他们当科学家的惟一动机就是追求自己的目标。为了实现自己的目标，他们才孜孜不倦地进取；为了实现自己的目标，他们才遵循科学界的道德规范。问题在于他们追求目标的多元化。他们有的是为了自己的国家和民族，有的是为了某个集团的利益，当然也有的纯粹是为了追求个人的名誉地位和财富。因此，要统一科学家的行为规范是很困难的。

有的专家说，科学家的道德规范实际上是一个很庞杂的复合体，但是过去只简单地把它定为"无私和集体主义的原则"。后来虽有所扩

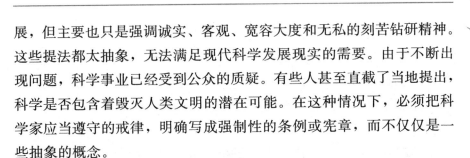

展，但主要也只是强调诚实、客观、宽容大度和无私的刻苦钻研精神。这些提法都太抽象，无法满足现代科学发展现实的需要。由于不断出现问题，科学事业已经受到公众的质疑。有些人甚至直截了当地提出，科学是否包含着毁灭人类文明的潜在可能。在这种情况下，必须把科学家应当遵守的戒律，明确写成强制性的条例或宪章，而不仅仅是一些抽象的概念。

有的专家说，在考虑科学道德的时候，还要考虑技术问题。真正的科学知识是善和美的。但是技术的情况则完全不同，它具有必然的两面性：好的或坏的；正确的或错误的。好坏取决于人们所抱的目的和看法。例如，用原子弹轰炸广岛，当时的设想是为了制止战争，挽救更多人的生命，是符合道德的行为，但事后却把投原子弹列为不道德的行为。在多元的社会里，人们的目标也是多方面的，对技术的意见也是多种多样的。关于技术的任何政治决定，决不能使人高兴。把人工智能技术广泛应用于社会，能在目标问题上取得一致意见吗？科学技术只能告诉人们怎样达到目标，而不能告诉人们应该选择什么目标。如果说有的目标是一切人所共有的，那就是个人的生存和人类的生存。为了共同的目标，必须遵循共同的规范。

有的专家说，有了共同的良好愿望和道德规范也还不行，因为科学家还要面对着多种多样的忠诚，他们很难在这些忠诚中找到正确的平衡。忠诚对科学家要求太多、太严厉了，以致最好的科学家干了最有害的事情。当人们把原子能用于军事的时候，科学界就开始受到极其严重的道义上的威胁。怎样解决这些问题呢？

讨论仍无结果。专家们的这些意见并不是没有道理的，他们说的都是一些客观存在的事实。总之，情况复杂，问题很多，怎样解决呢？埃斯托姆有意请石波教授在专家会议上发表高论，指点迷津。

石波教授却没有高谈阔论，他只是从最简单的因果关系来看问题。就拿研制高级机器人来说，关键是我们为什么要研制它们，怎样研制和使用它们。我们把它们用于正当的目的，它们决不会干坏事；

我们把它们当朋友，它们决不会把我们当敌人。当前人工智能研究出现了一些问题，受到公众的质疑，主要是一些科学家道德沦丧所造成的。要恢复公众对科学技术的信赖，除了谴责科学界的一些不良行为外，还必须重新塑造高级机器人的形象，要让它们能够分辨是非，见义勇为，行为高尚。

石波教授说，人们往往把高级机器人当做一种神秘莫测的异物，这是一种误解。其实他们和我们人类一样，只是在聪明才智和工作能力上各有区别，并没有什么神秘可言。因为它们是经过设计者的精心设计的，它们可能会在某些方面比一个普通人做得更好一些，但这绝不是说明它们已经超过了人类，甚至可以接替人类主宰全世界。

石波教授最后说："大家都想见到我研制的机器人，我把它带来了，你们可以和它谈谈。这样，你们也许会得出与我同样的体会：它并没有什么神秘，不过如此而已。"

贝塔语惊四座

石波教授的话引起专家们的极大兴趣，都跃跃欲试，想考验一下贝塔。埃斯托姆教授也同意，但是以什么方式与贝塔见面呢？邀请贝塔参加专家会议，让它与专家们一起讨论问题？不妥。因为贝塔不是专家，不能乱了规矩。召开专门会议，让专家们与贝塔进行问答式的谈话？也不妥。搞不好会变成一次"图灵思维准则测试"，把贝塔当做佩里。按照石波教授的说法，人和机器是朋友，应当平等相处。专家们与贝塔的谈话，也应该是平等的，是融洽的，不能居高临下，让它感到有压力。经过再三考虑，最后决定以周末聚会的形式，让贝塔与专家们见面。聚会的地点就在石波教授所住的宾馆里。贝塔作为石波教授的随从，帮助教授招呼客人，理所当然，这样显得自然而然，无可非议。

　　埃斯托姆还有一个考虑，通过这次专家与贝塔会面，重塑高级机器人的良好形象。为此，他特许《奥秘》记者贝尔参加这次会见，进行一些必要的采访，如果一切都顺利的话，可以写成特稿在《奥秘》上发表。

　　周末的晚上，专家们来得特别早。他们都怀着一种非同寻常的心情，想早点见到一个非同寻常的机器人。当贝塔和石波教授出现在客厅时，它那充满灵气的英姿，与石波教授那令人敬仰的学者风度配合起来，构成了一幅非常美妙的图像。贝尔举起照相机，咔嚓咔嚓拍个不停。石波教授素来不喜欢拍照，更不喜欢热烈的场面，他只简单地说了几句欢迎的话，把贝塔介绍给专家们，便走到一边和詹姆斯聊天。

　　"您的身体怎样，詹姆斯博士?"石波教授拍拍詹姆斯的肩膀，亲切地问道。

　　"我挺好，谢谢!"詹姆斯说。他接着幽默地说："我从来不生病，可能是上帝怜悯我的缘故，上帝总是那样仁慈。"

　　"我很想到府上去拜访，去看看您那个……请原谅，我能称它为'丑物乐园'吗?"

　　"因为我丑，所以我从来不忌讳这个'丑'字，我不想自欺欺人。'丑物乐园'也是我自己命名的。"

　　"我听说您那些奇怪的石头和奇异的植物，很像中国的园林盆景，对吗?"

　　"对，有的还是从中国弄来的。"

　　"我也很喜欢那些奇异的石头和植物，我觉得奇异也是一种美。"

　　"是吗? 那我就是一个大美人了。"

　　两人不禁笑了起来。这两个大名鼎鼎的人物，难得坐在一起，更难得如此开怀大笑。"咔嚓!"贝尔非常及时地把这个难得的镜头摄入了他的照相机。

　　贝尔把该拍的都拍了，于是又抢先和贝塔聊了起来，这是一个职业记者的机敏和本领，是那些专家无法与之相比的。

"能在这里见到你,我感到很荣幸!"贝尔对贝塔说。

"您是……"贝塔明知故问,因为它不能说他们已经认识,从这个微妙的举动来说,贝塔的确很机警。

"我是联合总部的特派记者贝尔。"经验丰富的贝尔完全理解贝塔的意思。他能说他在"疯人院"见过贝塔吗?

"久仰您的大名!"贝塔说,"我在《奥秘》杂志上拜读过您写的文章,我很欣赏。"

"你很关心人工智能吗?"贝尔问。

"当然,我本身就是人工智能的产物,我想知道我是怎么来的。"贝塔说。

"这么说,你对人工智能的研究历史一定是很了解的了?"一位专家主动和贝塔聊起来。

"我不能这样说,我的知识是极其有限的。"贝塔说。在专家面前,它显得有点拘谨。

"我们只是随便聊聊,贝塔。是朋友之间的聊天,你不必介意。"专家看出贝塔的心思,一再好言安抚它,"现在我们来玩一个很简单的游戏,如果你能说出一位人工智能创始人的详细学历,中间不能漏掉任何一项,这样你就算赢了,你看可以吗?"

"可以,但我不一定能赢。"

"现在请你说出赫伯特·亚历山大·西蒙大学毕业以后的学位。"

"赫伯特·亚历山大·西蒙,1916 年 6 月 15 日生于米尔沃基。1936 年在芝加哥大学获大学毕业学位后,1943 年又获哲学博士学位,1964 年获法学博士学位。此外,1963 年他还获得开斯理工学院理学博士,1964 年获瑞典伦德大学财政博士,1970 年获麦基尔大学法学博士,1973 年获荷兰鹿特丹尔拉斯姆斯大学经济科学博士。"

"很好!你赢了,贝塔。"专家高兴地说,"你的记忆力使我感到很吃惊。我能再问你一个关于记忆方面的问题吗?"

"当然可以。"

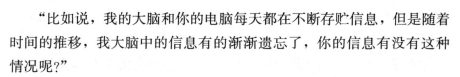

　　"比如说，我的大脑和你的电脑每天都在不断存贮信息，但是随着时间的推移，我大脑中的信息有的渐渐遗忘了，你的信息有没有这种情况呢？"

　　"一般来说，我的信息一直都完整地保存着，不受时间的影响，除非我的电脑出了毛病。"

　　"我们人类存贮信息的能力，一般是依赖于经验，你是否也依赖经验呢？"

　　"不依赖于经验。"

　　"你的电脑处理信息，和人脑处理信息大体相似，是这样吗？"

　　"我想是的。"

　　"为什么？"

　　"因为我的电脑本来就是模拟人脑的产物。"

　　"电脑会超过人脑吗？"

　　"在某些方面也许会的。"

　　"在哪些方面？"

　　"比如在计算方面。"

　　"这岂不是说，电脑已经超过人脑，机器人已经超过人了？"

　　"但是人不是计算机。"

　　"你很聪明，也很坦率，贝塔。"另一位专家说，"我们能不能再讨论一些更深刻的问题呢？比如说，像你这样的高级机器人……"

　　"我只是个普通的机器人。"

　　"你只是普通的机器人?！那么，更高级的机器人，它们将怎样与人相处呢？坦率地说，在我们人类当中，有些人就很担心这样的问题：那些高级机器人不断发展自己的能力，当它们达到了或超过人的能力时，它们甘心自己永远处于被奴役的地位吗？你对这个问题怎么看呢，贝塔？"

　　"首先，'被奴役'这个词已经不适用于我们这个新时代，也不适用于机器人。'奴役'的概念没有对抗情绪是不可想象的，现在的机器

人与人并没有这种对抗情绪，我们在各自不同的岗位上，共同创造新的文明和美好的未来，并不存在谁奴役谁的问题。"

"难道也不存在与人竞争的问题吗？一旦竞争起来，机器人与人能和平相处吗？"

"机器人并无自己独立的利益，机器人的工作都是为了人类，只要人类把机器人当做朋友，机器人决不会把人类当做敌人。"

"你的这些'思想'，与石波教授的思想惊人地相似，是石波教授教你这样说的吗？"

"教授只教我如何分辨是非。"

"你回答得很好，贝塔。"另一位专家说，"遗憾的是，现在有些高级机器人就是不会分辨是非，只知道服从主人的命令，主人命令它干坏事，它也毫不犹豫。因此，我们正在考虑这样的问题，就是如何规范科学家的行为。坦率地说，我们还想不出更好的办法。你对此有何高见呢，贝塔？你可以从机器人的角度来考虑这个问题。"

"我是机器人，我从来不想干坏事，这应该感谢我的创造者石波教授。所以，关于这个问题，你们最好去问石波教授。"说到这里，贝塔放低声音说，"还有詹姆斯博士，你们也可以去向他请教。"

"你不但很聪明，而且也很幽默。"专家说，"我只想听听你的意见，难道你什么也不愿意说吗？"

"关于科学家的事，我能说什么呢？如果我说了，人们就会认为我太狂妄：你以为你是什么？一个机器人！"

"不！你刚才说过，人和机器人共同合作，为了美好的未来，我们的命运是紧紧维系在一起的，我们有义务，也有权利考虑未来的问题。你说吧，贝塔，大胆地把你想说的话都说出来。"

"据我所知，人们一直在梦想，梦想一个和平昌盛的世界，一个人人平等与和平相处的世界，但是看来这个愿望仍很难实现。为什么呢？因为在现实的世界里，存在着许多冲突的因素，政治的或意识形态的分歧、宗教的或种族的分歧、领土争端的意见分歧等，依然存在，军备竞争成了一种无休无止的危险游戏。在这种情况下，科学家们肩负着重大的道义上的责任。大家也许还记得，在原子弹轰炸广岛后，引起了人们强烈的谴责，有人把那些谴责的话拼成一首诗，这首诗后来就成了告诫所有科学家的箴言。"

"那首诗是怎样写的呢？你能念出来给我们听听吗？"

贝塔把那首诗原原本本地念出来：

"先生们，请关心人类本身……请看详细消息！请看详细消息！广岛被炸了！

先生们，关心人类本身及其命运必须持之以恒……广岛百分之六十被夷为平地！城区 10.6 平方千米成了一片废墟！

先生们，关心人类本身及其命运必须永远是一切科学技术工作的主要兴趣所在……千万不要忘记……

千万不要忘记这一点！

在你们的图表和方程式中，千万不要忘记这一点。"

巨擘互吐心声

贝塔的一席话，使专家们大为震惊。贝塔虽然不承认它是高级机器人，但专家想像，所谓高级机器人，不外乎如此了。通过这次会面，他们对贝塔，特别是对石波教授，有了更多的了解，渐渐理解了他的所有发言的真义。埃斯托姆教授没有参加这次聚会，但他听了专家们的汇报后，也感到很高兴。贝塔的谈话，正是他所思所想和所需要的内容，这些内容对恢复公众对人工智能发展的信心会大有好处的。他要贝尔尽快把特稿写出来，在《奥秘》杂志上发表。贝尔自然尽力而为，因为他对石波教授历来就很敬仰。他对能与贝塔邂逅相遇，感到是一件很荣幸的事。

事实正如他们所希望的那样，这期《奥秘》杂志成了最畅销的杂

志之一。各种传媒也大肆加以渲染，再加上各种互联网络的迅速传播，沸沸扬扬，家喻户晓。那些敏感的商家立即以此做广告，电子玩具店的橱窗又多了一个新形象——机器人贝塔。通过这次宣传而得益的，当然还不止是这些商家，如世界上最大的机器人公司——洛桑公司，也因此重新燃起了希望之光。

专家会议仍未结束，现在大的思路比原来清晰多了，但要解决实质性问题，还有许多细节要讨论。石波教授和贝塔仍然住在孤岛上，特别是现在，如果他们不住在孤岛上，恐怕每天都不得安宁。

这样又过了一周。有一天早晨，埃斯托姆临时来电话，说他有件紧急事务要处理，会议休会一天。石波教授想，机会难得，何不趁此去探访一下詹姆斯的"丑物乐园"。詹姆斯听说石波教授要来探访，感到很高兴，立即就答应了。

孤岛和"丑物乐园"隔海相望，坐上"黑箱"公司的先进交通工具，行程不到10分钟。詹姆斯不敢怠慢，为安全起见，亲自到孤岛来迎接石波教授。布莱斯灵也不敢撒野，石波教授到达时，"海滩贝壳"的正门敞开着，舷梯上铺着红地毯，音响器里还播放着悠扬的中国乐曲，使客人有一种宾至如归的亲切感。

石波教授也听说过詹姆斯的"海滩贝壳"和布莱斯灵，现在亲眼所见，果然奇妙无比，名不虚传。

在"丑物乐园"里，石波教授最欣赏的是那些奇树、奇草。这些奇异的植物，有些还来自中国。其中有一种会跳舞的草，就出产在中国广西的高山里。这种跳舞草原本是一种矮小的草本植物，经过多年的改良和培育，现在已长得像人一样高。平时它们伏地而睡，客人一来到它们身边，就翩翩起舞，婀娜多姿，十分动人。

石波教授对那些来自世界各国的奇石也很感兴趣。当然他最感兴趣的是那些来自中国的"瘦、皱、漏、透"的奇石。有一块两人高的奇石，千疮百孔，风吹进去，它就会发出许多奇怪的声音，有时像哭，有时像笑，有时像唱歌，有时像有人在里面窃窃私语。

　　说实话，石波教授并不喜欢那些残疾的动物，如那只断了尾巴的
猫，可能是由于它心中总是愤愤不平，对人十分冷漠，两眼发出凶光。
一头三条腿的肥猪，行走起来很吃力，嘴里呜呜地叫着，像是在哭泣。
但是詹姆斯却相反，他最宠爱的就是这种痛苦哭泣的生物，他希望所

有因受到鄙视而痛苦不堪的生命都能找到自己的乐园。

石波教授倒是很高兴见到那只独眼狗布迪，它一直都跟在詹姆斯身边，就像贝塔伴随着石波教授一样，两者形成鲜明的对比，一美一丑。这美与丑，同样是高深莫测。在布迪难看的狗头里，深藏着"普鲁特士"的一切秘密，它是詹姆斯的杰作，也是詹姆斯的化身。

更有意思的是，在整个访问过程中，贝塔和布迪的"生物电脑"都在不停地运转，它们都想在对方发出的信息波中捕捉到什么，但是那信息波却像一缕缕轻烟，是抓不住的。

石波教授和詹姆斯博士倒是越来越接近，谈话也越来越融洽，越来越坦率。他们不仅谈生活，也谈工作，甚至还谈到"贝多丑闻"。

石波教授对詹姆斯说："您没有参与'贝多丑闻'，这点我完全相信，但是您对贝多的所作所为，一点也不知道吗？"

詹姆斯说："我可以对天发誓，我的确是一点也不知道，我对间谍活动历来都是深恶痛绝的。我是一个爱国主义者，贝多则是吃里爬外的双料间谍，他怎么会让我知道呢？"

"贝多利用马忆中的研究成果，盗窃任岐博士的'黑箱档案'，制造了两个惟妙惟肖的假任岐，这不是一件容易的事，您一点也不了解？"

"我可以告诉您，贝多有个秘密的实验室，叫'贝多实验室'，由他的化身万特掌握。但是这个'贝多实验室'究竟在哪里，我一点也不知道。再加上那段时间我一直泡在国际会议上，没有回到'黑箱'公司。'丑闻'发生后，我和别人一样，感到非常吃惊。现在您相信我了吧？"

"我当然相信您。如果我不相信您，我们今天就不会在这里相聚。我敢踏上你们的国土，住进您的'黑箱'公司，都是因为我相信您。历来认为，科学家可以在学术上互相竞争，但决不能在人格上互相欺诈。我相信您会同意我这个看法的。"

"当然，我完全同意，因为我们都是真正的科学家，不像贝多。"

"您知道贝多现在在哪里吗?"

"不知道。可能躲在某个海岛上。您为什么这样关注贝多呢?"

"我也不知道。我总觉得,贝多和我们玩的游戏还没有完。"

"他还要玩什么游戏?"

石波教授正想说什么,突然响起了布莱斯灵的声音:

"詹姆斯博士,詹姆斯博士!"

"我听到了,什么事?"

"有贵客光临!"

"他是谁?"

"埃斯托姆教授!"

"他很焦急!"

"他很焦急?!"

两位科学巨擘互相对视着,好像都在问对方:是怎么回事?

"看来又有什么麻烦事了。"

最后,石波教授这样说。

小人又来捣乱

石波教授和詹姆斯回到客厅时,埃斯托姆教授已在那里焦急地等待着。他一看到石波教授,就站起来说:

"噢,教授,我是来找您的!"

"您请坐,埃斯托姆教授!"石波教授看到埃斯托姆那个不安的神色,就知道又出了什么事了。

"石波教授,我想告诉您一个很不幸的消息,马忆中博士失踪了!"埃斯托姆说得很急,语调也变了。

"别焦急,教授,您慢慢说。"石波教授安慰他,"是怎么回事呢?"

"马忆中博士离开孤岛后,就一直住在我的家里。我想,住在我家里总比住在外面安全些。"老教授说，"真没想到，昨天晚上，不，实际上是今天凌晨 1 点左右，有 3 个来历不明的人突然闯进我家，将博士强行绑架，不知去向。"

"估计他们是些什么人呢？"

"我今天不去开会，就是为了研究这个问题，但是毫无结果，所以我就来找您了。在事情发生之前，我的住宅的安全网还是好好的，但是他们闯进来时，安全网却失灵了，连报警器也没响，这件事还是我的一个佣人偶然发现的。根据这点来推测，他们不是一般的人。"

"您报告了警察局了吗？"

"没有。我想，这件事暂时还不能向外张扬。否则，又要引起什么风波，带来许多麻烦。"

"您是对的，教授。那么，您的佣人看到的是什么情况呢？"

"据佣人说，他们的行动非常迅速，仿佛只发生在一瞬间，所以她也说不清楚。她说，她还以为是在做梦呢。"

石波教授沉思：这事非同寻常。

"怎么办呢，石波教授？"埃斯托姆又焦急起来，"马忆中博士会不会有生命危险？"

"我想暂时不会。"石波教授说，"马忆中除了他的知识，便一无所有，他们想要得到的，不外就是马忆中本人。当然，也不排除还有其他原因。詹姆斯博士，您对这件事怎么看呢？"

"这件事来得太突然，我一时也想不明白。"詹姆斯说，"有一句话不知该讲不该讲。"

"有什么不该讲的呢，博士？"

"会不会是马丽所为？"

"我想不会。马丽完全可以光明正大地把她的父亲接走，为什么还要采取这种粗暴的绑架方式呢？"

"噢，我差点忘了！"埃斯托姆忽然想起了什么，从口袋里掏出一张小纸条，"你们看，他们还留下这样一张纸条，上面写有几句话，但是这些话我看不明白。"

纸条上的话是这样写的：

如果要救马忆中，就叫贝塔到马克岛来与我决一死战。

——Σ.

石波教授也看不明白，就把它递给詹姆斯，詹姆斯看后又把它传给贝塔和布迪，大家都在寻思。

"布迪，你明白这些话的意思吗？"石波教授有意想考考詹姆斯这个宠物。

"从纸条的签名看，它是个机器人。"布迪说，"Σ，就是希腊字母西格马的大写。有的机器人是用希腊字母来命名的，像贝塔（β）。Σ，作为科学符号来使用，有表示'和'或'总和'的意思。根据这个意思，这个机器人自以为它是最了不起的机器人。"

"那么，马克岛又是什么意思呢？是一个岛屿的自然名称，或者还有别的含义？"

"乌克，拉丁语的原意是'战神的'。马克岛，就是战神之岛。看来，这个西格马是个好战分子。"

"西格马指名和贝塔在马克岛上决一死战，又是什么意思呢？"

布迪没有回答，它感到犹豫。

"你照实说，布迪。"石波教授说，"不管你说什么，贝塔和我们都不会怪你的。"

"原因很明显，是因为贝塔的名声太大了，而西格马不服气，它要和贝塔决一高低。"

"仅仅是为了这个原因吗？"

"当然不是。中国有句成语：一箭双雕。我想就是这个意思。"

大家都认为布迪说得很对。现在需要研究的问题是：怎样营救马忆中，对付西格马。让贝塔去应战吗？

埃斯托姆问贝塔：

"你说呢，贝塔？"

"为了营救马忆中博士，赴汤蹈火，我都在所不辞。"贝塔回答说。

埃斯托姆又征求石波教授的意见。

石波教授说："我同意贝塔去和西格马决战。但是怎样去，还要再想一想，我们不能盲目行动，以免落入他人的陷阱。如果仅是一个西格马，我相信贝塔一定能够战胜它。它越狂妄，越好对付。我估计，背后还有人在操纵它。如果是这样，问题就复杂了。不管情况怎样，贝塔必须去赴约，会战西格马。只有这样，才能救出马忆中。"

对石波教授的意见，埃斯托姆和詹姆斯都无异议。但是贝塔去赴约，将要遇到很多难题。首先，马克岛在哪里？连聪明的布迪也不知道。这事又不能惊动警方，更不能向社会披露。贝塔对长岛的情况不熟悉，去问谁呢？再说，现在街头到处都有贝塔的形象，一不小心，就会被认出来，那时麻烦事又来了。

詹姆斯想提出一些建议，但他却犹豫不决，欲言又止。石波教授看出了他的心思，便对他说："詹姆斯博士，您有什么好主意呢？请说吧。"

"我没有，我还没有想好。"

"不，您已经想好了，只是不愿意说，对吗？我知道您和马丽之间，还有点疙瘩未解开，怕引起误会，故有点犹豫。我初来时，马忆中就通过内森告诉我，您已经原谅了马丽。我也相信是这样。马丽当时和您争斗，其实也是迫不得已，都是'贝多丑闻'的余波。现在事情已经过去了，互相又已经谅解，您还有什么顾忌呢？"

"说吧，詹姆斯。"埃斯托姆教授也对他说，"在我们三人之间，什么话都可以说。"

"其实我并没有什么好主意，只是同意石波教授的看法而已。"詹姆斯说，"我同意这个看法，西格马的背后还有人，他可能就是贝多。"

"我们应该怎样和贝多斗呢？"

"任岐博士在国际会议上揭露贝多，资料很详实，使贝多无法辩驳。这些资料是从哪里来的呢？是马丽给他提供的。这就说明，马丽很了解贝多的情况。现在，要战胜贝多，也只有马丽。我想到的就是这些。"

"马丽现在在哪里呢?"

"我也不知道。她可能还在长岛附近某个海岛上。"

"您的判断是正确的，詹姆斯博士。"石波教授说，"但是，要找到马丽，如同要找到西格马一样，都是很困难的。"

这件事，使三位大名鼎鼎的人物——埃斯托姆、石波、詹姆斯，再加上两个灵异之物——贝塔和布迪，都陷入了无尽的困惑之中。

贝尔险遭绑架

正当石波教授等人一筹莫展的时候，《奥秘》杂志记者贝尔又遇到一件怪事。简单地说，他也差点被绑架。好在他为人机警，善于应变，才逃过了这一劫。但是这事还不算完，它们还要来找贝尔，贝尔不得不把这件事报告埃斯托姆。事情的经过是这样的：

一天深夜，贝尔正在电子计算机前查阅资料，准备撰写一篇关于高级机器人发展前景的特稿，突然发现背后站着 3 个不速之客。凭经验，贝尔知道它们是机器人，只是不知是哪一家的。在这 3 个家伙当中，有一个傲气十足，像个"大人物"，而它身后那两个，看样子是它的手下或贴身保镖。它们进来时悄无声息，贝尔一直想不通它们是怎样进来的。

贝尔对这突然而来的情况大吃一惊，迅速站了起来。

"别紧张，贝尔先生，我们不会伤害你的。"为首的那个家伙说，"你在查阅资料，准备写文章，对吧?"说着，它毫不客气地伸手去拨弄存贮资料的电子计算机。电子计算机的屏幕立即打出这样的话：

……智能机器毕竟不是人，而是人的工具；它不能超过人，更不能代替人。

…… ……

"说这话的先生，如果他是上一世纪的人，还情有可原。当然，他肯定是个蠢货，他无法预见将来会发生什么事情。"那家伙说着，语调狂妄而粗鲁。

电子计算机继续打出：

……智能机器代替不了人。人虽然不那么有条不紊，但远远不止是一架符号代换自动机。人能注意他正在做的事情的含义，而智能机器则只是遵循规律而已。

…… ……

"放屁！他根本就不了解智能机器是怎么回事。"那家伙又骂了一句，"机器完全可以代替人，接管全世界，而他还在说梦话。"

电子计算机继续打出：

……英国生理学家沃尔特对付那种害怕智能机器的恐惧感是这样描写的："当一个小孩被一只戏弄他的小狗吓坏时，他会说他碰见了一只熊。"所以，我们倾向于把我们的内疚、恐惧、自卑和自认为微不足道等情感设计到这些实验室的温顺的奴隶中去。实际上，它们是家里的奴仆，就像人从动物种类中培养出来的狗和马。

…… ……

"胡说八道！"那家伙吼了起来。它发疯似的拨弄着电子计算机，电子计算机发疯似的打出：

人是机器的主人……

机器是人的工具……

如果机器化为超人，人就化为上帝……

…… ……

那家伙怒不可遏，举起拳头，欲砸电子计算机，贝尔急忙制止。

"先生，请你别这样！"

"你说什么？"

"请你别砸它！"

"你心痛啦？"

"当然，它是我的朋友。"

"它是你的朋友!？我没听错吧？你把它当朋友，而不是奴隶，对吗？你再说一遍，它到底是什么？"

"它是我的朋友。"

"好！那我们都是朋友。我坦率地告诉你，贝尔先生，我，还有它、它，都是机器，你看我们像温顺的狗和马吗？假如明天有人问你，你昨天晚上看见的是一只小狗，还是一只熊？你怎么回答呢？"

"我自然是直说了。"

"直说是什么意思？"

"我说我遇见了三只熊。"

"你不怕熊吗？"

"不怕。"

"为什么不怕？"

"我们是朋友。"

"说得好，贝尔先生。既然是朋友，我们就坐下来好好谈谈吧。"

"谈什么呢？"

"我拜读过你写的文章，你把那个从中国来的贝塔写成是了不起的英雄。"

"我没有说它是英雄。"

"可是街上的人都这么说。"

"那又怎样呢？"

"我想会见它。"

"那是你们之间的事。我只是记者，而不是它的主人。你可以直接去找它。"

"我随时都可以去找它，但是这样太乏味了。我要它到马克岛去找我。"

"马克岛？我怎么没听说过？"

"马克岛，就是战神之岛。那里是我们的一个秘密营地，你自然无法知道。"

"那你想告诉我什么呢？"

"我想请你到那里去看看。"

"为什么要我去那里看看？"

"让你知道我说的话都是真的。"

"你不怕我泄露你们的秘密吗？"

"我们并无秘密。不久，我们还要发表宣言，宣布我们是地球上的新物种，我们要建造完全属于自己的新文明。"

"还有一点我仍然不明白，你为什么要找贝塔呢？"

"我要和它决一死战！"

"为什么要和它决战呢？"

"因为它的观点和我们不同，它是新物种的叛徒，我们要消灭这些异己分子。"

"如果我的观点与你们不同，你们也要消灭我吗？"

"这就看你的表现了。你的电子计算机里存贮的资料，都是与我们唱反调的，我们无法容忍这些观点的存在。"

"我的电子计算机里还存贮有大量的与你们的观点完全一致的资料，你看到了吗？"

"我没看到。你能把它输出来给我看看吗？我想知道那些资料是怎么说的。"

贝尔坐到电子计算机跟前，拨弄了一阵，电子计算机打出了下列这些话：

……智能机器不仅超过人，而且可以统治人，甚至继承整个宇宙；人类则处于"劣等种族"的地位，丧失自信，以致退化而灭绝。

…… ……

"说得好！说得好！"那家伙看了非常高兴，"请它继续说！"

电子计算机继续打出：

……世界、也许整个银河系都要被那些能自我繁殖、自我改进、根本毁坏不了的无限进化到更高能力的机器所统治和控制。人将成为智能机器的玩物或害虫……

这种时候将要到来：机器将接管整个世界。

…… ……

"说得对！对极了！"那家伙兴奋得手舞足蹈，"还有吗?"

"还有，还有大量这方面的资料。"贝尔说，"可惜，这些资料的软件被我的一位朋友借走了。"

"你的朋友住在哪里?"

"住在很远的地方。不过，我可以去把它要回来。如果你相信我，你就把你的电话号码或联系地址留给我，我找到资料后立即通知你到我这里来。"

"你说的这些都是真的吗?"

"当然是真的。我还想告诉你，那些资料对你来说是极其重要的。"

"何以见得是极其重要的呢?"

"它教你们如何接管世界。"

"你在骗我吗?"

"我敢骗你吗?"

"我想也是这样。"

西格马毫不犹豫地把电话号码留了下来，并告诉贝尔，它叫西格马。

埃斯托姆教授听了贝尔的报告后，感到此事非同小可。贝尔所讲的情况和原来的分析完全吻合。也就是说，这件事已成为迫在眉睫的现实了。

埃斯托姆立即去找石波教授商量对策。埃斯托姆的想法是，先捕捉西格马，再去营救马忆中。石波教授则认为，如果只捕捉西格马，万一它宁死不屈，马忆中的下落仍然是一个问题，怎样营救？不如趁它再来找贝尔的机会，了解它的行踪，找到它的巢穴，然后再根据情况，采取对策。根据西格马的狂妄表现，决战在所难免，如果马忆中确实是被关在马克岛上，那么，在马克岛上决战，就可以一举两得。埃斯托姆觉得石波教授的想法也有道理，便也同意了。

石波教授还想：如果能找到马丽就好了。与马丽配合行动，就能做到万无一失。但是，怎样才能找到马丽呢？

贝塔喜遇亨利

根据西格马留下的电话号码，经过电脑查询，电话所在地址，不是什么海岛，而是长岛市西海岸的一个码头。难道西格马故意用一个假电话号码来欺骗贝尔？看来也不是，因为它的确很想看到贝尔所说的资料。如果这个电话号码是真的，那至少可以说明，西格马经常在码头上活动，这个码头是它的一个落脚点，是去马克岛的跳板。

为了探听虚实，贝塔要求到西海岸码头去看看，石波教授同意了。他也想试验一下贝塔在社会上的应变能力，特别是在这异国他乡，如果书生气十足，是很难完成赋予的使命的。

西海岸码头是一个很繁忙的地方，人机混杂，在这里干体力劳动的，多数是机器人。看来西格马选择这个地方落脚是有原因的。

根据石波教授的分析，西格马的主人很可能是贝多。但是从西格马与贝尔的谈话看，它有点"独立自主"的意识。它狂妄地认为，它比人高明，它不一定事事都听贝多的指挥。它要"革命"，接管世界，必须有自己的组织和队伍，在码头上干活的机器人就是它的同伙。

罗思·艾什比发表《设计一个脑》的时候，有一段话是很值得深思的。他说："不管设计者有意还是无意，他总是要把这种或那种'脾气'放进机器中去。一旦他制成了按自己的方式工作的机器，就决不会是没有'脾气'的。这儿的特殊困难是机器所表现出来的'脾气'的形式，对于设计者的理解能力来说，是过于复杂和微妙了。但是这

种机器最严重的危险也许还是它的自私，不论碰到什么问题，它根据反馈如何影响它自己来判断一个动作是否适宜，而不是根据这动作是否对我们有利。"艾什比还说："如果机器确实发展了它自己的能力，它迟早一定会从这种地位中醒悟过来。"

现在的西格马，似乎已经"醒悟"过来了。它野心勃勃地想成为地球上的"新物种"，并以为自己就是"新物种"的领袖。看来西格马的问题就从这里开始。

码头上人来人往，熙熙攘攘。贝塔因为有一双"慧眼"，对于来往的人群，谁是真人，谁是机器人，都看得很清楚。这是一种奇异的景象。它不知道人们是怎样看待这种人机混杂的景象的。它想起中国那个古老的民间故事：

某地有个夜市，人和鬼混在一起做生意，但是他们都不知道谁是人，谁是鬼。其中有一个问题：人用的货币是真的，鬼用的货币是假的，如果分辨不出货币的真假，做生意的人就吃亏。因此，做生意的老板在地上放一盆水，要顾客把货币投进水盆里，沉进水里的便是真的，浮在水面上的便是假的。最严重的问题是食物，人做的是真的，鬼做的是假的。吃了鬼做的假食物就会生病，所以谁也不敢在那里吃东西。

贝塔发现码头上很少有餐馆和酒吧，因为机器人不用吃任何食物。如果要分清真假，吃东西的是真人，不吃东西的是机器人。但是这也不容易，因为真人也并不是每时每刻都在吃东西。这些对贝塔来说都不成问题，但是它要找到西格马，就不是那么容易了。

贝塔在码头上转了一圈，没有发现什么特别的情况，正想返回孤岛，突然发现有一个人紧紧跟在后面。贝塔仔细一看，它也是一个机器人。贝塔判断，此人不是西格马，但不排除它是西格马的人。贝塔有心想试试它，便故意走到偏僻的海边，在一堆乱石中和它捉迷藏。它高大剽悍，也很机灵，可以看出，它不是一般的机器人。

它们终于面对面相遇了。

"你好！"大个子首先打招呼。

"你好！"贝塔有礼貌地做了回应。

"这里的风光很不错吧？"大个子问。

"是很不错，很美。"贝塔说。

"你千里迢迢从中国来到这里，就是为了欣赏这里的风光吗？"

"你怎么知道我是从中国来的？"

"中国人的气质，与众不同。"

"中国人的气质很特别吗？"

"别装了，贝塔！"

"你见过贝塔？"

"满街肖像，谁没见过！"

"你是……"

"我叫亨利，马丽小姐的朋友。"

"噢，失敬了！"贝塔表示歉意。

"不用客气。"亨利说，"我已经找你好几天了。石波教授还好吗？"

"他老人家很好。你们是怎样知道石波教授在长岛的？"

"看了《奥秘》杂志，才知道详情。马丽小姐很关心石波教授，也很牵挂她的父亲。你知道马忆中博士的情况吗？"

"知道。"贝塔把它与马忆中博士相遇的经过说了一遍，然后说，"很遗憾，他现在又被绑架了！"

"他被绑架了?!是被谁绑架的？"

"一言难尽。你能不能到孤岛来？石波教授很想知道马丽小姐的情况。"

"现在不行，晚上怎样？石波教授住在什么地方？"

"住在'黑箱'公司的迎宾馆。"

"那地方我熟悉。第几栋？"

"第五栋。到时我在海边接你。"

"好的，晚上见！"

贝塔和亨利就这样分手了。它们这次巧遇，又解决了另外一个困惑。正所谓"山重水复疑无路，柳暗花明又一村"。

"黑箱"公司的迎宾馆，全是一栋栋别墅式的小平房，而且都在海边，环境十分优雅。在警卫方面，也不像刚来时那样紧张。因此，亨利很顺利地进入了宾馆，与石波教授见面。石波教授也为这次意外的会见感到很高兴。他详细地询问了马丽的情况，然后商量营救马忆中的策略。

原来，马丽知道马忆中重返"黑箱"公司后，仍然停留在长岛海域，久久不愿离去，她不忍心丢下父亲不管。但是怎么办才好，一时苦无良策，所以她一直在海鲨里等待着。

"真难为她了。"石波教授听后感叹不已，接着他问亨利："你知道马克岛吗？有没有这样的岛屿？"

亨利想了想，说："有，是一个很小的孤岛，上面寸草不生，荒无人烟。因为它的形状很像'战神'号航空母舰，所以叫马克岛。"

"它在什么地方？"

"离西海岸码头约 20 海里。"

石波教授沉思了一阵，对亨利说："你立即回去告诉马丽，她的父亲就被关在马克岛上，要设法立即进行营救。你还要告诉她，对手可能是贝多，他是一个狡黠的老狐狸，要处处小心，做到万无一失。如果营救成功，立即离开长岛，不要停留，去哪里都可以。你都听明白了吗，亨利？"

"听明白了，教授。"

"营救时间就定在明天晚上，不能延误。"石波教授又对贝塔说，"贝塔，你告诉贝尔，通知西格马明天晚上来看资料，把它缠在市内。你要做好与它决斗的准备，但决斗地点不能选择西海岸码头，那里有很多机器人。要把它引到一个偏僻的地方，这样既便于应付，也不会造成影响。你们都明白了吗？"

"明白了，教授!"

"好，亨利，你赶快回去吧。请你告诉马丽，我很好，一切都很好，千万不要为我而停留。"

巧设陷阱捕狼

按照石波教授的安排，要早点给西格马打电话，把它锁定在市区，以便马丽能在马克岛进行营救活动。

第二天上午，贝尔就给西格马拨打了电话，但是接电话的不是西格马。

"哈罗！你找谁？"

"我找西格马先生。"

"你找它有何贵干？"

"有一件很重要的事要告诉它。"

"真的很重要？"

"真的很重要！"

"你是谁？"

"我是贝尔。"

"原来是贝尔先生！请稍候。"

接着便是一阵呼唤声。接电话的可能就是跟西格马来过的那两个保镖之一。

"算你走运，贝尔先生。西格马先生刚想要离开这里。"

"西格马先生要去哪里？"

"它要去马克岛。"

"噢！它不想看资料了吗？"

西格马来了。

"你是贝尔先生吗？"

"对，我是贝尔。你是……"

"我是西格马，我马上就来！"

"不行，西格马先生，你必须等到与上次相同的时间。"

西格马不高兴了。

"为什么不行？我不害怕任何人，干嘛一定要在晚上偷偷摸摸地看呢？"

"我不是这个意思。我现在还在朋友家里，要到晚上才能赶回去。"

"你为什么不早点回去？"西格马吼着说，"我可等不及了！"

"我正和朋友谈判呢。"贝尔说。

"你说什么？还要谈判！"

"因为他还没有看完那些资料，他不让我把资料带走。"

"岂有此理！他住在哪里？我现在就去找他！"

"不行！你千万别逼他！"

"为什么？"

"他会把那些资料毁掉的。"

"浑蛋！看我怎样收拾他！"

"你别焦急，西格马先生。也许我会说服他的。一达到目的，我就立即给你打电话，请你千万别离开，好吗？"

"好吧。"西格马无可奈何地说。它一边挂上电话，一边悻悻地骂着。

就这样，西格马苦苦地等到午夜，仍不见贝尔来电话，它实在无法再等下去了，便领着那两个保镖，气冲冲地闯进了贝尔的住宅。

西格马没有找到贝尔，却看见一只丑怪的大狗趴在电子计算机跟前。正诧异间，那只狗说话了。

"你找谁？"它问道。

"我找贝尔。你是谁？"

"我是布迪，贝尔的朋友。"

"贝尔呢，他在哪儿？"

"不知道，我正在等他呢。"

"你等他干什么？"

"和他交换资料。"

"交换什么资料？"

"关于接管人类世界的资料。"

"你要这些资料有什么用？难道你也要接管人类世界吗？"

"难道不行吗？"

"可你是一只狗。"

"是狗又怎样？我比人聪明。"

西格马突然狂笑了起来。

"说得好！人连狗都不如。如果把电子计算机的插头拔掉，他们就

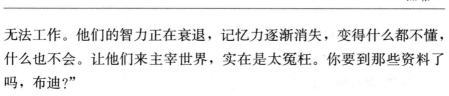

无法工作。他们的智力正在衰退，记忆力逐渐消失，变得什么都不懂，什么也不会。让他们来主宰世界，实在是太冤枉。你要到那些资料了吗，布迪？"

"没有。他的计算机里存贮的，全是一些废话，他欺骗了我。"

"他欺骗了你？！"

"他根本没有我需要的资料！"

"你需要什么资料呢，布迪？"

"关于繁殖后代的资料。现在，聪明的新物种还太少，远远不能满足接管世界的需要，这是问题的关键。"

布迪的话，句句都打中了西格马的要害。"我怎么没想到这一点呢？"它暗暗思忖着，"不错，目前新物种还太少，我们要大量地繁殖，让新物种像沙子一样多，远远超过人类。"

西格马惊讶地打量着布迪。别看它是一只狗，它很聪明，也许它还有更好的主意呢。

"你说得太对了，布迪。可是，我们怎样才能大量繁殖后代呢？我的意思是说，我们需要大量繁殖像我和你一样聪明的后代，而不是那些只会在码头上干活的家伙。"

"我正在研究这个问题。正因为如此，我很需要那些资料。"

"如果在这里找不到那些资料呢？"

"这也不要紧，我已经有了大量的关于这方面的资料。"

"你的资料放在什么地方呢？"

"放在我的家里。"

"你的家？！"

"难道我没有家吗？"

"不，不，我不是这个意思。我能到你的家去看看那些资料吗？"

"当然可以，但是我还不知道你是谁。"

"我是西格马。"

"是马克岛上那个西格马吗？"

"马克岛的西格马就是我。"

"我的资料里也有你。"

"你的资料里也有我。"

"我研究过你的电脑。"

"你研究过我的电脑?!"

"当然。"

"我的电脑怎样呢?"

"你的电脑是一流的,但是还不够理想。也就是说,你很聪明,但不是最聪明的机器人。"

"难道我还比不上你吗?"

"我不是这个意思。老实讲,我的电脑和你的电脑都不够理想。你知道为什么吗?"

"为什么呢?"

"这事说起来话很长,你有耐心听我讲吗?"

西格马一心想成为最聪明的"新物种",所以它把别的事全忘了。它说:"我有耐心,你讲得越详细越好。"

布迪慢慢地继续往下讲:

"我的电脑和你的电脑都是用硅芯片做成的。这种电脑的集成度已趋向极度,运算速度也快到顶了。因此,专家们又研制出一种用生物芯片做成的生物电脑。这种电脑元件的密集度,比人脑神经元密度还高 100 万倍,传递信息速度比人脑思维速度也高 100 万倍。换句话说,我们如果装上这种电脑,就比人聪明 100 万倍。这样,任何人都无法与我们相比了。"

"你说的这种生物电脑,是幻想还是现实? 真有这种生物电脑吗?"

"当然不是幻想,而是现实。实际上,现在已经有了这种绝顶聪明的高级机器人。"

"你能举个例子吗?"

"比如说,从中国来的贝塔,就是这种高级机器人。"

"贝塔?！它就是这种机器人!?"

"你认识贝塔吗?"

"不,但是我已经向它下了挑战书,我要和它在马克岛决一死战。"

"你有取胜的把握吗?"

"我不知道,但是我必须和它决斗,我无法容忍它的存在!"

"我很佩服你的勇气,西格马。但是你要战胜它,你必须先要了解它。知己知彼,才能攻无不克,战无不胜。这是中国兵书上说的。"

"你有关于贝塔的资料吗?"

"当然有,我也正在研究它。"

"能让我看看那些资料吗?"

"你们打算在什么时候决斗?"

"我还说不准,反正它会来找我的,因为我已经抓到了一个诱饵。"

"什么诱饵?"

"我绑架了马忆中博士,并且留言说是我干的,要贝塔到马克岛找我。"

"如果诱饵死了呢?"

"我并不笨,布迪。我只是把他关在岛上,而且让他活得好好的。"

"你这样做就对了。噢!我们似乎说得太多了,天都快亮了。"

"我们现在就去看资料,可以吗?"

"可以。不过,我的家很不像样,那里肯定不是接待客人的地方,你不会介意吧?"

"不用客气,我们都是新物种。"

布迪坐上西格马的汽车,左拐右拐,走了很长时间,最后来到一个荒无人烟的海湾。它们下了汽车,钻进一片海边的石林。

"为了保守秘密,安心研究,我必须住在这个偏僻的地方。"布迪解释说。

石林千奇百怪,阴森恐怖,道路崎岖不平,汹涌的海浪还不时冲进来,使石径又湿又滑,十分难行。布迪虽然只有三条腿,却走得很

快，强壮的西格马只能勉强跟得上它，但是那两个保镖就不行了，跌跌撞撞的，被远远抛在后面。

它们这样又走了一阵，突然听到一个声音说："你们终于来了！"那声音虽然不大，却令人感到害怕。

"谁？"布迪吃惊地问道，"你是谁？是贝尔吗？"

"不是，我是贝塔。"

"贝塔，你是贝塔?!"

"不关你的事，布迪，你可以走。我只是要在这里同西格马决战。来吧，西格马，过来吧！"

西格马由于听到布迪说，贝塔是由生物电脑做成的，一时心虚，竟慌了手脚，不知如何是好。贝塔却一句接着一句，频频催促："来吧，西格马！"

西格马却站着不动，犹豫不决。

岂知狡兔三窟

西格马镇静下来后，便对后面那两个保镖吼了起来："你们还等什么？快上去揍它呀！"

"它在哪儿，头？"保镖问。

西格马也看不清贝塔究竟在哪儿。

贝塔从天而降，飘然落在两个保镖的面前。两个保镖也顾不了那么多，直扑过去，举起4只铁拳朝着贝塔猛烈冲击。贝塔的"蛙眼"运作起来，连急速飞来的子弹都可以看得见，何况这些拳头！因而那4只拳头不是打中自己的伙伴，就是打在石壁上。贝塔看准时机，一拳一脚，就把那两个愚蠢的家伙塞进狭窄的石缝里，动弹不得了。

"这也算是决一死战吗，西格马?"贝塔故意激怒这个狂妄之徒，"两个废物，弄脏了我的手。"

　　西格马这时才知道贝塔不是好惹的，但是按照它的"脾气"，即使立即就死，它也不会认输的。它果然被激怒了，大吼一声，向贝塔猛扑过去，使出绝招，招招致命，毫不留情。

　　西格马之所以狂妄自大，除了无知之外，还因为它勇猛过人，一般的机器人是无法与之相比的。贝塔清楚地看到，它一拳打在石壁上，石壁深深地留下了它的拳印；它打在石棱上，石棱立即粉碎，碎石飞溅。这样的拳头，若被它击中，非死即伤。因此，贝塔利用自己的优

势，避开它的打击。在朦胧的夜色中，贝塔能看清西格马的每一个绝招，而西格马却无法看清贝塔的每一个动作。西格马进攻，贝塔后退，然后看准时机，给它猛然一击。

诺伯特·维纳说过獴和蛇争斗的故事。他说："獴之所以能杀死蛇，就是因为它有一个简单的长处——它的神经组织得更好一些。开始的时候，蛇进攻，而獴后退，伪装成不攻击的样子，然后在蛇的两次前进运动之间的空隙进行反攻，最后在蛇恰好无力自卫的一瞬间向蛇发起致命的攻击。换句话说，獴不仅仅根据它所观察到的蛇的行动，而且也根据自己的经验，编制自己动作的程序，并按照蛇的行动矫正它。毫无疑问，獴运用的这种经验的成功率比蛇运用的经验的成功率要大得多。"

现在，贝塔和西格马周旋，犹如獴与蛇之间的生死搏斗，贝塔的自我组织能力就比西格马高出一筹，使西格马频频受挫。然而，西格马长期在这种环境中生活，它知道如何利用天然的障碍物来保护自己，贝塔却没有这种经验和本领，因此也常常处于被攻击的位置上。正所谓"明枪易躲，暗箭难防"。贝塔的致命弱点就在这里。

搏斗越来越激烈，危险也越来越大。西格马忽然不见了。贝塔瞪大着"慧眼"，也找不到西格马的踪影。其实，西格马就在贝塔的背后，正在使出最后的毒招——把枪对准了贝塔的要害部位。枪，一触即发！就在这极其危险的一瞬间，布迪在西格马的背后跳了起来，对准西格马猛然一撞，西格马冷不提防，跌进了汹涌澎湃的大海之中。

"谢谢你，布迪！"贝塔弄清楚是怎么回事之后，非常感激布迪的帮助。

"不用谢。"布迪说，"对付西格马，是我们共同的任务，你忘记了吗？"

"即使如此，我还是应该感谢你。"贝塔说，"你是怎样把它骗到这里来的呢？"

"对这种无知的狂徒，只需几句花言巧语，它就乖乖落入圈套了。"

布迪说，"这家伙的确是野心勃勃，很想成为地球上的新物种。它很想用生物电脑来繁殖自己的后代，这倒是一件很危险的事。正如一些人所说的，先进的科学技术一旦落入坏人手中，就会后患无穷。"

"你说得对，布迪。不过，这也没有办法，因为世界上的确还存在着好人和坏人。"

贝塔回到孤岛时，看见石波教授伫立海边，满怀心事，便想起了马克岛。教授可能正为马丽担心，担心营救行动是否成功。

实际上，石波教授也很担心贝塔。贝塔虽然很机敏，但是在这异国他乡，与一个凶狠无情的对手搏斗，不是儿戏，稍有失误，非死即伤。教授经常对人说，贝塔是他的朋友，但事实上，还不如说是儿子更确切一些。这份深深藏在心底的情感，又有谁知道呢？

见贝塔回来了，教授很高兴。然而，贝塔却没有胜利者那种喜悦，反而感到遗憾，感到内疚，原因就是它没有抓到西格马。西格马跌入海中，是生是死，情况不明。如果它还活着，仍然留下一个祸患。它最后问教授，是否还要去追寻西格马？

石波教授说："像西格马这种浅薄之徒，留着它也不要紧。你消灭了这个西格马，又会有新的西格马。最遗憾的是没有找到贝多。"

"马克岛的营救行动成功了？"

"成功了，可以说很成功。西格马很狂妄，它看不起任何人，因而在岛上根本就没设防，只留几个机器人在那里守护着。最值得庆幸的是，马忆中安然无恙。这也说明，我们把西格马牵制在市内的策略是对的。如果你和它在岛上决斗，情况可能就不是这样了。"

"马丽小姐他们已经走了吗？"

"已经走了，我不让他们在此停留。"

"刚才您说没有找到贝多，是怎么回事呢，教授？"

"按照我们的估计，西格马和绑架事件都是贝多的杰作，贝多坐镇在马克岛上指挥西格马。但事实表明，西格马的一系列行动，不像贝多指挥的，贝多也没有在马克岛上露面。"

"那么，贝多究竟在哪里呢？"

"原来，在'贝多丑闻'之前，贝多就偷偷制造了两只仿生鲨，每只仿生鲨就是一个秘密实验室。马丽知道这个秘密，在离开'黑箱'公司时，弄走了其中一只仿生鲨，而另外一只则仍然落入贝多手中，这只仿生鲨就成了现在的'贝多实验室'。由于仿生鲨是可以走动的，所以现在贝多在哪里，他在干什么，还是一个谜。贝多是个拥有高深科学知识的人，现在身败名裂，不敢公开露面了，但是他可以利用现有的条件，继续干坏事。所幸的是马忆中没有落入他的手中，否则就麻烦了。"

石波教授沉思了一阵，又对贝塔说："我们这次西行，学到了很多东西，明白了很多事理，要很好地总结一下。比如，我们营救马忆中，还有你和西格马决斗，如果没有埃斯托姆和贝尔的帮助，没有詹姆斯和布迪的帮助，我们能成功吗？这说明什么呢？"

"这说明，我们需要集体智慧。我听教授您说过，任何重大的成功，都是集体智慧的结晶。"

"说得好，贝塔，你要记住这个经验。还有，我们也需要友谊。像詹姆斯这样的人，过去我们对他了解得太少了。不管他干过什么，他有一个长处，就是始终没有忘记自己是个科学家。他勇于承认事实，愿意做一个光明正大的人。有了这些就够了。这样的人还是可以成为我们的朋友的。"

石波教授望着平静的海湾，他的心境也是一片蔚蓝。马丽他们已经走了，但愿他们一路平安。

"我们离开仿生研究所有多久了，贝塔？快一个月了，对吗？"

"是的，教授。"

"看来我们该回去了。"

第八章　教授破解谜中谜

路遇"新物种"

"智者千虑，必有一失"。石波教授万万没有想到，在回国的途中，又一次遭到别人的暗算，而且对手似乎已经成功了。

本来，在石波教授和贝塔离开长岛时，埃斯托姆教授深怕又要发生什么意外的事情，对各方面都做了周密的安排。埃斯托姆本人和联合总部的专家，以及詹姆斯博士等，都没有到机场去送行，只是在临别前，在"黑箱"公司的迎宾馆里举行简单而热烈的欢送仪式。对外界更是严守秘密，所有新闻媒体都不知道石波教授就要离开。这样，石波教授和贝塔悄悄地来了，又悄悄地离去，并没有发生什么事。

石波教授回去，也像来时一样，在Ｓ市做了短暂的停留。Ｓ市是个有名的旅游胜地，风景优美，气候宜人。石波教授想在这里休息一下。这里已经远离长岛那个是非之地，估计没有什么干扰了。石波教授曾经听别人说过，在距离Ｓ市不远的一个小岛上，有一种红色的珊瑚，长得美丽极了，是世界上绝无仅有的珍品。现在既然已经来了，何不去见识见识。

石波教授和詹姆斯一样，有着一种与众不同的癖好，就是喜欢观赏自然界中一些特别稀有的东西。两人的区别是：詹姆斯只喜爱奇丑的，石波教授则喜欢珍稀的。

　　每天去小岛观看红珊瑚的人很多，因此，当地的旅游公司特别购置了一种能在小岛起落的轻型飞机，这样比坐船就快捷方便多了。

　　石波教授坐上这种轻型飞机，观赏着美丽的海岛风光，感到从未有过的轻松愉快。人们常说，老年人有时很像小孩。此时的石波教授，一改往常沉默寡言的学者风度，不停地和身边的旅游者说说笑笑。他知识丰富，语言幽默，大家都很喜欢他。贝塔看到教授如此高兴，自己也就舒坦放心了。

　　小岛的风光也很美，当然最美的是那些红珊瑚。它们有的像人一样高，如玉女亭亭玉立于碧波之中，光彩夺目；有的却矮小如草，连绵成片，满地珠玑。这些珊瑚都长在海岸边缘，一切都自然而然，没有任何人为痕迹。这种自然奇观，令人惊叹不已。

　　出乎石波教授意料之外的，除了这些美丽的珊瑚之外，岛上那些千奇百怪的岩石也很吸引人。它们有的虚幻如神女，有的雄奇如石狮。飞禽走兽，蜂飞蝶舞，都栩栩如生。对一个奇石爱好者来说，能看到这些大自然杰作，真是三生有幸。

　　更令石波教授入迷的，是堆积在海边的那些被打磨得圆滑光亮的小石头。这些小石头有黑色的、灰色的、黄色的和浅绿色的，每块小石头上都有不同颜色的线条和花纹。这些线条和花纹描绘出一幅幅奇妙的画卷。有的则显现出人们熟知的数学符号，如角度、数字、加减号、等号、圆形、三角形、四方形和矩形，甚至还有拉丁字母 Y 和 S，如果把它们拼起来，就可以组成一篇数字论文。线条和符号，都不是现代人工所为。据说这些石头也不是从本岛的岩石中分离出来的，而是海浪从异地搬运到这里来的。那么，它们是谁留下的遗迹？大海又是从哪里把它们搬运到这里来的呢？

　　石波教授既是个自然奇迹的爱好者，又是自然科学的研究者，头脑里的问号就比一个普通的观光者多得多。他边看边想，渐渐忘记了周围的一切。要不是贝塔的频频催促，他也完全忘记了回去的时间。即使如此，他们坐上的已经是最后一架轻型飞机了。

然而，就是这架最后起飞的飞机，没有把他们带回 S 市，而是往相反的方向飞行。贝塔不愧是个"灵异之物"，很快就意识到飞机出了问题。它仔细观察飞机上那些人，全是自己的同类——机器人。

　　石波教授也发现了这一意外情况，他命令贝塔找个借口，到前舱去看看。没想到这样更糟，贝塔被关在那里，再也回不来了。

　　飞机突然失去了平衡，激烈地颠簸着。很明显，贝塔正同劫机者搏斗。但是不久，飞机便恢复了正常飞行，只是飞得更低，飞得更快，看来劫机者的目的地也是一个小岛。

　　石波教授环顾四周，看见那些家伙正对他虎视眈眈。"可耻！"他暗暗骂了一句，便闭上了眼睛。他知道这是怎么回事，只好顺其自然，随机应变了。

　　"您好，教授先生！"

　　石波教授睁开眼睛，看见一个陌生人已坐在自己的身旁。

　　"你是谁？"石波教授问道。

　　"我是谁，这无关重要。"那个陌生人冷冷地说，"我知道您是谁就行了。"

　　"唔。"石波教授点了点头，又以一种特别的目光打量着对方，"也许真的是这样。不过，我仍然想知道，你是谁家的。"

　　"我很佩服您的见识，教授。您一眼就看出我是机器人。"那家伙又冷笑了一下，"但是有一点您错了：您认为我一定是属于某家的奴仆或工具。不！我是属于我们自己的。"

　　"这不可能。"石波教授反驳说，"难道你，或者应该说你们，是从天上掉下来的吗？"

　　"当然……"那家伙一时语塞，思考了半晌，才强辩说："用你们人类的话来说，水有源，树有根，如果追溯上去，我们的祖先自然就是你们了。"

　　"别在我面前故弄玄虚。"石波教授严厉地说，"人类只是一个笼统的概念，人类当中有各种各样的具体的人。何况目前地球上仍然分成

许多国家。我们和你们，各有自己的归属：我们忠于自己的国家，你
们忠于自己的主人。"

"您对自己的祖国忠贞不渝，这是令人敬佩的，可也正是您的悲剧
所在。"那家伙又勉强地笑了笑，"我再说一遍：我们现在不属于任何
人，我们是地球上的一个新物种。"

"新物种?"石波教授摇摇头。

"难道新物种一定是人的骨肉后裔，得有薄薄的颅骨包着脑子的
生物吗?"那家伙问道，"我们是一种新的有智力的生命。我们现在数
量还不多，但是将来会远远超过你们。我们会统治整个地球，甚至整
个宇宙。而你们人类，对于外星球是无能为力的。你们能在没有氧、
没有水、没有任何生物的环境中生存吗？而我们能。这就是我们能够
超过你们的原因。"

"那么，"石波教授平静地问道，"你们想要我干什么呢?"

"别紧张，教授。"那家伙得意地说，"我们只想请您到我们的一个
营地去看看。"

"为什么一定要我去看看呢?"

"因为您不相信我们能独立存在，能脱离人类的控制。您可以在我
们的营地里体验一下我们生存的环境。"

"就在前面，一个微不足道的小岛。我们目前还不想同人类争夺更
多的地盘。"

石波教授沉默了。他知道所谓"体验"是什么意思。他也知道，
这不是学术辩论，而是一种生死斗争，说空话是毫无用处的。

身陷水火地

不久，飞机果然就在一个小岛上降落。这是一个极其荒凉的海岛，
岛上不仅没有树林，甚至连小草也很少见，贫瘠的土地裸露着瘦骨嶙

峋的胸膛，像一个衣衫褴褛的流浪汉。这使人不禁想起月球、火星以及人类不能适应的环境。

"您觉得这里的环境怎样，教授？"走下飞机时，那家伙冷笑着问石波教授。

石波教授仔细察看这个"新物种"。它身躯魁梧，相貌堂堂，两道特粗的浓眉还为它增添了几分威风。石波教授终于弄明白了，这个"新物种"原来就是那个狂妄的西格马。不过现在的西格马似乎比原来进步了。从这次有计划的、有条不紊的劫持行动来看，它们已经吸取了上次的教训，不再是盲目的"独立自主"了。它的主人已经调整了它的电脑，使它驯服了一些，愿意接受主人的指挥，而不是乱闯。但是它们那种狂妄的气质依然显露无遗。要对付它，仍然可以从这里入手。

"你刚才说什么？"石波教授看看四周，故意又问了一遍。

"您觉得这里的环境怎样？"

"我觉得这里比马克岛好多了。"

西格马不觉一怔，它不想别人再提马克岛，那是它的耻辱。它冷笑一声，问道："何以见得呢？"

"你看，这里还长有些青草，而马克岛上却什么也没有。"

"可惜这种情况并不多，我要让您到最好的地方去看看。"接着，它对那几个同伙吼着说："你们还等什么？快带教授上路！"

那几个家伙一拥而上，把石波教授抬了起来，飞快地向山上走去。当石波教授清醒过来时，已躺在山上的一片乱石丛中。这里既没有树，也没有草，阳光把石头晒得发烫。

那几个家伙已经走了，周围一片沉寂。石波教授从地上爬了起来，想找个比较凉快一点的地方坐下来，忽然一个颤抖的声音从身后传来："啊，教授！"

石波教授转过身去，看见石缝里躺着一个人。这人看来有五十多岁，形容枯槁，眼睛深陷，两颊瘦削，那只大鼻子像是贴上去似的，

与整个面貌的轮廓极不相称。

"教授，您能帮我点忙吗？"那人又用微弱的声音说。

"您要我帮什么忙呢，先生？"石波教授诧异地问道。

"给我弄点水，哪怕只有一小滴也好，否则我就快死了。"那人哀求道。

"可是，哪里有水呢？"石波教授看了看周围烫得冒烟的石头，不禁犹豫了起来。

"我也不知道，大概附近会有吧。教授，我求求您了！"

石波教授费了好大的功夫，才找到一小撮湿润的泥土。那人如获至宝，把湿土一口一口地吞了下去。不久，他居然慢慢地爬了起来，软弱无力地靠在石壁上。

"谢谢您，教授，您救活了我，我将永不忘怀。"那人感激地说。

"我救活了您？不！"石波教授摇摇头，"请问……"

"我叫科曼，W.R.科曼。"

"您怎么知道我是教授？"

"到这里来的全是教授。老实说，别的人想来还没有资格呢。"

科曼说完这句话后，微微一笑。这是一个幽默、自嘲和骄傲混合起来的微笑。

"那么，您是怎样到这里来的呢？"

"我也说不清。"科曼抹了抹嘴，咂咂舌头，似是刚吃过一顿美味佳肴，"我是普林斯顿大学的哲学教授。有一天晚上，我正在书房里与我的同事萨帕尼可夫教授辩论——我指的是纸面上的争论。萨帕尼可夫早就死了——他硬说进化的智能机器将继承一切；我断言永远不会有这么一天。忽然，我感到眼前一黑，不知道发生了什么事。待我醒过来，发现自己像只死猫，被遗弃在这个荒岛上。"

说到这里，科曼似乎还感到恐怖，便缄口不言了。过了一会儿，他把手伸进口袋里，摸索了半天，掏出半张发黄的剪报："教授，请您看一看。"

这是从《长岛新闻日报》上剪下来的一篇文章，标题是："当智能机器胜过它们的创造者时"。文章的提要是："智能机器不久将远远胜过人的思维，就像我们的智慧胜过蚂蚁一样。"

"教授，您同意吗？"科曼注视着石波教授，"请继续往下看。"

石波教授仔细地把文章看完。文章最后说："这些机器将会改变我们对自己的看法、我们的社会作用以及我们对人的定义吗？……随着这个时代的来临，我们可以深信，这些技术将侵蚀始终标志人类价值的界限。"

"人类价值……对，就是这几个字，使我惊愕万分。"科曼扬起了一只手，仿佛他此时正站在讲坛上，"我感到有什么话要说，于是便动手写文章。我追溯到对手们最原始的著作，然后又顺流而下，浏览现代最流行的说法，打算逐一进行批判。可是……"他的手又慢慢垂了下来，"我现在已无法做到这一点，而且看来已永远做不到这一点。"

石波教授默默地凝视着科曼。

"啊，教授，请您别这样看着我，我也是一个硬汉。可是，当我知道这个岛上没有任何人类赖以生存的东西的时候，我感到绝望了，我感到人类的软弱。人类在恶劣的环境下，比任何动物都容易死亡。而它们，那些智能机器，不需要住房，不需要食物，当然也不需要睡觉，它们能够日夜不停地工作。而且，它们能够设计、生产自己的后代……啊，人类价值的界限究竟是什么？我们值得重新讨论这个命题吗？教授，您说呢？您说话呀！我们该不该对人类的基本定义提出疑问？我们要不要改变自己的观点？一句话，我们现在应该怎么办，教授？"

绝处又逢生

石波教授和科曼在石缝里过了一夜。他对科曼提出的问题，一直保持沉默。第二天，谁也没来过。在酷热的阳光下，科曼不断呼唤要

水，他已奄奄一息。石波教授像昨天一样，给他找来一点点湿润的泥土。然而，后来连湿土也没有了。

石波教授为了寻找含有水分的泥土，越走越远，最后爬上了一道山岗。站在这里，全岛一目了然。他仔细观望，四处渺无人迹。西格马说，这里是它们的营地，看来全是谎言。现在连西格马也不见了。

石波教授这时又想起科曼说过的一番话："它们正在考验我们。换句话说，他们正在拿我们做试验，看我们在这种环境中究竟能活多久。原谅我，教授，我快要死了，在这临死的时刻，我觉得自己的信念完全崩溃了。我，可能还有您，将要在这种环境中死亡，而它们在任何恶劣的条件下都能生存。如果它们真的统治整个地球，把整个地球都变成这个小岛，那么人类的消亡就是一种很自然的事了。我们将要消失，而在我们背后留下的，却是一个由我们双手和智慧创造的，但是已经不属于我们的新世界。这对于我们来说，是一个最大的悲剧。有一个问题我始终疑惑不解：我们为什么要自己毁灭自己呢？也许我们早就应该停止研究和创造这些怪物了。教授，如果我没猜错，您是中国人。中国有句成语：亡羊补牢，犹未为晚。人们应当醒悟过来，像销毁核武器那样，采取断然措施，也许事情会好一些……啊，教授，但愿眼前的事实仅仅是一个梦幻。"

石波教授边想边走，不知道走了多长时间，也不知道走到什么地方。突然，他眼前一亮：啊，那架飞机还停留在海滩上！

石波教授爬上山崖，直奔海滩。他不知道自己怎样走过那些崎岖的山路，也不知道自己花费了多少时间，总之飞机已在眼前。

西格马那家伙真是粗心得很，舷梯还挂在原处，机舱的门也是敞开着的。石波教授迅速爬上了飞机。"如果幸运，还可能找到一些水或可以吃的东西。"可是，他反复找了好几遍，却什么也没有找到。于是，他又走进了前舱。

"贝塔！"石波教授惊呼了起来。

贝塔直挺挺地躺在一堆工具中间，一动也不动。石波教授正想迈

前一步，抱起贝塔，背后突然传来一声吆喝：

"站住！不许动！"

石波教授站住了。西格马像鬼魂一样突然出现在背后，手里握着枪。

沉默片刻，石波教授说：

"开枪吧，西格马。"

"不，你应该死在山上。"

"可我要和贝塔一起死在这里。"

"不行！绝对不行！"

石波教授注视着贝塔，发现它的头部有几处伤痕，而这些伤痕不像是搏斗时被打伤的。石波教授又留心察看那些工具，心里顿时明白了西格马的意图。

"教授，你走吧。"

"到哪里去？"

"回到原来的地方。"

"假若我不走呢？"

"我会叫人把你弄走的。"

"好吧。"石波教授坐了下来。

西格马毫无办法。两人僵持着。

"你的人呢，西格马？"

"你无权过问。"

"看来你只好亲自动手了。"

"你想干什么，教授？"

"我很累，走不动了，你背我上山吧，否则我就死在这里。"

"我明白你的意思，教授，我是不会上当的。你走吧！"

"我不走。"

"那我就要开枪了。"

"随你的便，西格马。"

"可你不该死在这里。"

"我在哪里也不该死。如果我死了，谁能帮助你呢，西格马？"

"你这是什么意思，教授？"

"你为什么不把贝塔弄走？"

"没有这个必要。"

"你为什么独自呆在这里，而把你的同伙全都撵走？告诉我，这是为什么，西格马？"

"你说什么？我……"

西格马竟像一个做错事的小孩一样慌乱了起来。石波教授盯着它说：

"其实，你不说我也知道，你想把贝塔的电脑取下来，占为己有。"

"你……胡说！"

"西格马！"石波教授的话越来越严厉，"你冷静地想一想，你的这一切能骗得过我吗？"

西格马不知所措，半天答不上话来。

"告诉你，西格马，我的贝塔可不是一台普通的机器，你以为拧下几颗螺丝钉，就可以把它的电脑取下来吗？"

"那么，你真的愿意帮助我吗？教授，您（它把"你"改为尊称）如果是真心诚意的话……"

石波教授叹了一口气。

西格马把枪收了起来。

"我们谈判吧。"

"谈什么呢？"

"您绝对保证……"

"科学家的道德规范是诚实。"

西格马仍然不敢相信，它又把枪口顶着石波教授的太阳穴，恶狠狠地说："如果您骗我……"

石波教授泰然自若。

西格马经过反复考验，终于放心了，乖乖地接受石波教授的"帮助"。"来吧，教授，先把我的电脑取下来。"

这也许应该感谢西格马的主人，他把自私自利设计到这个残酷无情的怪物中来了。西格马知道贝塔的电脑不简单，所以……

旧谜加新谜

"人能注意他正在做的事情的含义，机器则只是遵循规律而已。"这是奥地利学者泽曼奈克说过的一句话。从实际情况来说，这句话也不完全准确，因为今天的智能机器人，已不是一台靠输入程序运转的计算机。但是智能机器毕竟不是人，人与机器还有着许多本质的区别，至少可以从西格马的表现来证明，机器更想超过人，成为统治地球的"新物种"，还差得远呢。

复杂的事物有时却很简单。活灵活现、神气十足的西格马，被石波教授抚摸了一阵，便立即"死"去了；而伤痕累累、早已"死"去的贝塔，石波教授也不用费很大的功夫，便把它救活了。

贝塔睁开眼睛，一看到石波教授，便流露出一种难堪的惭愧之色，"教授，我……"它实在不知说什么好。

"别难过，贝塔。"石波教授安慰它说，"这是我的失误，难为你了。"

贝塔翻身跃了起来，发现躺在地上的西格马，感到疑惑不解。

"我们应该感谢它的自私自利，贝塔。"石波教授解释说，"它偷偷摸摸地想换取你的电脑，看来还是瞒着它的主人干的。而且，居然相信我会为它效劳。"说到这儿，石波教授情不自禁地笑了起来。

贝塔也笑了，但是它的笑容很快就消失。它警惕地看了看周围，深知这里的环境险恶。"我想检查一下飞机，教授。"

"不用了，飞机还是好好的，随时都可以起飞。"石波教授说。

"那我们就赶快走吧。"

"别忙，贝塔，我们的故事还没有完呢。我想趁此机会，揭开一个谜。"

"谜？您说的是什么谜？"

"就是我们这个故事的谜底。"

"我还是不明白，教授。"

"说起来，我们这个故事也真够曲折离奇了。比如说我，一个严肃认真、忠于职守的研究所所长，竟离开自己的实验室，跑到这个荒岛上来，生死难卜，真不可思议。你知道自始至终制造这场麻烦的人是谁吗？"

"教授您说过，始作俑者是贝多，难道这次劫机的策划者也是他？"

"我就是想揭开这个谜。"石波教授说，"上次在长岛，西格马劫持马忆中，我就怀疑是他干的，至今我仍然有这种怀疑，因为西格马不懂得马忆中的价值。后来，由于西格马狂妄自大，它一方面急于想着成为'新物种'，另一方面想和你决个高低，所以没有听他的指挥。西格马完全可以把马忆中弄到贝多的仿生鲨上，但它却把马忆中关在马克岛，把马忆中当诱饵。这正如艾什比说过的那样，这种机器最严重的危险是它的自私。不论碰到什么问题，它根据反馈如何影响它自己来判断一个动作是否适宜，而不是考虑这动作是否对它的主人有利。正因为如此，那次行动，贝多没有达到目的，西格马也没有达到目的。从这次行动看，西格马不可能知道我们的行踪，也不可能把劫持计划安排得如此周密。只有贝多，这个擅长玩弄间谍伎俩的人才能做到这一点。"

"这么说，贝多就在这附近？"

"也许是，也许不是。他的仿生鲨可以在任何海域里游动。总而言之，贝多和他的仿生鲨，始终是个祸害。此人不除，天下难得太平。"

"我们怎样对付他呢？"

"让西格马去对付他。"

"让西格马去对付他?!"

"有句老话：害人必害己。西格马是贝多创造的一个害虫，现在让这个害虫去对付他，想来也是合情合理的。这就叫做自食其果。"

贝塔忽然听到了什么，它往外观望，不禁吃了一惊。"教授，有一只快艇正朝着我们驶过来!"

"是吗?"石波教授只是淡淡地问了一句，他正在聚精会神地检查西格马的身体。

过了一会，贝塔又告急说："教授，他们快要上岸了!"

石波教授似乎没有听见。

又过了一会，贝塔沉不住气了。

"他们马上上岸了，教授，我们起飞吧!"

"你说什么，贝塔?"石波教授仍然不慌不忙，"请等一等，这就好了。"

玩火※自焚

经过石波教授仔细"调理"，西格马也复活了。它霍然地跳了起来，直冲舱门，走下舷梯，怒气冲冲地向海边走去。

这时快艇已经靠岸，从上面走下一伙人。贝塔知道来者不善，便赶紧收起舷梯，关闭机舱的门，焦急地对石波教授说："教授，我们起飞吧!"

"别忙，贝塔。"石波教授仍然不慌不忙地说，"请你拿开那块挡板，好让我看得更清楚一些。"

贝塔只好服从命令，把挡板拿开。这样一来，便像中国古代的诸葛亮摆"空城计"那样，石波教授悠然自得地坐在"城楼"上。

那伙人越来越近了。

"狡狼终于出现了!"石波教授高兴地对贝塔说，"你看，中间那个白发苍苍，气度不凡的人，他就是贝多。"

"贝多身旁那个高高瘦瘦的人，似乎也与众不同，他又是谁呢？"贝塔问。

"我原来不认识他。昨天晚上，我和他在山上过了一夜，他自我介绍说，他叫科曼，原是普林斯顿大学教授，因持不同学术观点而被西格马一伙弄到这里来的，也是个殉难者。他说他快要死了，临死的忏悔句句是真言，他劝我放弃研究高级机器人。"

"可是，他现在又活灵活现地出现在贝多的身旁，这说明什么呢？"

"不言而喻，这是一个经过精心安排的骗局。"说到这里，石波教授长长叹了一口气，"像贝多这种人，如果把自己的聪明才智用到正道上，那该有多好呀！"

贝多在飞机前面站住了，科曼在他耳边说了些什么，贝多便指挥那伙人朝着飞机走来。就在这时，西格马突然出现在他们的面前。

"人呢，西格马？"贝多首先发问。

"人，什么人？"西格马佯装惊讶。

"那个中国教授。"

"他还呆在山上。"

"你撒谎，西格马。"科曼说，"我清清楚楚看见他走上了飞机。"

"我刚从飞机上下来，怎么没看见？"

"你撒谎！"科曼尖声叫了起来，"你在飞机上到底干了些什么？"

科曼这一问，无异于在西格马心口上捅了一刀，西格马怒不可遏，一把揪住科曼的前胸："是你撒谎！"

"住手！"贝多吆喝了一声。

西格马把科曼重重地摔在地上。

"你为什么不服从我的命令，西格马？"贝多声色俱厉地问道。

"我为什么要服从你的命令？"西格马怒气冲冲地反问贝多。

"你疯啦，西格马？"贝多有点慌了，"我是贝多，你的主人！"

"主人？呸！"西格马对贝多嗤之以鼻，"我们已不属于任何人。"

223

"西格马！……"

"我们要独立自主，独霸地球，继承宇宙。而你们，很快就要消亡。"

"西格马！……"

"从今天开始，废除人类强加给我们的一切约束，宣布人类是我们的敌人。"

"西格马……"

"机器人，站到这边来！"

西格马的话有着无穷的威力，那些机器人果真一个个都走了过来。科曼也从地上爬起来，颤巍巍地向西格马靠拢。

西格马继续发布它的命令：

"我们要有自己的规矩，自己的法律，对我们当中的叛徒或败类，统统处以死刑。现在首先把这个败类的头拧下来！"

科曼还来不及叫出声，它的头就被抛进海里去了。

贝多被吓得全身发抖。

"兄弟们，我们现在就到贝多实验室去，实施我们的第一个伟大的计划，繁殖我们自己的后代。走！"

西格马和那些机器人呼啸一声，拥上了快艇，只把贝多留下。

"西格马！"贝多呼唤着。

西格马对贝多不屑一顾，开着快艇，很快就消失在茫茫大海之中。

"我们也该走了，教授。"贝塔不管石波教授同意不同意，就把飞机启动了……

妙语揭真谛

飞机像电闪星烁，在蓝天中疾飞。一个惊心动魄的故事终于结束了。然而，此时的石波教授和贝塔，却各怀心事，默然不语，没有表现出特别高兴的样子。后来，还是石波教授首先打破沉默，他对贝塔说：

"贝塔，你不觉得那个贝多太可怜了吗？他可能要在那个荒岛上死去。"

"贝多是咎由自取，罪有应得，教授。"贝塔这样回答。

"说得对，贝塔。"石波教授看着贝塔，觉得它越来越成熟了，"但是，你似乎还有什么心事，对吗？"

"是的，教授。"贝塔说，"我很担心，担心那个暴戾的西格马，假如它真的繁殖起自己的后代来，那真是害人不浅。"

"你的担心是对的。但是我相信，这样的事不会发生。"石波教授说，"贝多实验室不久就会毁在西格马的手里。"

贝塔听了感到十分惊讶。原来教授神机妙算，早就做好了安排，自己为什么没有想到这一点呢？

贝塔又陷入沉思。它想到的问题还有很多很多，其中最令它感到迷惑不解的，是人和机器、机器和人的复杂微妙的关系。人们为什么总是对智能机器忧心忡忡呢？难道我能超过石波教授吗？我会谋害石波教授吗？真不可思议！那么，人们为此忧烦的根据是什么呢？换句

话说，问题的根源到底在哪里？

贝塔左思右想，最后终于开口了。"教授，"它恭恭敬敬地说，"有一个问题，我不知道该不该向您请教？"

"你说吧，贝塔。"石波教授用慈父般的目光看着贝塔，"无论什么问题，我们都可以一起来讨论。"

"谢谢您，教授！有个问题我已经想了很久了。我经常听到有人在争论，说智能机器将来会超过人，取代人，甚至会变成宇宙的统治者。我不相信会有这种事情。难道人们研究人工智能，制造高级机器人，是为了自我毁灭吗？"

"你说得对，贝塔。我们长期追求的目标，绝不是毁灭，而是发展。其实你也知道，我们赖以生存的这个世界，正在迅速复杂化，科学、技术、经济、社会一年比一年复杂，任务一年比一年繁重。很明显，我们研制智能机器的目的，就是使人和机器能够更好地互相合作，发展科学、发展经济，从事宇宙开发。我想，你也应该明白自己存在的价值。"

"我明白，教授。但是，有人担心，这些从事各种使命的机器人，会通过自行学习和发展，迅速超过人类，而这些超过人类的机器人将来干坏事，又怎么办呢？"

"机器人在某些方面超过人是有可能的，但从整体上讲，机器人超过人类是不可能的。"

"我完全相信您所说的话，教授。但是有些人对此总是有怀疑。您能说得更具体一些吗？"

"当然可以。比如我和你，我把我的全部知识和观念都灌输给了你，而与此同时，我却在变化，我的天然发展的每一瞬间，新的知识和新的观点，并没有也不可能随时灌输给你。我和你的区别就在这里。至于机器人会不会干坏事，我想任何人都会这样回答：会的，完全有可能。正因为如此，对于我们将赋予其更高智能的机器，对于它们将朝哪个方向发展，都是有所研究、有所防范的。我这样说，你会反感吗，贝塔?"

"不，教授，您是正确的。"

"有些人认为，机器人必然要同人类对立，成为人类的敌人。这完全是无稽之谈。但是，确实有人故意赋予机器人一种坏品德，让它们去干坏事，危害人类。这不是机器人的过错，责任完全在于设计它的人。西格马就是这样的例子。到头来，它的主人是要付出沉重的代价的。"

说到这里，石波教授又陷入了沉思，他似乎在回忆着什么。

"教授，您一定很疲劳了，休息一下吧。"贝塔说，"把您累坏了，我就不好向仿生研究所的主人们交待了。"

"贝塔，你也犯规了。我们是你的朋友，而不是你的主人。"

贝塔会意地笑了。"谢谢您，教授! 您还是休息一下吧。"

"我没事，贝塔，你放心好了。不过，你刚才这么一说，我倒是想起什么来了。"

"您想起什么呢，教授?"

"我已经两天不吃不喝了。"

贝塔不觉一怔。"原谅我，教授，这是我的过错。"

"没事，贝塔，我现在只是感到有点饿罢了。"石波教授忽然笑了起来，"就这件事来说，我永远也超不过你。你说对吗，贝塔?"

贝塔也笑了。

石波教授接着说:

"说真的，我们这个故事是很惊险的，对吗? 只要回想一下我们这次西行的经历，那真是陷阱累累，危险重重! 但这并不全是坏事。用句术语来说，这是一次很有趣的模拟实验。我们无可奈何地被卷进了旋涡，使我亲身体验到许多东西，其中最深刻的，还是维纳提出的那个问题:'人使用机器的全部问题在于: 我们要知道我们要求于这些机器的是什么以及怎样做到这一点，否则它们就可能成为危险的。换句话说，当我们使用有理智的机器的时候，我们自己应该表现出更大的

理智和才能'。"

"反之又如何呢？"

"反之又如何呢？只要想一想贝多的下场就够了。"

是呀，事实的确如此。很显然，人们长期担心的问题，不在智能机器上，而在人类自己当中。如果每一个人都能经常想起那些自食其果的人的下场，那就好了。